LOCUS

LOCUS

LOCUS

LOCUS

RECREATION

R29

背叛（夜之屋2）

Betrayed (the house of night, book 2)

作者：菲莉絲・卡司特＋克麗絲婷・卡司特（P. C. Cast & Kristin Cast）

譯者：郭寶蓮

責任編輯：廖立文 美術編輯：蔡怡欣

校對：呂佳真

法律顧問：全理法律事務所董安丹律師

出版者：大塊文化出版股份有限公司

台北市10550南京東路四段25號11樓

www.locuspublishing.com

讀者服務專線：***0800-006689***

TEL：(02) 87123898　FAX：(02) 87123897

郵撥帳號：18955675　戶名：大塊文化出版股份有限公司

總經銷：大和書報圖書股份有限公司　地址：新北市新莊區五工五路2號

TEL：(02) 89902588　FAX：(02) 22901658

排版：辰皓國際出版製作有限公司 製版：瑞豐實業股份有限公司

初版一刷：2010年4月

初版十一刷：2015年10月

定價：新台幣 280元

Printed in Taiwan

背叛

Betrayed

THE HOUSE OF NIGHT, BOOK 2

P. C. CAST + KRISTIN CAST
菲莉絲．卡司特＋克麗絲婷．卡司特 著　郭寶蓮 譯

1

「快瞧，那個新來的。」簫妮說著鑽進我們的餐廳雅座，在大長椅上坐下。在用膳堂——也就是我們學校的自助餐廳——吃飯時，我們都固定佔用這張桌子。

「慘，孿生的，眞慘。」依琳的口吻完全呼應簫妮的語氣。她和簫妮有某種心電感應，兩人出奇相似，我們都稱呼她們「孿生的」，雖然簫妮來自康乃迪克州，有牙買加血統，膚色就像漂亮的摩卡咖啡，而依琳則是奧克拉荷馬州本地的金髮碧眼白種人。

「還好，莎拉．自由鳥能有她當室友。」戴米恩朝一位頭髮黝黑的嬌小女孩抬了抬下巴。她正帶著那位一臉茫然的新同學，在用膳堂裡到處看。戴米恩極具時尚品味，眼光銳利，一眼就覽盡她們兩人的穿著打扮，從鞋子到耳環。「雖然她剛被標記和轉學，有點緊張，不過那身品味顯然好過莎拉。或許她可以幫莎拉改掉老挑錯鞋子的可悲痼習。」

「戴米恩，」簫妮說：「你快把我——」

依琳替她把話接完：「——最後的耐性磨光了。別再給我咬文嚼字了。」

戴米恩哼了一聲，一臉不屑，而且比平常更一副自命不凡的同志模樣（雖然他本來就是同性戀）。「如果妳的辭彙沒那麼寡陋，就不需成天攜著辭典，就爲了聽懂我講的話。」

孿生的對他睒眼怒視，深吸一口氣，準備展開新一波攻擊，幸好我室友及時插話。史蒂薇·蕾帶著那口濃濃的奧克腔鼻音，彷彿參加拼字比賽般，鄭重地說出那兩個艱澀語詞的意義。「痼習，根深蒂固的習性。寡陋，貧乏、差勁。好啦，現在大家可以停止鬥嘴，相親相愛了吧？你們知道懇親會快到了，我們可別在爸媽面前表現得像智障。」

「啊，毀了，」我說：「我根本忘了有這回事。」

戴米恩哀號一聲，「我也全忘了。」然後垂首撞向桌面，而且撞得可不輕。我們四個投給他憐憫的眼神。戴米恩的父母不在乎他被標記，住進夜之屋，開始蛻變成吸血鬼，也不在乎他的身體可能排斥蛻變而死去。這些他們都可以接受，就是不能接受他是同性戀。

不過，至少戴米恩的父母能接受他變成雛鬼，哪像我媽和她現在的老公，也就是我的垃圾繼父約翰·海肥，根本是徹底看我不順眼。

「我爸媽不會來，他們上個月來過了。這個月比較忙，就不來了。」

「孿生的，我們果然有孿生感應。」依琳說：「我爸媽也寄email跟我說他們不來，因爲他們決定和我雅蓮姨媽及萊爾姨丈去阿拉斯加搭遊輪，在那裡過感恩節。反正，隨便他們啦。」她聳聳肩，顯然跟簫妮一樣不在乎父母缺席。

「嘿，戴米恩，搞不好你爸媽也不會來。」史蒂薇．蕾說，臉上快速堆起笑容。他嘆氣。「他們會來的。我剛好這個月生日，他們會帶禮物來給我。」

「這樣也不錯啊。」我說：「你不是才說需要新的素描簿嗎？」

「他們不會送我素描簿。」他說：「去年我跟他們要畫架，結果他們送我露營用具，還幫我訂閱《運動畫刊》。」

「天哪！」簫妮和依琳異口同聲說，而史蒂薇．蕾和我皺起鼻子，給予他同情的嘆息。

戴米恩顯然想轉變話題，轉頭看我。「這是妳父母第一次來，妳有什麼期待嗎？」

「噩夢一場吧。」我嘆口氣說：「徹底、絕對、百分之百的噩夢。」

「柔依，我想帶我的新室友過來見妳。戴安娜，這是柔依．紅鳥，黑暗女兒的領導人。」

眞高興有人打岔，讓我不必談起我糟糕透頂的親子關係。我抬頭，微笑，準備回應莎拉拘謹、緊張的聲音。

「哇，還眞的欸！」我還來不及開口跟她們打招呼，新來的女孩就衝口而出。果不其然，她像別人一樣直盯著我的額頭瞧，不過也尷尬得兩腮通紅。「我的意思是，呃……對不起，我不是故意這麼沒禮貌……」她說不下去了，一副窘態。

「沒關係。不錯，我的記印是實心的，而且旁邊還增生了其他花紋。」我臉上保持笑容，希望讓她好過些，雖然我痛恨自己再次成為怪胎秀的焦點。

虧得史蒂薇．蕾及時插嘴，免得戴安娜的盯視和我的沉默變得愈來愈尷尬。

「是啊，那次柔對抗恐怖的吸血鬼鬼魂，救了前男友，然後她臉上就出現很酷的漩渦花邊刺青，而且還延伸到肩膀。」史蒂薇．蕾興高采烈地說。

「莎拉也是這麼說的。」戴安娜怯怯地說：「只不過這實在令人難以相信，嗯，我，呃……」

「妳本來不相信？」戴米恩說，還以為是在幫我的忙。

「是啊，眞對不起。」她再次道歉，扭捏不安，啃起了指甲。

「嘿，沒事。」我擠出還算眞誠的笑容。「有時候我自己都覺得離譜，居然還發生在我身上。」

「而且打了漂亮的一仗。」史蒂薇．蕾說。

我投給她一個「妳這是幫倒忙」的眼神，但她根本不理睬。沒錯，或許有一天我會變成他們的女祭司長，他們卻未必都聽我的。

「總之，這整個地方看起來是很奇怪，不過妳慢慢會習慣的。」我告訴新同學。

「謝謝。」她眞摯地道謝。

「嗯，我們該走了，我得帶戴安娜去她第五堂課的教室。」莎拉說，離開前還鄭重其事地對我行吸血鬼的傳統敬禮，握拳擱在心臟位置，並低頭鞠躬，搞得我尷尬不已。

「我眞不喜歡大家這樣對待我。」我嘟噥著，吃起眼前的沙拉。

「我覺得這樣很好啊。」史蒂薇・蕾說。

「妳本來就值得大家尊敬。」戴米恩以老師的口吻說：「妳是唯一當上黑暗女兒領導人的三年級生，**而且**有史以來從沒有哪個吸血鬼像妳一樣能感應所有五元素，無論雛鬼或成鬼。」

「妳就認了吧，柔。」簫妮嘴裡嚼著沙拉說話，還一邊用叉子指著我。

「誰叫妳眞的很特別。」如同往常，依琳幫簫妮把話接完。

夜之屋將新生稱爲三年級，所以四年級代表二年級，以此類推。沒錯，我的確是唯一當上黑暗女兒領導人的三年級生。我這是招誰惹誰了？

「說到黑暗女兒，」簫妮說：「妳決定好怎樣重新規定加入黑暗女兒的條件了嗎？」

我克制自己，沒尖聲大叫：**見鬼，還沒有！我仍然不敢相信我真要掌管這些事情！**相反地，我搖搖頭，決定將一些壓力丟回給他們。希望我這一招算明智。「還沒，我不知道應該制定什麼新規定。事實上，我還希望你們幫我呢。那麼，你們有什麼想法嗎？」

正如我所料，他們四人全都沉默不語。我正打算開口謝謝他們給我這種無言的回應，就聽到廣播系統傳出女祭司長威嚴的聲音。有那麼一剎那，我真高興她來打岔，但緊接著，我聽清楚她的話，胃開始揪緊。

「各位同學、各位老師，本月懇親會時間已到，請大家前往會客廳。」

唉，要死。

「史蒂薇．蕾！史蒂薇．蕾！喔，我的天哪，我想死妳了！」

「媽！」史蒂薇．蕾大喊，飛奔到一位婦人懷裡。這婦人長得簡直跟她一模一樣，只不過胖了五十磅，老了二十來歲。

戴米恩和我尷尬地站在會客廳的門邊，看著房間裡開始擠滿神色不安的人類父母和人類手足，還有一群雛鬼學生和幾位成鬼老師。

「啊，我爸媽在那裡。」戴米恩嘆口氣說：「還是趕快把事情解決了吧。待會兒見。」

「待會兒見。」我喃喃地說，看著他走向兩個提著禮物，看起來超平凡的普通人身邊。

他媽媽迅速地抱了他一下，他爸爸則以男性的粗獷姿態跟他握手。戴米恩看起來一臉蒼白，壓力好大。

我走到那張鋪了亞麻桌布，沿著牆邊擺放的長桌旁。桌上擺放了幾盤昂貴的起司和火腿，還備有甜點、咖啡、茶和葡萄酒。我來到夜之屋已一個月，對於這裡隨時有葡萄酒可喝仍覺得有些訝異。這裡備酒的原因很簡單，因爲我們學校的運作是仿效歐洲的夜之屋。在歐洲吃飯喝葡萄酒，就跟我們這裡吃飯配茶或咖啡一樣自然，所以飲酒實在沒什麼大不了的。另一個原因是基因使然。吸血鬼不會酒醉，就連雛鬼都很少喝醉（起碼酒精沒問題；至於鮮血，那就另當別論了）。所以對我們來說，喝酒眞的不算一回事。不過，我倒想看看，奧克拉荷馬州的家長們見到學校裡備酒，會有什麼反應。

「媽！妳一定要來見見我的室友。記得我跟妳說過的吧？她是柔依．紅鳥。柔依，這是我媽。」

「嗨，強生太太，妳好，很高興認識妳。」我彬彬有禮地說。

「喔，柔依啊！能見到妳眞是太好了！哇！妳的記印眞的很漂亮，就像史蒂薇．蕾說的那樣。」她給我一個母親式的溫柔擁抱，嚇了我一跳。她的嘴巴還附在我耳邊低聲說：「眞謝謝妳照顧我的史蒂薇．蕾，我很擔心她呢。」

我也用力抱了抱她，低聲回答：「別這麼說，強生太太。史蒂薇・蕾是我最要好的朋友。」霎時，我好希望我媽也能這樣擁抱我，像強生太太擔心她女兒一樣地掛念我。但我知道這完全是奢望。

「媽，妳帶碎巧克力餅乾來了吧？」史蒂薇・蕾問。

「當然，寶貝，我帶來了。不過，忘在車子裡了。」史蒂薇・蕾媽媽那口濃重的奧克腔鼻音跟她女兒簡直如出一轍。「妳乾脆和我出去，一起把餅乾拿進來。我這次多做了一些要請妳朋友吃喔。」然後她微笑看著我說：「柔依，歡迎妳跟我們一起去。」

「柔依。」

我聽見自己的名字再度被叫喚，彷彿強生太太發出那溫煦的聲音之後，瞬間凍結起來的回音。我越過她肩頭，看見我媽和繼父約翰走進會客廳。我一顆心往下沉。她竟然帶他來！她幹麼不自己一個人來，讓我們母女倆有機會獨處？其實，我知道爲什麼：因爲他不允許。沒他允許，她就不會這麼做。沒得商量，就是這樣。我媽自從嫁給約翰・海肥，經濟無虞，住在寧靜郊區的大房子裡，在學校家長會當志工，積極參與教會活動。但在我來看，過去這三年她「完美的」婚姻生活讓她徹底迷失了自己。

「對不起，強生太太，我看到我爸媽了，得先過去一下。」

「喔，甜心，我很想跟妳爸媽見見面。」然後，強生太太彷彿在正常中學參加懇親會一樣，很自然地轉身，微笑，迎向我父母。

史蒂薇．蕾和我四目相覷，我以嘴型對她說**對不起**。我的意思是，我不是百分之百確定將有壞事發生，不過看到我那垃圾繼父彷彿帶領部隊赴死的將軍，以睪丸素激增的壯烈姿態前進，逐漸縮短我們之間的距離，我猜想，一場噩夢八成就要上演了。

沒想到，這時約翰身旁走出一位全世界我最愛的人，張開雙臂迎向我，讓我原本低落的心情瞬間飛揚起來，人生由黑白變彩色。「阿嬤！」

她雙臂摟緊我，散發出與她如影隨形的薰衣草芳香。彷彿不管走到哪裡，她身上都帶著一片薰衣草田。「喔，柔依鳥兒！我好想妳，**嗚威記阿給亞**。」

我淚眼微笑。聽到熟悉的「女兒」的切羅基族語，我滿心歡喜。這聲音給我一種安全、關愛，和無條件接納的感覺。這是過去三年我在自己家裡未曾感受到的。來到夜之屋之前，只有在阿嬤的花田裡我才能得到這種溫暖。「我也好想妳，阿嬤。好高興妳來看我！」

「妳一定是柔依的外婆。」我和阿嬤鬆開手時，強生太太開口說：「很高興見到妳。妳這孫女真棒啊。」

阿嬤露出溫暖的笑容，正準備回答，卻見約翰以他那種「我高人一等」的慣常聲調打岔。「嗯，事實上妳稱讚的是**我們的**乖女孩。」

這時，扮演「超完美嬌妻」的我媽彷彿得到了許可，終於開口說話。「是啊，我們是柔依的父母。我叫琳達．海肥，這是我先生約翰，還有我媽，席薇雅．紅——」她禮貌周到的自我介紹還沒講完，終於想到看我一眼，卻隨即倒抽一口氣，話懸在半空，沒能講下去。

我努力擠出笑容說：「嗨，媽。」但我感覺得出自己表情僵硬，臉頰紅燙，彷彿整張臉被人倒了一層石膏後坐在夏日烈陽下，一不小心整張臉就會裂成碎片。

「拜託，妳把那記印怎麼了？」媽說到**記印**時的語氣眞像在說癌症或戀童癖。

「她救了一個年輕人的性命，而且善用了女神賜予的元素感應力，所以女神妮克絲在她身上留下雛鬼罕見的特殊記印。」奈菲瑞特悠揚樂音般的聲音傳來，走入我們這一撮尷尬的人當中，直接朝我的垃圾繼父伸出手。奈菲瑞特就跟多數成鬼一樣，美得令人讚歎。她身材高䠷，一頭波浪般的深紅色長髮，一雙杏眼是罕見的苔蘚綠。她舉手投足的優雅和自信非平凡人類所能及，而那肌膚白皙透亮，彷彿有人在她身體裡面點亮一盞燈。她今天穿著一件寶藍色絲緞套裝，戴著螺旋狀銀耳環（這代表女神的路徑，不過多數家長應該不會知道這一點）。她衣服的左胸部位跟所有老師一樣，繡上了高舉雙手的銀色女神。她笑得好燦爛，令人迷醉。「海肥先生，我是奈菲瑞特，夜之屋的女祭司長，或許你可以把我想成一般中學的校長，這樣會比較容易理解。眞謝謝你來參加今晚的懇親會。」

我看得出他是不自覺地伸手跟她相握。我確信，若非她出其不意地出現，讓他失去防備，他可能不會伸出手來。她快速跟他握完手後，轉身面向我媽。

「海肥太太，很榮幸見到妳。我們非常高興有柔依加入夜之屋。」

「嗯，呃，謝謝妳！」我媽顯然也被奈菲瑞特的美麗與魅力迷得卸下了心防。

奈菲瑞特和阿嬤打招呼時，笑得更燦爛，遠超過禮貌性的笑容。我注意到，她們打招呼時抓住對方的前臂，以吸血鬼的傳統方式進行。「席薇雅．紅鳥，很高興見到妳。」

「奈菲瑞特，我也很高興見到妳。謝謝妳遵守誓言，照顧我的孫女。」

「那是誓言，不是負擔。柔依是很特別的女孩。」奈菲瑞特的溫暖笑容籠罩著我。接著，她轉頭看史蒂薇．蕾和她媽媽，把她們介紹給大家。「這是柔依的室友，史蒂薇．蕾．強生，這是她母親。我聽說她們兩個簡直形影不離，連柔依的貓咪也喜歡史蒂薇．蕾。」

「是啊，昨晚我們看電視時，她就坐在我大腿上。」史蒂薇．蕾笑著說：「要知道，娜拉可是誰都不愛，只愛柔依啊。」

「貓？我可不記得有誰准許柔依養貓。」約翰這話令我反胃。一整個月來，除了阿嬤，家裡根本沒人理會我。而這下子，好像終於有人想起我了。

「你誤會了，海肥先生。在夜之屋，貓咪自由來去，是牠們挑選主人，不是主人挑選牠們。所以娜拉主動接近柔依時，她不需要得到任何人的准許。」奈菲瑞特一氣呵成地說。

約翰哼了一聲。我發現大家故意聽而不聞，大大地鬆了一口氣。天哪，他眞是王八蛋。

「大家來吃點心吧？」奈菲瑞特優雅地伸手比向長桌。

「啊，這讓我想起我帶來的餅乾還留在車裡呢，史蒂薇・蕾和我剛剛正要出去拿。很高興見到大家啊。」史蒂薇・蕾快速給我一個擁抱，跟大家揮揮手，然後和她媽媽溜開，把我撇在這裡。我好希望此刻能處在其他任何地方。

我緊靠著阿嬤，跟她十指交握，一起朝點心桌走去，心裡想著如果只有她來探望我，那該有多好。我偷瞄我媽一眼，發現她臉上似乎已經畫上皺眉蹙額的妝容，再也卸不下。她四處張望，留意其他學生，幾乎沒再往我的方向瞥上一眼。**那幹麼來啊**？我眞想對她吼。**幹麼裝得很關心我，想念我，卻又明顯地表現出妳根本不在乎我**？

「來點葡萄酒吧，席薇雅？海肥先生、海肥太太？」奈菲瑞特詢問。

「我喝點紅酒好了，謝謝。」阿嬤說。

約翰緊緊抿著嘴，透露出他極爲不悅。「不用，我們不喝酒。」

我靠著超人的意志力才沒對他翻白眼。他什麼時候不喝酒啦？我敢把我戶頭裡僅剩的那五十美元掏出來對賭，現在家裡的冰箱裡肯定有半打啤酒。況且，我媽之前也跟阿嬤一樣，會喝紅酒。這會兒，我就瞥見我媽微眯著眼睛，看著阿嬤啜飲奈菲瑞特倒給她的香醇紅酒，露出羨慕的眼神。不過，**不**，他們不喝酒，至少不在公開場合喝。眞是虛僞。

「所以，妳是說，柔依的記印多了一些圖案，是因爲她做了特別的事？」阿嬤捏捏我的手。「這女孩是對我說過她當上黑暗女兒的領導人，不過沒清楚說明是怎麼回事。」

我覺得自己的神經又緊繃起來。眞不想看到我媽和約翰知道那件事後，會是什麼樣的場景。我們在夜之屋管萬聖節叫作「萬靈節」，那是這個世界和神靈世界之間界限最爲薄弱的夜晚。當晚，黑暗女兒的前領導人愛芙羅黛蒂設立守護圈，召來可怕的吸血鬼惡靈。正巧我的人類前男友西斯神志不清地跑來找我，而她控制不了惡靈。鬼靈一旦失控，便想吃掉西斯。眞的想把他吃下去。更慘的是，他們好像也想把我們其他人，包括英俊的艾瑞克．奈特，一起吞到肚子裡。我很高興在此跟各位報告，艾瑞克不是我的**前**男友，而是我過去這個月開始約會的雛鬼，換句話說，**準**男友吧。總之，那時我非採取行動不可。於是，在史蒂薇．蕾、孿生的和戴米恩的協助下，我設立自己的守護圈，藉著我對元素的感應力，運用風、火、水、土、靈五元素的力量，終於把鬼靈逼回他們生活（或不活？）的地方。他們離開後，我就出現新的刺青，細緻的藍色漩渦狀花紋環飾我的臉。這種事，可不曾聽說發生在雛鬼身上。此外，我的肩膀也浮現相似的記印，中間還散布著像是北歐古老神祕文字的符號。這更是前所未聞，從未出現在任何雛鬼或成鬼身上。那時，愛芙羅黛蒂的惡行已昭然若揭，奈菲瑞特當場解除她的職務，任命我為黑暗女兒的新領導人。因此，我現在已是見習女祭司長，可望有一天真正成為黑夜化身的吸血鬼女神妮克絲的女祭司長。

約翰和我媽超級固執他們自己的信仰和是非觀念，肯定沒辦法接受這種事。

「喔，發生了點小意外，但柔依反應敏捷，也很勇敢，沒讓任何人受到傷害。當時她激發了女神賦予的特殊感應力，引動五元素的力量。」奈菲瑞特露出以我為榮的笑容，我感覺有一股幸福的暖意流遍全身。「刺青只是她受到女神恩寵的外在象徵。」

「妳說的這些話根本就是褻瀆上帝。」約翰的聲音緊繃，表現出他的高傲姿態與憤怒。「妳這是把柔依的不朽靈魂置於險境中。」

奈菲瑞特苔蘚綠的眼眸凝視著他，沒有一絲憤怒，反倒像被逗樂了。「你一定是信仰子民教會的長老。」

他鼓起鳥一般的胸膛，說：「沒錯，我是。」

「那麼，海肥先生，我們這就把話說清楚吧。我不會踏進你的家或你的教會去貶抑你的信仰，雖然我非常不同意你們那一套。現在，我沒期望你崇敬我的信仰——事實上，儘管我堅定地信仰我的女神，我從沒想過要改變你的信仰。我尊重你，我只要求你對我表現出同樣的尊重。既然你人在我『家』，就應該尊重我的信仰。」

約翰雙眼瞇成一條縫，流露出輕蔑的眼光。我看見他咬緊牙關，下巴時緊時鬆。「你們的人生道路是邪惡、錯誤的。」他狠狠地說。

「聽，這人說了什麼話。他信仰的那個上帝輕蔑享樂，透過罪惡感和恐懼來控制教徒；女性是教會的重要支柱，卻將女性貶抑成奴婢和傳宗接代的母馬。」奈菲瑞特輕笑一聲。那笑聲一點也不好玩，蘊含嚴厲的警告，嚇得我手臂上寒毛直豎。「批評別人時，請謹慎吧。或許你應該先清理自己的門戶。」

約翰的臉脹紅，深吸一口氣後張開嘴巴。我知道他即將發表措詞惡毒的訓話，堅持他的信仰才正確，別人大錯特錯之類的。不過，他的話來不及說出口就被奈菲瑞特打斷。她沒提高音量，但語氣瞬間充滿女祭司長的威嚴。即使她的怒氣不是衝著我來，我也嚇得發抖。

「你現在有兩個選擇。留下來，好好做個應邀前來夜之屋的客人。做這個選擇代表你必須尊重我們的信仰，把你個人的不悅和批評放在心裡。要不，你可以離開，永遠都別再來。**現在就決定**。」最後這句話的力道往我身上沖擊過來，我得費力穩住才沒畏縮後退。我注意到我媽睜大茫然的雙眼，盯著奈菲瑞特，臉蒼白得像牛奶。約翰的表情則截然不同，雙眼瞇著，滿臉脹紅。

「琳達，」他咬牙切齒地說：「我們走。」然後，他向我投來厭惡與仇恨的眼光，逼得我真的往後退了一步。我是說，我知道他不喜歡我，但直到此刻我才明白他如此痛恨我。「妳活該待在這種地方。妳媽和我絕不會再踏進這裡一步。妳就自生自滅吧。」他轉身，朝門口走去。我媽躊躇了一下，有那麼半晌我以為她會說些什麼安慰的話，譬如對丈夫這種行為道歉，或說她很想念我，或者要我別擔心，不管他怎麼說，她會再回來看我之類的。

但是，她這麼說：「柔依，我真不敢相信妳會淪落到這種地步。」她搖搖頭，然後如同往常，緊跟在約翰後頭，就這樣離開了。

「喔，寶貝，對不起。」阿嬤抱住我，悄聲跟我保證：「我會回來的，我的小鳥兒，我保證。還有，我以妳為榮！」她抓著我的肩膀，透過朦朧的淚眼對我微笑。「我可以感覺到，我們切羅基族的祖先也以妳為榮。妳受到女神的眷顧，有忠心的好朋友陪伴。」她瞥了奈菲瑞特一眼，接著說：「還有充滿智慧的老師。有一天妳可能會原諒妳母親，那天來到之前，妳要記住，在我心中，妳是我的女兒，**嗚威記阿給亞**。」她親吻我，繼續說：「現在我也得走了。我開了妳的車來，這就把車子留在這裡給妳，所以我必須搭他們的車回去。」她把我那輛古董金龜車的鑰匙遞給我。「柔依鳥兒，妳要永遠記得，阿嬤愛妳。」

「我也愛妳，阿嬤。」我給她一個吻，緊緊抱住她，深深吸氣，彷彿要將她的氣味納進肺裡，接下來這一個月想念她時，就可以將她慢慢吐出，感覺有她陪伴。

「再見了，寶貝。有機會就打電話給我。」她又親吻我，然後離開。

我看著她離去，不知道自己在哭泣，直到淚水從臉頰滑落到頸部。我全然忘記奈菲瑞特仍站在我身邊，所以她遞面紙給我時，我嚇了一跳。

「柔依，很遺憾發生這種事。」她靜靜地說。

「我不遺憾。」我擤了擤鼻子，擦乾眼淚之後才注視她。「謝謝妳挺身對抗他。」

「但我無意把妳母親也趕走。」

「妳沒趕她走，是她自己選擇跟他離開的。過去三年來她就是這樣。」我感覺到喉嚨底部又聚積熱淚，趕緊說話轉移注意力，希望能讓淚水消失。「她以前不是這樣的。我知道我這麼想很蠢，不過我真的一直期望她會變回她原來的樣子。只是我的希望從沒實現過。那感覺就像他殺了我媽，在她的身體裡面放進一個陌生人。」

奈菲瑞特伸手摟著我。「我喜歡妳外婆說的那句話，或許有一天妳能原諒妳母親。」

我凝視著他們三人剛剛走出去的那道門。「那一天可能很遙遠。」

奈菲瑞特捏了捏我的肩頭，表示同情。

我抬頭看她，好高興有她陪著我。這時，我心裡又冒出那個出現過千萬次的念頭：真希望她是我媽媽。然後，我想起將近一個月前她曾告訴我，她小時候媽媽死了，從此爸爸在肉體和精神上對她百般凌虐，直到她被標記才脫離苦海。

「妳原諒妳父親了嗎？」我小心翼翼地問她。

奈菲瑞特低頭看我，眨眼數次，彷彿正從遙遠的回憶裡慢慢回神。「沒有，我沒原諒他，不過現在我想到他時，會覺得那是別人的人生。他對我做過的那些事情，是對某個人類小孩做的，不是對一個女祭司長和吸血鬼做的。對女祭司長和吸血鬼來說，他和多數人類一樣，無足輕重。」

她的語氣聽起來很堅強，很肯定，但是當我凝視她美麗綠眸的深處，卻發現有一絲久遠之前發生但顯然沒被遺忘的痛苦回憶閃過。我納悶，她對自己誠實嗎……

2

奈菲瑞特說我可以不必繼續留在會客廳，我大大鬆了一口氣。經過家人這番喧鬧，我覺得大家都在對我行「注目禮」。畢竟，我除了有詭異的記印，還來自一個恐怖的家庭。我抄捷徑遠離會客廳，沿著從用膳堂窗戶往外望，就可以看到的美麗中庭裡的人行道往外走。

現在已過了午夜十二點。沒錯，在這種時間邀請家長到校的確很怪，不過學校晚上八點開始上課，凌晨三點結束，所以也挺合理的。表面上來看，或許讓懇親會在晚上八點甚或上課前一個小時開始會比較合適，但奈菲瑞特告訴我，這樣安排是為了讓父母接受孩子的蛻變，知道對他們的孩子來說，白天與夜晚將永遠不同於以往。不過在我來看，訂在這種不方便的時間還有另一個好處：讓很多父母有藉口不參加，而不必殘忍地對孩子直言，**喂，既然你將會變成吸血怪物，我可不想再和你有什麼牽扯**。

可惜我父母沒抓到這點弦外之音。

我嘆了口氣，放慢腳步，緩緩地走在中庭的蜿蜒小徑上。十一月的夜晚涼爽清朗，接近滿月的月亮散發出銀色光芒，和照亮中庭的古董煤氣燈所散發的暈黃幽光，形成強烈對比。我聽見中庭正中央那座噴泉的聲音，不知不覺改變方向朝它走去。或許琤瑽作響的泉水聲具有撫慰效果，可以紓解我的壓力……也可以幫助我忘記剛剛的事情。

我沿著通往噴泉的弧形小徑慢慢前進，邊走邊想著我那超級迷人的準男友艾瑞克。他離校去參加一年一度的莎士比亞獨白劇競賽了。當然，他是先贏得校內競賽第一名，然後輕易就晉級到夜之屋的國際比賽。今天是週四，他週一才出發，不過我已經想他想得快瘋了，等不及他週日回來。艾瑞克是我們學校最帥的男孩。噢，不管在哪個學校，他很可能都是最帥的。他高大英俊，膚色深黝，簡直可媲美那些作風老派的電影明星（沒有同性戀傾向的那種）。他還才華洋溢，不久一定可以躋身吸血鬼電影明星之列，和馬修·麥康納、詹姆斯·法蘭科、傑克·葛倫霍，以及休·傑克曼（就一個上了年紀的男人而言，他眞是帥）齊名。此外，艾瑞克心地很好，而這點讓他更加迷人。

我承認，此刻我腦子裡幻想著，艾瑞克和我轟轟烈烈的愛情可比中世紀的著名戀人崔斯坦與伊索德，只不過結局一定是幸福快樂的，不會像詹姆斯·法蘭科主演的那部描述他們兩人愛情的電影那樣悲慘。我根本沒注意到中庭裡還有其他人，直到突然冒出的男人聲音嚇到我。那聲音聽起來很是惡毒兇狠。

「妳一次次讓我們失望，愛芙羅黛蒂！」

我楞住。愛芙羅黛蒂？

「我之前費心安排，讓貴族女校查塔姆霍爾中學願意收妳，結果妳被標記，不能去念，枉費我一片苦心。搞成這樣，還不夠糟嗎？」有個女人這麼說，聲音尖銳冰冷。

「母親，我知道。我說過了，對不起。」

好吧，我是應該離開，應該轉身，靜悄悄地快速離開中庭。愛芙羅黛蒂恐怕是全校我最討厭的人，事實上或許是全世界我最不想看到的人。即便如此，故意偷聽她被父母教訓的難堪場面，也絕對大錯特錯。

但我還是忍不住躡手躡腳地離開小徑幾步，以便藏身在那叢裝飾用的大灌木後面，而且從那裡可以一目了然看到正在發生的一切。愛芙羅黛蒂坐在靠近噴泉的石凳上，她父母站在她前方。喔，只有她媽站著，他爸在一旁走來走去。

天哪，她父母也長得太好看了吧。她爸爸高大帥氣，是那種身材維持良好，仍保有滿頭濃髮，一口貝齒的成熟型男。他穿的那套深色西裝看起來價值不菲。我覺得他好眼熟，很確定曾在電視上或哪裡看過。她媽媽也美得驚人。我的意思是，愛芙羅黛蒂是金髮美女，而她母親簡直和她一模一樣，只不過年紀較長，打扮得更體面。她身上那件毛衣顯然是最高級的喀什米爾羊毛，那串長長的珍珠項鍊肯定不是假貨。每次她開口說話，比手畫腳，無名指上那顆梨形超大鑽石就閃爍出一道跟她聲音同樣冰冷美麗的光芒。

「妳忘了妳父親是陶沙市的市長嗎？」愛芙羅黛蒂的母親厲聲說道。原來如此，難怪他看起來這麼眼熟。

「沒忘，沒忘，我當然沒忘。」

她媽媽似乎沒聽到她回答，繼續開罵。「妳原本可以在東岸念書準備上哈佛，現在卻淪落到這裡，這對我們來說已經夠難受的了。不過我們安慰自己，吸血鬼一樣可以賺大錢，功成名就，所以我們期望妳在這種——」她停頓一下，露出嫌惡的表情。「——這種奇怪的地方，也能出人頭地。可是現在我們竟然聽到妳不再是黑暗女兒的領導人，不再接受女祭司長的養成訓練。也就是說，妳在這所爛學校裡變得跟其他庸才沒兩樣！」愛芙羅黛蒂的母親停頓半晌，彷彿需要時間平撫心情。當她再度開口，我得繃緊神經，專心聆聽，才能聽見她壓低音量，咬牙切齒的聲音：「我們完全無法接受這樣的妳。」

「妳又讓我們失望了。」她父親重複之前的話。

「爸，這你說過了。」她竟然這樣回話，果然是愛芙羅黛蒂，一貫地自以爲聰明。

突然，她母親的手像一條顯目的蛇，啪地甩上愛芙羅黛蒂的臉頰。這一巴掌用力好猛，擊出的聲音嚇得我畏縮。我以爲愛芙羅黛蒂會從石凳上跳起來，掐住她媽媽的喉嚨（拜託，「惡劣至極的母夜叉」可不是亂叫的），但她沒這麼做，反而手掌摀著臉頰，低下頭。

「別哭，我以前就跟妳說過，眼淚代表軟弱。至少在這件事上給我做對。不准哭。」她母親嚴厲地說。

愛芙羅黛蒂抬起頭，手從臉頰上移開。「我不是故意讓你們失望。媽，眞的對不起。」

「光說對不起改變不了任何事情。」她母親說：「妳現在該做的是想清楚要怎麼把那個位子奪回來。」

躲在陰暗處的我屏住呼吸。

「我——我無能爲力。」愛芙羅黛蒂說，聽起來突然變得像小女孩般無助。「我搞砸了。奈菲瑞特抓到我犯錯，取消我的領導人資格，把黑暗女兒領導人的位子給了別人。我想，她甚至考慮乾脆把我轉到另一所夜之屋。」

「這點我們已經知道了！」她媽媽提高音量，咬牙切齒地吐出每個字，彷彿她的話語是冰塊做的。「來找妳之前，我們就跟奈菲瑞特談過了，她是準備將妳轉到另一所學校。不過我們跟她求情，她同意讓妳繼續留在這裡。我們也試著說服她，讓妳接受一些懲罰，例如禁足之類的，等經過一段日子後，能繼續擔任領導人。」

「喔，母親，妳沒這麼做吧？」愛芙羅黛蒂聽起來是嚇壞了。也難怪。可以想見，這對冷酷的，裝成一副完美模樣的父母，會留給我們的女祭司長什麼印象。就算愛芙羅黛蒂原本有一絲機會重獲奈菲瑞特的青睞，現在被她可怕的父母這麼一攪和，大概也毀了吧。

「我們當然得這麼做！難道妳要我們袖手旁觀，看著妳自毀前程，流落到外國哪一所名不見經傳的夜之屋，變成上不了檯面的吸血鬼小卒嗎？」她媽媽說。

「而且把自己搞得更加墮落。」她爸補了這麼一句。

「不過，就算我接受懲罰也沒用。」愛芙羅黛蒂說，顯然試圖控制沮喪的心情，跟他們講道理。「我犯了錯，大錯。這已經夠糟了，偏偏有個女孩法力比我強，所以奈菲瑞特即使不再生我的氣，也不會把黑暗女兒還給我了。」接下來愛芙羅黛蒂說的話讓我震驚。「那個女孩更適合當領導人，萬靈節那晚我就明白了。她配當黑暗女兒的領袖。我不配。」

喔，我的天啊，烈火地獄結凍了嗎？

愛芙羅黛蒂的母親往前一步靠近她，我替她緊張起來，心想她就要再賞女兒一巴掌了。不過她沒這麼做，而是俯身讓自己那張美麗面龐正對著女兒的臉。從我所站的角度來看，她們母女簡直是同一個模子印出來的，相似得令人害怕。

「**不准**妳再說有人比妳更配做什麼。妳是我的女兒，妳永遠最有資格。」然後她挺直身子，伸手撫順已經完美極了的頭髮。我很確定，她的頭髮沒那個膽子作亂。「我們無法說服奈菲瑞特把領導人的位子還給妳，妳必須自己去說服她。」

「可是，母親，我剛告訴妳——」她想繼續解釋，但被她爸爸打斷。

「把那個新來的女孩弄走，這樣一來奈菲瑞特比較有可能恢復妳的頭銜。」

啊，毀了，「那個新來的女孩」就是我嘛。

「扯她後腿，讓她犯錯，而且要讓別人去告訴奈菲瑞特，不是由妳去說，這樣會比較有說服力。」她母親一副就事論事的語氣，彷彿她說的是明天愛芙羅黛蒂該穿哪件衣服，而不是毀掉我。天哪，果眞是惡劣至極的母夜叉！

「還有，妳自己也要謹言愼行，絕不能再落人話柄。或許妳必須表現得熱心一點，讓自己的靈視發揮救人功能，至少先這麼做一陣子。」她父親說。

「可是這幾年來你們一直要我隱瞞我的靈視，還說這是我的力量之源。」

我眞不敢相信耳朵聽見的！一個月前戴米恩告訴我，學校裡有幾個學生認爲，愛芙羅黛蒂對奈菲瑞特隱瞞一些靈視，不過他們以爲這是因爲她憎恨人類。愛芙羅黛蒂的靈視多半是預見有人慘死，若她願意把她靈視的內容說出來，奈菲瑞特幾乎都能阻止悲劇發生，拯救人命。正因爲愛芙羅黛蒂故意隱瞞靈視，所以我才決定取代她。我根本不想要權力，不想要那個位子。說到這點，我到現在連身為領導人該做些什麼都不知道。那時我只知道愛芙羅黛蒂不是好東西，心想自己必須阻止她。現在我才知道，她之所以那麼做，竟是受到她父母的擺布！她爸媽竟然認為，將足以拯救人命的訊息隱瞞起來沒關係，虧她爸還是陶沙市的市長！想到竟有這種怪事，我的頭都痛起來了。

「靈視不是妳力量的**來源**！」她爸說：「我說話妳都沒專心聽嗎？我是說，妳可以利用靈視來**獲得**權力，因為訊息就是力量。妳有靈視，是身體蛻變的結果，不過是基因使然。」

「這應該是女神賜給我的禮物。」愛芙羅黛蒂輕聲說。

她母親的笑聲好冰冷。「別傻了，若真有什麼女神，她幹麼不直接賜給**妳**力量？妳這麼幼稚，又老犯錯，這次挫敗只再次證明妳真沒用。愛芙羅黛蒂，起碼放聰明點吧。利用靈視讓自己重新得寵，但要表現得低調謙虛，這樣奈菲瑞特才會相信妳是真心悔過。」

愛芙羅黛蒂低聲道歉，聲音小到我幾乎沒聽見她說「對不起……」。

「希望下個月可以聽到好消息。」

「好的，母親。」

「很好，現在陪我們回會客廳，我們得跟其他人寒暄寒暄。」

「我可以多留在這裡一會兒嗎？我不太舒服。」

「當然不行，這樣別人會怎麼說？」她母親厲聲說道。「振作起來，妳必須陪我們回去，而且舉止要優雅一點。現在走。」

愛芙羅黛蒂從石凳上慢慢站起來。我的心臟跳得好快，眞怕心跳的聲音會洩漏我的行蹤。我趕緊衝回小徑，走到岔路口，然後跑著離開中庭。

回宿舍途中，我一直想著剛剛聽到的一切。我父母會令人做噩夢，但和愛芙羅黛蒂渴望權力的父母相比，他們簡直像《脫線家族》影集裡的那對父母（對啦，我跟其他人一樣，會看「尼可羅登」兒童頻道的重播）。我很不想承認，但剛剛的景象的確讓我明白爲什麼愛芙羅黛蒂會這麼惡劣。我是說，過去三年，如果沒有阿嬤愛我，鼓勵我，幫助我堅強起來，我會變成什麼樣子？何況我媽也曾經正常過。沒錯，她是壓力很大，工作勞累，不過在我將近十七年的人生裡，前十三年她確實很正常。她是在嫁給約翰後才整個走樣。所以，我的確有很棒的媽媽和了不起的阿嬤。萬一我沒有呢？萬一我這十幾年的人生全都像過去三年，是個家人不愛的外人呢？

或許我也會變得跟愛芙羅黛蒂一樣，任父母宰制，一心只希望自己能滿足他們的期待，讓他們感到驕傲，終有一天眞的得到他們的愛。

現在我能以全新的眼光看待愛芙羅黛蒂了，不過這一點也沒讓我感到特別高興。

3

「是，柔依，我了解妳說的。不過，喂，妳不也聽到愛芙羅黛蒂正準備陷害妳，把妳從黑暗女兒領導人的位置上踢下來嗎？所以，妳不用替她難過吧。」史蒂薇．蕾說。

「我知道，我知道。對於她，我沒那麼溫情、迷糊。我只是說，聽了她和她那對變態父母的交談後，我了解她爲什麼會這樣了。」

我和史蒂薇．蕾正要去上第一堂課。其實我們一路上是用跑的，因爲如同往常，又快遲到了。我就知道不該吃第二碗「巧古拉伯爵」穀物脆片。

史蒂薇．蕾翻了翻白眼。「妳還說我心腸太好咧，自己還不是一樣。」

「我不是心腸好，我只是能了解她的處境。不過，我知道，就算我了解她，也不能改變愛芙羅黛蒂是惡劣至極的母夜叉的事實。」

史蒂薇．蕾哼了一聲，搖搖頭，一頭金色鬈髮彈跳起來，看起來眞像個小女孩。她的短髮在幾乎人人（包括男生）都是濃密長髮的夜之屋，顯得很突兀。沒錯，我本來就是長髮，不過剛來到這裡，放眼望去全是長髮、長髮、長髮，還是覺得很怪。現在，我已經覺得這不足爲奇了。我們蛻變成吸血鬼的過程會出現一些身體變化，其中之一就是頭髮和指甲長得特別快。多觀察幾次後，不用看外套上的年級標誌，也能透過身體特徵分辨哪個雛鬼屬於哪一年級。成鬼看起來和人類不同（可沒比較差，只是不一樣），所以雛鬼經歷愈來愈多的蛻變後，身體外表當然也會變得跟人類不一樣。

「柔依，妳在發什麼呆啊？」

「什麼？」

「我說，別對愛芙羅黛蒂卸下心防。沒錯，她是有一對會讓人做噩夢的父母，他們也的確在控制、擺布她。但不管怎樣，她還是滿腦子仇恨，奸詐惡毒。妳還是必須小心她。」

「嘿，別擔心，我會注意的。」

「好吧，那就好。第三堂課見嘍。」

「待會兒見。」我看著她的背影回應她。天哪，她眞會杞人憂天。

我衝進教室，剛在戴米恩旁邊的座位坐下，他也才揚起眉毛對我說了一句「今早又吃了兩碗穀物脆片啊？」上課鐘聲就馬上響起，奈菲瑞特迅速走入教室。

好吧，我知道，身爲女性卻不斷注意別的女性有多美，似乎很怪異（或者該說很變態），不過奈菲瑞特真的美斃了，彷彿有能力讓四周光線聚焦到她身上。她今天穿著簡單剪裁的黑洋裝，配上一雙好看到不行的黑色長靴。她戴著女神「夜之徑」圖案的銀耳環，衣服上的心臟位置也如同往常繡有銀色的女神標誌。她看起來不完全像女神妮克絲（我發誓我被標記那天親眼見過她），不過同樣充滿力量和自信。我承認，我很想變成她那樣子。

今天的課很不一樣，她沒整堂講課（別誤會，奈菲瑞特講起課來可一點都不無聊），而是要我們針對希臘神話裡的女妖葛更撰寫報告。過去這禮拜，我們探討的主題便是葛更。我們已得知葛更不是瞥一眼就能把男人變成石頭的怪物，事實上她是著名的吸血鬼女祭司長。女神賜給她對土元素的特殊感應力，而石頭來自土，或許「把男人變成石頭」這種傳說就是這樣來的。我很確定，若吸血鬼女祭司長大發雷霆，加上對土具有神奇感應力，那麼她確實有能力輕易將人變成花崗岩。奈菲瑞特今天要我們寫的作業，便是探討人類神話與其象徵，以及葛更故事被演義成虛構傳說背後所代表的意義。

不過我煩躁不安，無法靜下心來寫作，再說我還有整個週末可以寫。現在，我滿腦子擔心的是黑暗女兒的事。週日即將舉行月圓儀式，我得負責主持，而且我知道大家都期待我會宣布黑暗女兒的改革方針。嗯，我必須搞清楚自己想怎麼革新。沒錯，我是有一點想法，只不過這點想法需要參考更多資料才得以成形。

我快速收妥筆記本，不理會旁邊戴米恩的好奇眼神，起身走向奈菲瑞特的講桌。

「柔依，有問題嗎？」奈菲瑞特問。

「沒有，呃，有。是這樣的，如果妳准許我提早離開到視聽圖書館，或許我的問題就能解決。」我發現自己很緊張，畢竟我來夜之屋不過一個月，還不了解上課請假的規定。這一個月裡我只見過兩個學生課上到一半病倒，身體排斥蛻變，然後死了，兩個都死了。其中一個在文學課堂上死掉，整個過程就在我面前發生，眞的好嚇人。除了這種偶發狀況，很少有學生缺課。奈菲瑞特凝視著我，我想起她的直覺力很強，或許她已感應到我腦袋裡這些可笑的蠢念頭吧。我嘆口氣，說：「是黑暗女兒的事，我得想想該如何領導大家。」

她看起來很高興。「有什麼我可以幫妳的嗎？」

「或許，不過我得先自己研究一下，把一些想法釐清。」

「很好，等妳準備好就來找我。妳想在圖書館待多久就待多久吧。」奈菲瑞特說。

我躊躇了一下，問她：「我需要有准許離開教室的准假單嗎？」

她笑了笑，說：「我是妳的導師，我都已經准許了，哪還需要什麼准假單？」

「謝謝。」我說，覺得自己好蠢，趕緊跑出教室。如果在學校待得夠久，能摸清楚這裡的一些規定就好了。不過，我實在不知道自己幹麼擔心那麼多。走廊空蕩蕩，和我以前的學校很不一樣。我之前念斷箭市南區中學時，有個有拿破崙自卑情結，皮膚曬得過度黝黑的副校長，沒事可做，老在走廊上晃來晃去，找學生麻煩。我放慢腳步，告訴自己放輕鬆。唉，我最近神經繃得太緊了。

圖書館位於校園前半部中央，是一個多樓層的大房間，建築風格仿效城堡塔樓，與學校裡其他建築配搭，整個校園活像存在於古代。或許就是因爲這樣，五年前吸血鬼才會看上這裡。以前這地方是富裕人家小孩上大學前念的貴族預備學校，不過一開始是「信仰子民教會」的奧古斯汀修道院。我還記得問過奈菲瑞特，這所貴族預校怎麼會願意賣給吸血鬼，奈菲瑞特說，因爲他們拒絕不了。她回答時的可怕口吻，我現在想起來仍不寒而慄。

「咪—呦—嗚，喵—呦—嗚！」

突來的聲音讓我嚇到差點尿褲子。「娜拉！妳要嚇死我啊！」

我這隻貓咪完全不理會我抱怨，逕自跳到我懷裡，害我雙手除了拿筆記本和錢包，還得忙著捧住這隻胖嘟嘟的橘色小貓。娜拉不斷發牢騷，聲音像是隻老母貓。她喜歡我，選擇我當她的主人，但這不表示她永遠對我滿意。我挪挪她，以便空出手來推開圖書館的門。

對了，奈菲瑞特對我那垃圾繼父說的話沒錯，在這所學校裡，貓咪的確可以在校園裡亂逛。牠們經常跟著主人去上課，娜拉更是一天找我好幾次。她來找我，總是要我搔她的頭，對我發發牢騷，然後就離開，去做貓咪不在主人身邊時會做的任何事（搞不好是去策畫統治世界的陰謀）。

「要我幫忙抱她嗎？」視聽圖書館的專員問。我只在剛開始熟悉校園的第一週短暫見過她，不過我記得她叫莎芙（不是一千年前那個古希臘女吸血鬼詩人莎芙啦，不過我們最近文學課正在讀她的詩）。

「不用，莎芙，不過還是謝謝妳。娜拉只喜歡給我抱。」

莎芙身材嬌小，一頭深色秀髮，身上的刺青很美。戴米恩告訴過我，那刺青是古希臘字母。莎芙對娜拉露出喜愛的神情，笑著說：「貓咪是很有趣的動物，妳不覺得嗎？」

我將娜拉挪到另一側肩上，她便又在我耳邊咕噥。「他們肯定和狗不同。」我說。

「這點眞要感謝女神！」

「我可以用這裡的電腦嗎？」視聽圖書館裡有一排排的書，成千上萬本，不過也有很酷的電腦室，裡頭的設備、軟體都是最新的。

「當然沒問題，妳就隨意使用吧。若找不到需要的資訊，隨時叫我。」

「謝謝。」

我挑了一張漂亮大桌上的電腦，登入網際網路。這一點和我以前的學校也很不同。在這裡，不需要密碼，也沒有過濾軟體來限制瀏覽。校方期待學生自律，若隨便亂來，成鬼絕對會發現。要知道，你幾乎不可能欺騙成鬼。不用說，對奈菲瑞特說謊的後果肯定很恐怖。

專心，別浪費時間了，這可是很重要的大事。

好，有個點子在我腦袋裡轉很久了，現在該是找相關資料的時候了。我打開搜尋引擎Google，輸入「私立預校」這幾個字，跳出一大堆搜尋結果。我開始逐步縮小搜尋範圍。我要找的是高級菁英學校（但可不是那種愚蠢的「另類學校」。盡培養些白領犯罪階級）。不過，我也想找歷史悠久的老學校，就是經歷過數個世代，禁得起時間考驗的那種。

我隨便一查，就看到了查塔姆霍爾中學，正是愛芙羅黛蒂的父母原本要她去念的那間。這所位於東岸的貴族預校，從照片看起來還眞是神氣活現呢。我跳出該校網站。愛芙羅黛蒂父母喜歡的地方，絕不會是我想拿來當範本的例子。我繼續搜尋……愛克斯特……安多福……塔夫特……波特小姐之校（嘻嘻，眞的有這所學校呢）……肯特……

「肯特。我以前聽過這個校名。」我告訴娜拉。她蜷縮在桌子上，睡眼惺忪地看著我。我點進這個學校。「在康乃迪克州，難怪耳熟，簫妮被標記時就在這所學校念書嘛。」我快速瀏覽，想知道她在什麼樣的地方度過一年級上學期。這學校很美，這點無法否認。當然，看起來也很跩，不過比其他預校親切一些，或許是因爲我認識簫妮吧。我繼續瀏覽這個網站，突然坐直身子。「就是這個，」我喃喃自語：「這就是我需要的東西。」

我拿起筆記本和筆，專心做筆記，寫了滿滿一大頁。

若非娜拉事先出聲警告，我很可能被身後突然冒出的低沉聲音嚇得魂飛魄散。

「妳好專心呀。」

我轉過頭往後瞥，整個人楞住。喔，我的天哪。

「對不起，我無意打擾妳，只不過難得見到有學生這麼認眞提筆寫字。現在的學生通常只會敲鍵盤。我還以爲妳在寫詩呢。我覺得寫詩就應該手寫，別用冷冰冰的電腦。」

別表現得像智障！跟他說話啊！我的心對我吶喊。「我——呃——我不是在寫詩。」老天哪，我太天才了吧。

「喔，我只是隨口問問。很高興跟妳說話。」

他笑一笑，轉身準備離去，這時我的嘴巴終於說出還算像樣的話。「呃，我也覺得電腦冷冰冰的。我不曾眞正寫過詩，不過要寫一些重要的東西時，我都會提筆手寫。」我還將筆舉高給他看。眞是蠢。

「嗯，或許妳可以試著寫詩，我覺得妳有詩人的靈魂。」他朝我伸出手，準備跟我握手。「通常這時間我會過來這裡，好讓莎芙休息一下。我不是全職老師，只會在這裡待一年，目前只有兩堂課，所以時間很多。我叫羅倫·布雷克，吸血鬼桂冠詩人。」

我以吸血鬼傳統的致意方式抓住他的前臂，努力不去想他的手有多溫暖，他有多強壯，以及空蕩的視聽圖書館裡只有我們兩個孤男寡女。

「我認得你。」我說。話一出口，我就想刎頸自盡。怎麼會說出這種蠢話啊？「我是說，我知道你是誰。你是兩百年來第一位男性桂冠詩人。」就在這時，我發現自己還抓著他的手，於是趕緊放開。「我是柔依·紅鳥。」

他的笑容讓我一顆心如小鹿怦怦亂撞。「我也知道妳是誰。」他那雙深邃、黝黑的眼睛閃爍著淘氣眼神。「妳就是有史以來第一個有實心記印，而且記印還增生出其他圖案的雛鬼。此外，妳也是第一個對五元素具有感應力的雛鬼，而這是連成鬼都不曾有的。很高興終於和妳見上面。奈菲瑞特跟我提起過很多妳的事。」

「她提過？」丟臉死了，我說話的聲音竟然那麼尖。

「當然提過，她非常以妳爲榮。」他看著我旁邊的座位點了點頭。「我不想打擾妳，不過，我可以陪妳坐一會兒嗎？」

「好啊，當然。我也想休息一下。坐了這麼久，屁股都麻了。」唉，老天爺啊，乾脆讓我死了算了。

他噗嗤笑了出來。「那，我坐著的時候，妳要起來站一站嗎？」

「不用，我——呃——在椅子上挪動挪動就好。」才說完，我就想從窗戶跳出去。

「嗯，如果不太冒昧的話，我可以問妳這麼專注是在寫什麼嗎？」

嗯，這我得好好想過再回答。我告訴自己，要表現正常一點，忘了他是我這輩子見過的男人當中，俊美到輕易就讓人心跳停止的人。我應該把他當成學校老師，就跟其他老師一樣。對，就這麼辦。他只不過是看起來像所有女性心目中「完美男人」的老師罷了。我指的是「男人」喔。艾瑞克性感、俊俏，也很酷，但羅倫·布雷克則是完全不同的類型。他那種幾乎不可能存在的性感迷人風采，是我無法接近的禁區。從他的表現看來，彷彿在他眼中，我不是女孩，而是一個女人。但我才十六歲欸，好吧，將近十七歲，不過也還算是孩子啊。至於他，起碼二十一歲吧。也許他只是想表示友善，或者是想近看我額頭那怪異的記印。他說不定是在構思一首詩，想收集點資料，而這首詩肯定會讓我難堪，因爲它是關於——

「柔依，妳沒事吧？如果妳不想告訴我，也沒關係，我眞的不是有意打擾妳。」

「不會！沒關係。」我深吸一口氣，設法鎭定。「對不起，可能我腦袋還在想著我的研究吧。」我說謊，只盼他年紀這麼輕，還沒發展出年長老師具有的測謊能力。接著，我硬是迅速把話題轉到我的問題上頭：「我想要改變黑暗女兒。我認爲這個社團需要有根基，也就是需要某些清楚的規矩和準則。一旦加入黑暗女兒，就應該遵循一套標準。我不希望成員以爲這個身分可以讓他們爲所欲爲，而且還可以享有身爲黑暗女兒或黑暗男兒的特權。」講到這裡，我停頓下來，感覺自己臉頰愈來愈燙。我在胡扯些什麼啊？別人聽來一定覺得我像個書呆子。

然而他不僅沒笑我，或說些看不起我的話，然後起身揚長而去，反而好像很認眞地在思考我說的話。

「那，妳想到什麼了呢？」他問。

「嗯，我喜歡這所叫肯特的私校裡面學生菁英團體的運作方式。你看看——」我點入網頁上的一個連結，開始唸裡頭的說明。「在肯特，『學長議會』和『領袖生制度』是校園生活不可或缺的元素。這些學生被拔擢爲領導人，宣示成爲楷模，負責學生生活的每一層面。」我拿筆指著電腦螢幕。「瞧，他們有幾種不同的領袖生，每年學生和教員投票選出年度委員，然後由領袖生長和校長做最後圈選。在我們學校，校長當然就是奈菲瑞特。」

「而領袖生長就是妳。」他說。

我再次覺得自己臉頰發燙。「是。這裡也提到，每年五月新的委員會成員將被『拍肩』，指定爲下學年的候選人，而且他們還會舉行盛大的慶祝儀式。」我露出微笑，繼續往下說，不過口氣比較像自言自語，而非說給他聽。「妮克絲應該會贊同這種新的儀式吧。」說完後，我內心深處油然而生「確實如此」的感覺。

「我喜歡，」羅倫說：「我覺得這點子很棒。」

「眞的嗎？你不會只是隨口說說吧？」

「妳應該知道，我這個人是不說謊的。」

我凝視他那雙深不可測的眼眸。他離我好近，我甚至感覺得到他身上的溫度。我得奮力壓抑，才不至於因爲內心冒出的非分遐想而全身顫動。「嗯，謝謝。」我輕聲說。突然，我變得很勇敢，繼續告訴他：「我想讓黑暗女兒不只是聯誼性的團體，我希望這團體的成員都能樹立榜樣，爲所應爲。所以我在想，大家應該起誓尊崇五元素所代表的五種價值。」

他揚起眉毛，問我：「妳想到的價值是什麼呢？」

「黑暗女兒和黑暗男兒應該誓言體現風所代表的眞誠、火所代表的忠心、水所代表的智慧、土所代表的熱心，以及靈所代表的正直。」我心裡已牢記這五種價值，所以說的時候沒低頭看筆記，而是直視他的眼睛。他半晌沒說話，然後慢慢地伸出一根手指撫摸我臉上刺青的線條。被他一碰觸，我悸動得想顫抖，但我無法動彈。

「美麗、聰慧又純真。」他喃喃地說，然後以不可思議的迷人嗓音吟誦道：「**美麗之最，任一幅畫都無法表達。**」

「對不起，打擾了，不過我眞的必須借這系列書籍的後面三冊。安娜塔西亞老師的課要用到。」

愛芙羅黛蒂的聲音打破羅倫和我之間的魔幻感覺，也害我差點心臟病發作。羅倫看來和我一樣受到驚嚇。他的手趕緊從我臉上放下，快速走到書籍借還的櫃檯。我坐在原位，不敢動彈，彷彿在椅子上生了根，還裝出一副很忙的樣子，埋頭在筆記本上奮筆疾書（的確，筆記本上立刻疾書出不知所云的塗鴉）。然後，我聽見莎芙回來，從羅倫手中接過愛芙羅黛蒂要借的書。接著，我聽見他離開，終於克制不住，轉頭看他。他走出門，完全沒理會我。

但愛芙羅黛蒂直盯著我看，美麗的雙唇露出邪惡的微笑。

唉，慘了。

4

我想告訴史蒂薇．蕾我和羅倫之間發生的事，還有愛芙羅黛蒂在圖書館撞見我們的情景，但我眞的不想在戴米恩和孿生的面前提起。並非我不把他們當朋友，而是我還沒有時間去消化這件事。一想到他們三個聽到之後會興奮得直嚷嚷，我就退卻。尤其孿生的還刻意調整課程，只爲了能上羅倫的詩學選修，而她們也坦承，每天上這堂課時她們都只顧盯著他看。若我把我和羅倫之間發生的事情說出來，她們肯定會瘋掉。（再說，我們眞的有怎樣嗎？我的意思是，他只不過摸了我的臉啊。）

「妳怎麼了？」史蒂薇．蕾問。

他們四個人原本在專心討論依琳的沙拉裡是不是有一根頭髮，或者那只是芹菜莖的細絲，一聽史蒂薇．蕾這麼問，立即把注意力轉移到我身上。

「沒什麼，我只是在想週日的月圓儀式。」我看著這夥朋友。他們凝視我的眼神，顯示他們相信我會想到好主意，不會讓自己出糗。眞希望自己也擁有他們對我的那種信心。

「那妳打算怎麼做？決定了嗎？」戴米恩問。

「我想，應該決定了吧。事實上我正想聽聽你們幾個對這主意的看法……」我開始說明委員會和領袖生制度的點子。大約講到一半時，我自己就已經確定，這個想法眞的不錯。最後，我提到五元素所代表的五種價值。

我說完後，沒人開口說話。就在我開始擔心起來之際，史蒂薇・蕾突然張開雙臂，把我緊緊抱住。「喔，柔依！妳肯定會成爲了不起的女祭司長。」

戴米恩感動得淚眼朦朧，聲音沙啞但動人。「我覺得自己正身處宮殿，謁見一位偉大的女王。」

「你自己也可以當女王啊。」簫妮說。

「戴米恩女王陛下……哈哈。」依琳說，咯咯咯笑個不停。

「你們大家……」史蒂薇・蕾正要出聲斥責他們。

「不好意思啊。」孿生的異口同聲道歉。

「很難克制嘛。」簫妮說：「不過說眞的，我們愛死這個點子了。」

「是啊，聽起來是嚇阻母夜叉的好方法。」依琳說。

「嗯，這正是我要跟你們討論的另一件事。」我深吸一口氣。「我在想，委員會成員最好是七個。這樣一來，大小適中，而且投票時也不會有平手的狀況發生。」大家點頭稱是。

「我讀過的一些資料，喔，不只是有關黑暗女兒的資料，也包括一般學生領導團體的資料，上頭都說，委員會成員應該是高年級生。事實上，我這個領袖生長的角色，也應該由高年級來擔任，而不是新生。」

「我寧可說是三年級生，這樣聽起來成熟多了。」戴米恩說。

「不管怎麼稱呼，由我們這種低年級生來當委員會成員，的確不合常態。也就是說，我們還得找兩個高年級生加入。」

大家沉默了一會兒，然後戴米恩說：「我提名艾瑞克．奈特。」

簫妮翻了翻白眼。

依琳說：「拜託，我們得跟你說多少次啊，這男孩跟你不同掛，他喜歡胸脯和陰道，不愛陽具和肛——」

「夠了！」我完全不想扯到這種話題上。「我在想，艾瑞克．奈特的確是個好人選，**不是**因爲他喜歡我，或者，嗯……」

「女性的身體部位？」史蒂薇．蕾說。

「對，他喜歡女性的身體部位，對男性的身體部位沒興趣。不過，重點是他具有我們正在尋找的特質。他才華洋溢，人緣絕佳，而且心地善良。」

「還帥到……」依琳說。

「……不行。」簫妮把話接完。

「這倒是眞的，他的確很帥。不過我們絕對不能依據外貌來決定人選。」

簫妮和依琳皺眉，但沒和我爭辯。她們其實沒那麼膚淺，只是有一點膚淺。

我再度深吸一口氣。「我想，委員會的七個成員當中，要有一位來自愛芙羅黛蒂那群人，也就是說，若她們有人想加入委員會，我們不能拒絕。」

這次，他們可沒驚訝或興奮得陷入沉默。如同往常，依琳和簫妮異口同聲說話了。

「那些惡劣至極的母夜叉！」

「打死都不～～要！」

戴米恩說：「我不覺得這是個好主意。」這同時，孿生的吸一口氣，準備再次叫嚷。

史蒂薇．蕾一臉沮喪，沒說話，但開始焦慮地撕著自己嘴唇上的脫皮。

我舉手制止，眞高興（也很驚訝）他們果眞乖乖閉上嘴巴。

「我接掌黑暗女兒不是要在學校裡挑起對立。我接下這個位子是因爲愛芙羅黛蒂太霸道，得有人制止她。現在既然由我負責，我希望黑暗女兒能讓加入的學生備感光榮。不過我可不是要讓它成為菁英社團，像愛芙羅黛蒂掌權時那樣。黑暗女兒和黑暗男兒確實應該不容易參加，應該經過挑選，但不是只有領導人的朋友才有機會加入。我希望每位學生都能覺得黑暗女兒和黑暗男兒令人驕傲，而我覺得，納入以前的核心成員或許能傳達這種信息。」

「也就是說，妳要把陰險的毒蛇放進我們中間。」戴米恩平靜地說。

「我若說錯請糾正我，不過就我所知，女神妮克絲身邊不就有蛇嗎？」我聽從內心湧出的直覺，迅速繼續說：「牠們惡名昭彰，因為自古以來牠們象徵女性力量，而男人處心積慮想壓抑女人的這種力量，所以就將蛇說成噁心可怕的東西。」

「對，妳說得沒錯。」他心不甘情不願地承認。「不過這不代表讓愛芙羅黛蒂那群人加入我們的委員會是個好主意。」

「瞧，這就是重點，我不想讓委員會成為**我們的**委員會，我要它成為學校的傳統，某種可以超越我們而綿延流傳的東西。」

「所以，妳的意思是，萬一我們有誰沒熬過蛻變，那麼，只要這個新的黑暗女兒存在，就好像我們還活著？」史蒂薇・蕾說。我發現她這番話引起其他人的關注了。

「這正是我的意思，雖然直到此刻我才了解這一點。」我激動地說。

「嗯，我喜歡這點，雖然我完全不想見到自己肺部充血，吐血而死。」依琳說。

「妳當然不會希望這樣，孿生的，這種死法很難看的。」

「我可不願想像我們沒能熬過去。」戴米恩說：「不過若真的發生這種憾事，我還挺希望自己身後有什麼能繼續留在這個學校裡。」

「我們會有匾額嗎？」史蒂薇．蕾問。我發現她臉色突然變得異常慘白。

「匾額？」我搞不懂她在說什麼。

「是啊，我想，我們應該有塊匾額之類的，上面寫著所有什麼什麼……『生』的名字。妳是用什麼名稱來著？」

「領袖生。」戴米恩替我回答。

「對，領袖生。匾額或者什麼之類的，總之，就是把每年領袖生委員會的成員名字寫在上面，永久保留下來。」

「對。」簫妮說，顯然很喜歡這個點子。「不過，不能只有匾額，還要來點比老式匾額酷的東西。」

「某種很獨特的東西，就跟我們一樣獨特。」依琳說。

「手印。」戴米恩提議。

「什麼？」我問。

「我們的手印都是獨一無二的啊。大家可以把自己的手印捺壓在水泥上，然後在下面簽上自己的名字。」戴米恩解釋。

「就像好萊塢那些明星一樣！」史蒂薇・蕾說。

好吧，的確有點俗氣，不過，這也就表示我會忍不住愛上這個主意。手印確實跟我們一樣，獨特，酷，還略帶低俗趣味。

「我覺得手印這個點子很棒。你們認爲，把手印放在哪裡最合適？」大家眼睛發亮，興奮地看著我。之前怕愛芙羅黛蒂的朋友加入委員會的擔憂，以及持續縈繞我們心頭的猝死恐懼，暫時都被遺忘了。「中庭花園最合適。」

鐘聲響起，喚我們去上課。我請史蒂薇・蕾向西班牙語課的嘉蜜老師報告，我要去找奈菲瑞特，晚點才進教室。我眞的好想趁這些想法在腦海裡仍清楚鮮明的時候，趕緊告訴奈菲瑞特。不會花太多時間的，我只是要把基本概念告訴她，看她喜不喜歡我這個方向。或許……或許我會邀請她出席週日的月圓儀式，我宣布新的黑暗女兒和男兒選拔程序時在場。我想，如果奈菲瑞特在場，看我設立守護圈，帶領儀式，我一定會緊張。但我鼓勵自己，別緊張……對黑暗女兒來說，這是最棒的，若有女祭司長到場支持我的新點子，並且——

「可是我眞的看見了！」奈菲瑞特專屬教室的門開著，傳出愛芙羅黛蒂的聲音。我的思緒被打斷，立刻停下腳步。她的口氣聽起來好悲慘，好沮喪，或許還很害怕。

「如果妳的靈視就只是這樣，或許妳不該再告訴別人妳見到的東西。」奈菲瑞特的聲音冰冷無情，讓人戰慄。

「可是，奈菲瑞特，是妳要我說的！我只是把我看到的告訴妳。」

愛芙羅黛蒂在說什麼啊？糟糕，她該不會跑來跟奈菲瑞特說看見羅倫摸我的臉吧？我環顧走廊，空蕩蕩的，沒有別人在。照理說我應該馬上離開這裡，不過若那母夜叉在講我的壞話，我打死都不走，雖然奈菲瑞特似乎不相信她說的話。所以，我沒像聰明女孩會做的那樣，轉身離開，反而悄聲疾步走到半敞的門邊的陰暗角落。然後，我靈機一動，拔下我的銀色大耳圈，丟到角落裡。我經常在奈菲瑞特的教室進進出出，若此時被人撞見，就說我在找耳環，應該說得過去。

「妳知道我要妳怎麼做嗎？」奈菲瑞特的聲音充滿怒氣和威嚴，我甚至感覺到那些字句爬上我的肌膚。「**不確定的**事，我要妳學著不說出來。」她指的是羅倫和我的事嗎？

「我——我只是想讓妳知道。」愛芙羅黛蒂開始哭泣，話語因抽噎而斷斷續續。「我，我覺得，或許妳可以做點什麼來阻止事情發生。」

「妳若夠聰明，就該覺得，妳過去的自私行爲導致妮克絲把她賜給妳的法力收回去了。

現在妳不再得寵，所以妳的靈視見到的一切景象都是錯誤虛幻的。」

我從未聽過奈菲瑞特說出如此殘酷的話，聽起來完全不像她，我害怕極了。但何以這麼害怕，我也說不出所以然來。被標記那天，我抵達夜之屋之前發生意外，昏倒時靈魂出竅，見到了妮克絲。女神告訴我，她對我有特別的計畫，然後她親吻我的額頭。我醒來後記印已經變成實心，而且對五元素具有強烈的感應力（雖然我後來才了解這點）。此外，我還產生一種奇怪的直覺，它會告訴我該說或該做什麼，有時候也會清楚地要我閉嘴。現在我的直覺告訴我，奈菲瑞特不該如此生氣，即便她是在駁斥愛芙羅黛蒂對我的毀謗。

「奈菲瑞特，求妳別這麼說！」愛芙羅黛蒂啜泣著。「請別告訴我妮克絲唾棄我了！」

「我不必告訴妳什麼。妳往自己的靈魂深處探索吧，看看它要告訴妳什麼。」

如果奈菲瑞特的口氣溫和點，這些話聽起來就像有智慧的老師或女祭司正在指點犯錯的孩子，勸他們撫心自問，找出問題，解決問題。但奈菲瑞特的語氣冰冷、刻薄，又殘酷。

「我的靈魂……它告訴我，我，呃，我犯了錯，不過它沒說女神憎恨我。」

愛芙羅黛蒂哭得好傷心，我愈來愈聽不清楚她說的話。

「那妳應該探索得更仔細。」

愛芙羅黛蒂的啜泣令人揪心，我聽不下去了。我留下耳圈，聽從直覺，逕自離開。

5

等回去上西班牙語，這堂課剩下的時間裡我的肚子都在痛，痛到我甚至想出該怎麼告訴嘉蜜老師：“puedo ir al bano”（我要上廁所）。我在廁所待了好久，久到史蒂薇．蕾跟進來看我是否有什麼不對勁。

我知道我讓她擔心了，我的意思是，若雛鬼開始病懨懨，通常表示她快死了。而我很確定我這時看起來氣色很差。我告訴史蒂薇．蕾，我生理期來了，被經痛折磨得快死，但不會眞的死掉。她似乎還是不放心。

好高興終於上到這週的最後一堂課，馬術研究。不只因爲我喜歡這堂課，更因爲這堂課能平緩我的情緒。這個禮拜我終於可以騎著普西芬妮慢跑打浪，練習換腳提速了。普西芬妮是蕾諾比亞上課第一週就指定給我照顧的馬。蕾諾比亞不要我們稱呼她老師，她說，她的名字源自古代吸血鬼皇后，所以光名字本身就是頭銜了。我和這匹美麗的母馬一起練習跑步，直到她和我都汗流浹背，而我的肚子也好多了。我不在乎放學鐘聲半小時前就響起，好整以暇地幫她散熱冷卻，替她梳毛，然後才離開她的馬欄。我走到收拾整潔的馬具房，準備將馬刷放好，竟意外發現蕾諾比亞坐在門外的椅子上。她正在一塊看來已經乾淨無瑕的英式馬鞍上塗抹皮革皀。

蕾諾比亞長得很美，就算以吸血鬼的高標準來說，也很出眾。她長髮及腰，髮色金亮，幾乎呈白色。眼珠是奇怪的灰色，像暴風雨時的天空。她身材嬌小，體態像芭蕾女伶，臉上的刺青則是複雜糾纏的寶藍色繩結圖案，裡頭有馬兒，或後腿直立，或馬頭往前衝。

「馬可以幫助我們度過難關。」她突然說話，頭抬也沒抬，繼續看著馬鞍。

我不知道該說些什麼。我喜歡蕾諾比亞。好吧，我承認剛開始上她的課時，我很怕她，因爲她看起來好嚴厲，說話又帶刺，不過了解她（同時也證明給她看，我知道馬不只是大狗）之後，我就能欣賞她的機智和那不囉唆廢話的個性。事實上，除了奈菲瑞特，她是我最喜歡的老師，不過她和我從未聊過馬以外的話題。所以，對她這句話，我猶豫著不知該如何回應，最後才終於開口：「普西芬妮能安撫我的情緒。就算我原本心裡煩躁，牠也能讓我平靜下來。這種感覺有意義嗎？」

她抬頭看我，灰色眼眸蒙著一層憂慮。「很有意義。」她停頓片刻，接著說：「柔依，妳在太短的時間內被賦予太多責任了。」

「沒關係。」我要她放心。「我的意思是，身爲黑暗女兒的領導人是一種榮耀。」

「帶給人最大榮耀的事物，通常也會帶來最大的問題。」她又停頓下來。或許是我自己想像的，不過我覺得她似乎正在猶豫該不該吐露更多。她挺直原本就很直的脊背，繼續說：「奈菲瑞特是妳的導師，妳的確該對她傾吐心事，不過有時候女祭司長可能很難溝通。我要妳知道，妳可以來找我，任何事情都行。」

我驚訝地直眨眼。「謝謝妳，蕾諾比亞。」

「我來幫妳把馬刷放好，妳快走吧。我想，妳的朋友應該開始擔心妳是不是發生什麼事了。」她笑了笑，伸手接過我手中的馬刷。「妳隨時可以來馬舍看普西芬妮。我常常覺得，替馬清潔梳理可以讓世界感覺起來沒那麼複雜。」

「謝謝。」我再次道謝。

離開馬舍時，我發誓自己眞的聽見她在我身後輕聲喊話，聽起來像是在說**願妮克絲祝福妳、看顧妳**。眞奇怪。還有一點也很怪：她說我可以跟她談談。雛鬼會和自己的導師形成特殊的緊密關係，而我有一個超級特別的導師，因爲她是學校的女祭司長。當然，我們也喜歡其他成鬼，不過學生如果有不能解決的問題，都只會找自己的導師求助，幾無例外。

從馬廄走到宿舍這段路不長，但我不急，想慢慢走，充分享受普西芬妮帶給我的安詳感覺。我漫步偏離人行道，走向學校東側那道厚實圍牆邊的那排老樹。這時將近四點（當然是凌晨），飽滿的月亮把闃黑夜晚照得好美。

我都忘了自己以前有多喜歡在東牆這一帶散步了。自從在這裡看見——起碼我以為自己看見——那兩個鬼魂後，我就設法避開這裡。

「**喵——呦——嗚！**」

「媽呀，娜拉！妳別這樣嚇我。」我彎腰把我的貓抱起來，一顆心還噗通跳個不停。我拍拍她，她又對我發牢騷。「喂，妳這樣突然冒出來很像鬼欸。」娜拉盯著我，打了個噴嚏到我臉上，我將這噴嚏當成她對被我視為鬼魂的抗議。

我第一次「看見」的應該真的是鬼，那是在伊莉莎白去世隔天發生的事。最近有兩個雛鬼死亡，震撼了全校，而她就是其中之一。嗯，更正確來說，是震驚了**我**。雛鬼在經歷生理蛻變，從人類變成吸血鬼的這四年內，隨時可能猝死，而學校要求我們把死亡當成雛鬼生活的一部分，頂多替死去的同學禱告幾次、點根蠟燭之類的，然後就要拋開，繼續過該過的日子。

我覺得這麼做似乎不對，不過或許是因為我才經歷蛻變一個月，仍比較習慣人類而非吸血鬼或雛鬼的思考方式吧。

我嘆了口氣，搔搔娜拉的耳朵。總而言之，在伊莉莎白死後隔天晚上，我瞥見一個看似伊莉莎白的身影，或者鬼魂，因爲她的確死了啊。那只是瞬間一瞥，我曾經認眞和史蒂薇・蕾討論過，但沒有結論。事實上，我們都知道鬼魂確實存在。一個月前愛芙羅黛蒂不就召喚了一群鬼靈，差點奪走我那人類前男友的小命嗎？所以，我確實有可能眞的看見了伊莉莎白剛剛離開肉體的靈魂。當然，也可能我瞥見的只是某個雛鬼。畢竟那時夜已經深了，我才來夜之屋沒幾天，而那幾天我又經歷太多不可思議的事情，所以才會開始幻想，以爲自己眞的見鬼了。

我走到圍牆邊，往右轉，沿著牆邊往前走。從這個方向過去，會通往活動中心，再過去就是女生宿舍。

「不過，第二次看見鬼就絕對不是我幻想的，對吧，娜拉？」貓咪鑽到我的頸窩，像除草機那樣嗚嗚叫著磨蹭我，當作回答。我親暱地依偎著她，好高興她跟了過來。想起第二次的見鬼經驗，我餘悸猶存。那次就像現在，有娜拉陪著我。此時，場景相似到讓我緊張地左右張望，加快腳步往前走。第二個沒熬過蛻變的學生在文學課堂上被自己吐出的血給窒息死，整個過程我親眼目睹。想起那可怕的畫面，特別是想起當時我竟然還被他的血吸引，我就不禁顫抖起來。總之，我親眼見到艾略特死去後的那天稍晚，就在我和娜拉此刻所在的不遠處，我們撞見他（還眞的差點撞到）。我心想，他應該也是個鬼。我是說，我一開始是這麼想。沒想到後來他試圖攻擊我，而娜拉（我的寶貝貓咪啊）爲了保護我，竟縱身撲向他。他跳過二十呎高的圍牆，消失在黑夜中，留下嚇得魂飛魄散的我和娜拉。詭異的是後來我竟發現娜拉腳掌全是血，**鬼魂的血**。這全然沒道理啊。

不過我沒對任何人提起過第二次撞鬼的事。沒對我最好的朋友暨室友史蒂薇・蕾、我的導師女祭司長奈菲瑞特，以及我那迷死人的新男友艾瑞克提過。一個都沒有。其實我很想說，不過後來和愛芙羅黛蒂之間發生太多事情……我接掌黑暗女兒……開始和艾瑞克約會……整天忙著學校的事……這個或那個，一件接一件，結果一個月過去了，我還是沒對任何人提起。光想到現在才把這件事說出來，我就覺得自己的話聽起來肯定很沒說服力。**嗨，史蒂薇・蕾／奈菲瑞特／戴米恩／孿生的／艾瑞克，上個月艾略特死後，我看見他的鬼魂喔。他看起來真的很恐怖，還想攻擊我呢，不過我的娜拉把他抓流血了。對了，那血液的味道聞起來很不對勁。相信我，我對好聞的血液是很有興趣的（這不過是另一件發生在我身上的怪事，因為多數雛鬼不會嗜血）。喔，我以為之前我跟你們提過這件事。**

對，我若這麼說，他們可能會把我送到相當於心理醫生的某個吸血鬼面前。喔，天哪，這樣一來，身爲黑暗女兒新領袖的我恐怕很難讓成員對我有信心吧？應該很難。

況且，隨著時間過去，我愈來愈容易說服自己：撞見艾略特鬼魂這事或許也是我幻想的，或許那根本不是艾略特（或他的鬼魂之類的）。我又不認識這裡的每個雛鬼，搞不好有另一個學生長得跟艾略特很像，同樣有一頭亂七八糟的濃密紅髮、矮胖身材，以及過於慘白的肌膚。當然，我沒再見過這個學生，不過可能眞有這麼一個人啊。至於那聞起來很怪的血液？嗯，或許有些雛鬼的血液就是這麼奇怪吧。我到這裡才一個月，對血液的辨識能力怎麼可能有專家水準呢？不過，這兩個「鬼魂」都有發光的紅眼睛，這該怎麼解釋？

唉，這整件事讓我頭痛。

我拋開這一連串思緒引發的陰森恐怖感覺，開始堅定地走離圍牆。這時，我眼角餘光瞥到旁邊有動靜。我楞住，是個身影，是**某個人**。那人站在我上個月發現娜拉的那棵巨大老橡樹的下方，背對著我，倚在樹幹上，低著頭。

太好了。他還沒看見我。我不想知道那是什麼人或什麼東西。我生活裡已經夠多壓力了，不需要再來個鬼呀魂呀之類的。（我告訴自己，這次我一定要告訴奈菲瑞特，學校圍牆邊有會流血的奇怪鬼魂。她年紀較長，承受得起這些壓力。）我的心臟跳得好用力。我發誓，那怦怦的聲音絕對壓過娜拉打呼嚕的聲音。我開始慢慢悄悄地往後退，並堅定地告訴自己，以後絕不半夜獨自來這裡，永遠都不。我是怎麼了？智障嗎？怎麼有了第一次甚至第二次經驗，還沒學到教訓？

然後，我的腳正巧對著一截枯枝踩下去。**喀啦**！我嚇得倒抽一口氣，娜拉大聲呻吟抱怨（因爲我太緊張，不小心把懷裡的她往我胸脯壓下去）。樹下那身影猛抬頭，左右張望。我全身繃緊，準備放聲尖叫並逃開那紅眼惡鬼，或者準備放聲尖叫並和對方來場人鬼大戰。不管決定怎麼做，尖叫是一定要的，所以我深吸一口氣，開始張嘴……

「柔依，是妳嗎？」

那聲音低沉、性感又熟悉。「羅倫？」

「妳在這裡做什麼？」

他沒往我移動。困窘不安的我趕緊咧嘴傻笑，假裝片刻之前沒被嚇到差點屁滾尿流。我故作輕鬆地聳聳肩，走到樹下他身邊。「嗨。」我努力讓自己聽起來很成熟，然後想起自己還沒回答他剛剛問我的問題。幸好這裡夠暗，他看不清我羞紅的臉。「喔，我正要從馬廄走回宿舍，娜拉和我決定抄遠路。」抄遠路？我眞的這麼說嗎？

朝他走近時，我覺得他看起來有點緊張，不過我這番回答讓他噗嗤笑了出來，整張俊俏的臉龐開始放鬆。「抄遠路？什麼東西啊？哈囉，又見面了，娜拉。」他搔搔她的頭，她無禮地低聲對他發牢騷，不過她就是這副德性。她從我懷中利落地跳到地上，甩了甩身體，繼續咕噥，然後優雅地離去。

「對不起，她不怎麼友善。」

他笑笑。「沒關係。我的貓咪金剛狼老讓我想起孤僻乖戾的老人呢。」

「金剛狼？」我錯愕地揚起眉毛。

他的嘴巴咧得好大，燦爛的笑容跟小男孩沒兩樣，不可思議的是這種笑容讓他顯得更迷人。「是啊，金剛狼，我三年級時他選我當他的主人，那一年我正好很迷電影《X戰警》。」

「他脾氣這麼壞，或許就是因爲你給他取了這名字。」

「喔，其實可能更糟呢，因爲我前一年迷《蜘蛛人》，差一點將他取名爲『蜘蛛仔』，或乾脆把蜘蛛人的名字『彼得·帕克』賞給了他。」

「看來你給你的貓咪帶來不小的壓力。」

「金剛狼一定會很同意妳的話！」他又笑了，我費盡力氣才沒讓自己被他那洋溢的性感魅力迷倒，像男孩偶像團體演唱會上那些女孩，歇斯底里地咯咯笑。不過，這一刻，**我的確是在跟他調情！冷靜，千萬別說出或做出什麼白癡事情**。

「那，你在這裡做什麼？」我問他，不理會心裡亂烘烘的聲音。

「寫俳句。」他舉起手，我這才注意到他手中拿著超級昂貴、漂亮的皮面札記本。「我通常會在破曉前幾個小時來這裡獨處，找尋靈感。」

「啊，眞是的！對不起，打擾你了。我這就離開，讓你好好獨處。」我像個傻蛋般揮手，開始轉身，但他空著的那隻手抓住我的手腕。

「妳不用離開。除了在這裡獨處，我也能透過其他方式找到靈感。」他的手掌貼著我的手腕，感覺好溫暖。不知他是否感覺到我的脈搏跳動？

「喔，我眞的不想打擾你。」

「別擔心，妳沒打擾我。」他捏了捏我的手腕，然後放開手（眞是可惜啊）。

「好吧。那麼，你在寫俳句。」眞荒謬，被他一碰觸，我竟然慌張起來，趕緊又裝出鎭定的樣子。「那是日本的一種詩體，有固定格律，對吧？」

見他露出笑容，我眞高興去年魏娜克老師在國文課教詩詞時，我還算專心。

「沒錯，我喜歡『五—七—五』的格律。」他停頓一下，笑容起了變化。那神情讓我的心頭彷彿有小鳥撲翅，而他那雙美麗的深邃黑眸緊緊鎖住我的雙眼。「說到靈感，妳可以幫我。」

「當然，我很樂意。」我說，幸好我的語氣沒讓他發現我緊張得無法呼吸。

他仍凝視著我的雙眼，舉起手拂掠我的肩膀。「妮克絲在妳這裡做了記印。」

這話聽起來不像問句，但我仍點頭回應：「對。」

「我很想看看，如果妳不會覺得不自在的話。」

他的聲音讓我悸動。理性告訴我，他沒想親近我，他只是想看看我的刺青，因爲這些記印如此奇特，如此與眾不同。對他來說，我肯定只是個孩子，一個有著奇特記印和不尋常力量的雛鬼。理智就是這麼告訴我的，可是，他的眼睛、他的聲音，還有他那繼續撫摸我肩膀的手，卻讓我覺得完全不是這麼一回事。

「好，我讓你看。」

現在身上這件外套是我最愛的衣服，黑色麂皮，剪裁合身。我在外套裡穿的是深紫色的小背心（對，現在是十一月底，不過我不像被標記之前那麼怕冷。其實我們這些雛鬼都不怕冷）。我開始抖動肩膀，準備褪下外套。

「來，我幫妳。」

他站得好近，就在我眼前。他伸出右手，抓住我的衣領輕輕往下拉，半褪的外套便擱在我的臂彎上。

照理說，這時羅倫應該看著我裸露的肩膀，對著那些就我所知沒有哪個雛鬼或成鬼有過的刺青瞠目結舌，但他沒這麼做，反而繼續凝視我的眼睛。突然，我內心起了漣漪，不再覺得自己是個愚蠢、緊張的傻女孩。他的眼神碰觸到我內在那個女人，喚醒了她。這個新的我雖然內心波濤洶湧，卻對自己有了前所未見的篤定信心。慢慢地，我伸出手，將條紋棉背心的細肩帶拉下肩頭，掛在那半褪的外套上。接著，我迎向他的雙眼，將長髮撩開，抬起下巴，微微轉身，讓他清楚看見我的肩膀後側。那兒已完全裸露，只剩黑胸罩的細帶。

他繼續凝視我的眼睛數秒，我可以感覺到夜晚的冷冽空氣和幾近滿月的月光拂過我胸脯、肩膀和後背的裸露肌膚。羅倫從容不迫地更貼近我，握住我的上臂，仔細端詳我的肩膀後側。

「眞不可思議。」他的低語宛若呢喃。我感覺到他的手指輕輕撫摸著如迷宮般的螺旋狀圖案。這個圖案與我臉上的記印非常類似，只不過螺旋花紋之間額外裝飾了北歐古老神祕文字般的符號。「我從沒見過這樣的圖案。妳彷彿是古代的女祭司，現身在這個時代。我們眞是福氣才能擁有妳啊，柔依．紅鳥。」

他講出我名字的聲調像在祈禱。那聲音和他的碰觸讓我震顫得全身起雞皮疙瘩。

「對不起，妳一定很冷。」羅倫快速但溫柔地將我的背心肩帶和外套往上拉。

「我顫抖不是因爲冷。」我聽見自己這麼說。眞不知該自豪，或該震驚於自己的大膽。

如絲又如乳
我渴望親嘗撫觸
月亮照我倆

朗誦這首詩的時候，他的雙眸一直沒離開我的眼睛。羅倫原本表情豐富、悅耳動聽的聲音，此刻變得深沉粗澀，彷彿費力才能念出這些詩句。他的聲音似乎暖和了我，讓我全身熱烘烘，我甚至感覺得到血液正澎湃奔流全身。我的大腿一陣酥麻，幾乎無法呼吸。**若他現在吻我，我肯定會爆炸**。這思緒讓我無比震驚，我趕緊開口說話：「這首詩是你剛剛即興創作的嗎？」這次我的聲音聽起來果然如同我的感覺，氣喘吁吁。

他輕輕搖頭，嘴唇露出若有似無的微笑。「不，這是幾百年前古代一位日本詩人寫的，描寫他的愛人在滿月之下裸體的模樣。」

「好美。」我說。

「妳好美。」他說，一手捧住我的臉龐。「今晚，妳就是我的靈感。謝謝妳。」

我感覺到自己不自禁地朝他斜靠過去，而且，我發誓，他的身體對我也有回應。我或許不是很有經驗（唉，是，我還是處女），不過我也不是笨蛋（雖然多數時候的確是）。我知道什麼時候男孩對我有感覺，而此刻，這個男人，肯定對我非常有感覺。我舉起手放在他手上，拋開一切，忘記艾瑞克，忘記羅倫是成鬼，而我是雛鬼。我好希望他吻我，希望他碰觸我更多。我們彼此凝視，兩人都呼吸沉重。接著，就在一瞬間，他眼睛眨了一下，親密深邃的眼神變得疏遠黝黑。他放下原本捧著我臉的手，往後退一步。那往後退的動作就像一陣冷風吹過我。

「很高興見到妳，柔依。再次謝謝妳讓我看妳的記印。」他露出合宜有禮的笑容，朝我點頭的姿勢幾乎是正式鞠躬，然後轉身就走。

我不知道自己該失望地吶喊，困窘地大哭，或者咆哮發怒。我皺眉對自己喃喃嘟噥，不管雙手正抖個不停，邁開大步往宿舍走去。這絕對是需要好朋友的緊急時刻。

6

我一邊低聲埋怨男人和他們傳達的複雜訊息，一邊走進宿舍起居室，毫不驚訝地看見史蒂薇．蕾和孿生的正聚在一起看電視。她們顯然在等我。我整個人頓時放鬆下來。我是不想讓全世界（說白點，就是孿生的和戴米恩）知道剛剛發生的事，不過我好想把與羅倫這段精彩的相遇一五一十、仔仔細細地告訴史蒂薇．蕾，請她幫我弄清楚到底是怎麼一回事。

「呃，史蒂薇．蕾，我不知道怎麼寫週一要交的，呃，社會學報告，或許妳能幫我。應該花不了妳多少時間，而且——」我開始說，不過史蒂薇．蕾打斷我，眼睛仍盯著電視。

「等等，柔，過來，妳得看這個。」她招手要我過去。孿生的目光繼續黏在電視機上。

我發現她們全都這麼專注，忍不住皺眉，羅倫的事情也（暫時）滑出心頭。「怎麼了？」她們在看本地「福斯第二十三頻道」的晚間新聞重播。主播雪拉．希美子正在說話，螢幕上出現我熟悉的伍得沃德公園。「真難相信雪拉不是吸血鬼，她美到很不尋常欸。」我脫口而出。

「噓，聽聽看她說什麼。」史蒂薇．蕾說。

我很驚訝她們這種反常舉動，不過還是乖乖閉上嘴巴，注意聆聽。

「再次為您報導今晚頭條新聞：警方仍持續搜尋聯合中學少年克里斯．福特。這名十七歲少年昨天練完足球後即告失蹤。」螢幕上出現的畫面是穿著球衣的克里斯。我認出他的名字和照片，忍不住驚呼一聲。

「啊，我認識他！」

「所以才叫妳過來啊。」史蒂薇．蕾說。

「搜尋隊伍在尤帝卡廣場和伍得沃德公園進行地毯式搜索，這是他最後出現的地方。」

「離這裡很近。」我說。

「噓！」簫妮制止我。

「我們都知道離這裡很近！」依琳也受不了。

「截至目前為止，他出現在伍得沃德公園的理由不得而知。克里斯的母親說，她甚至不知道兒子竟然知道怎麼到伍得沃德公園，因為就她所知，他不曾去過那裡。福特太太也說，她以為他練完足球就會回家，沒想到等不到人。克里斯已失蹤超過二十四小時，若有人能提供有用資訊幫助警方找到克里斯，請撥電話到『犯罪遏止小組』。您可以匿名通報。」

主播雪拉繼續播報另一則新聞，大家彷彿瞬間解凍。

「所以，妳認識他？」簫妮問。

「對，但不是很熟。我是說，他是聯合中學的明星跑衛，而我那時還算在跟西斯交往，所以認識他。妳們應該知道西斯是斷箭中學的四分衛吧？」

她們不耐煩地點點頭。

「嗯，西斯以前會拖我去參加他們的派對。那些足球隊員彼此認識，克里斯和他表哥約拿也跟大家玩在一塊兒。據說他們本來只會喝廉價啤酒喝得爛醉，後來『進步到』除了廉價啤酒之外，還會傳遞噁心的大麻菸輪流抽。」我發現簫妮對這則新聞特別關注。「不等妳們問，我直接說吧。沒錯，他本人很帥，就跟照片上一樣。」

「眞是可惜了，可愛帥哥竟發生這種事。」簫妮說，猛搖頭。

「任何一個可愛帥哥發生這種事，都很可惜，不管他是什麼膚色。」依琳說：「孿生的，我們不應該有種族歧視，對吧？可愛就是可愛啊。」

「如同往常，妳所言甚是，孿生的。」

「我不喜歡大麻，」史蒂薇．蕾插話：「味道很難聞，我以前試過一次，結果咳得我一顆頭都快掉下來，喉嚨快被燒開，而且嘴裡還吃到大麻草呢。反正很噁。」

「我們不做會讓自己醜態畢露的事。」簫妮說。

「是啊，哈草有夠醜的，而且還會讓人莫名其妙食欲大開。眞是可惜了，那些帥哥足球隊員竟然愛那種東西。」依琳說。

「結果把自己搞得沒那麼帥。」簫妮說。

「好了啦，帥不帥和哈草都不是重點。」我說：「我對這起失蹤案有不好的感覺。」

「喔，不會吧。」史蒂薇．蕾說。

「唉，慘了。」簫妮說。

「妳一有這種感覺，我就不舒服。」依琳說。

所有人都在討論克里斯失蹤的事，還有他失蹤地點離夜之屋這麼近，感覺頗有些蹊蹺。和少年失蹤相比，羅倫帶給我的戲劇性小創傷實在微不足道。我的意思是，我仍想跟史蒂薇．蕾聊這事，但得知這個消息後，我整個心頭都是不祥感覺，心情很亂。

克里斯死了。我不願相信這種感覺，也不想知道這種結果，然而，我內心每個聲音都說，這少年會被找到，但找到的是他的屍首。

我們和戴米恩在用膳堂碰面，大家話題仍圍繞在克里斯及各種有關揣測。學生的認爲，

「這位性感帥哥可能跟他爸媽吵架，離家出走，跑到某個地方喝廉價啤酒」。戴米恩則堅信，克里斯發現自己的同志傾向，決定去紐約闖蕩，以實現成爲同性戀名模的夢想。

我沒有揣測，只有不想提起的可怕直覺。

自然而然地，我變得沒食欲，而且胃也開始折磨我。又來了。

「這麼好吃的食物，妳只吃了一小口。」戴米恩說。

「我不餓。」

「妳午餐時就這麼說過了。」

「好吧，對，我現在再說一次！」我不悅地說，看見戴米恩露出受傷神情，皺眉盯著那碗美味的越南春捲米粉，我立刻心生愧疚。攣生的兩人各揚起一道眉毛瞥向我，然後回頭專心練習如何正確使用筷子。史蒂薇．蕾只是盯著我看，一臉憂心。

「拿去，我找到的。我想這是妳的。」愛芙羅黛蒂將一只銀色大耳圈放在我的餐盤旁。我抬頭望見她那張美麗的臉此刻就跟她的聲音一樣，毫無表情，感覺很詭異。「是妳的吧？」

我不自覺地伸手摸了摸仍在耳朵上的另一只耳圈。我竟然忘了，爲了偷聽奈菲瑞特和愛芙羅黛蒂講話，我故意把這該死的東西扔在那個角落。眞糟糕。「對，謝謝。」

「不客氣。我想，妳也對事情有**感覺**，是吧？」

她轉身走出用膳堂的玻璃門，進入中庭花園。她手上托著一盤食物，但走過她那群死黨的桌位時，竟沒停下來看一眼。我發現她經過那裡時，她們抬起頭瞄她，卻隨即將視線移開。沒人好好正眼看她。過去這個月來，她幾乎都在燈光昏暗的中庭吃飯。獨自一人。

「看吧，她就是怪里怪氣。」簫妮說。

「是啊，可惡至極的變態婊子。」依琳說。

「現在她那群死黨都不願跟她扯上關係了。」我說。

「別替她難過！」史蒂薇．蕾說，口氣異常憤怒。「她是麻煩人物，妳不知道嗎？」

「我沒說她不是，」我說：「我只是說現在連她朋友都背棄她了。」

「我們是不是錯過什麼了？」簫妮問。

「妳和愛芙羅黛蒂之間是不是發生了什麼事？」戴米恩問我。

我張嘴準備告訴他們我偷聽到的事，突然耳邊冒出奈菲瑞特柔和的聲音，嚇得我立刻噤聲。「柔依，我今晚想把妳從朋友身邊拉開，希望妳不介意。」

我慢慢抬起頭看她，好害怕會看到她臉上出現可怕的表情，因為上次我聽到她講話時，她的聲音是如此殘酷無情，充滿恨意。我抬起雙眼望著她，她那雙苔蘚綠的眼眸眞是美麗，而那慈祥的笑容似乎開始顯露憂心。

「柔依，有什麼不對勁嗎？」

「沒有！對不起，我在恍神。」

「喔，今晚我想找妳和我一起吃晚餐。」

「嗯，好，當然，沒問題，我很願意。」我發現自己心神不寧地亂答一通，不過也不知道該怎麼辦，只希望這語無倫次能自動停止。就像拉肚子，總不可能拉一輩子吧。

「很好。」她對我那四位朋友微笑。「跟你們借一下柔依，很快會把她還給你們的。」

他們四個對她露出崇拜的笑容，連聲答允，不管她要對我做什麼，他們都無所謂。

我知道這很荒謬，不過他們毫不猶豫地把我讓出去，我竟覺得被遺棄和不安全。這麼想實在很蠢，畢竟奈菲瑞特是我的導師、妮克絲的女祭司長。她當然屬於好人這一邊。

可是，爲什麼我跟著她走出用膳堂時，胃會開始揪緊呢？

我回頭瞥向我那夥朋友，他們已經談起別的話題。戴米恩舉高手上的筷子，顯然在教孿生的使用，而史蒂薇．蕾在一旁替他示範。我感覺有雙眼睛盯著我。我將目光移到隔開用餐區與中庭的那扇玻璃門。愛芙羅黛蒂獨自坐在黑暗中，帶著幾乎像是憐憫的表情看著我。

7

成鬼的用膳堂不採自助餐式。那是一個很漂亮的房間，就位於學生用膳堂的正上方，也有一整面牆的拱形窗。有個陽台可以俯瞰底下中庭花園，陽台上擺著鍛鐵製的桌椅。餐廳裡則有各種品味不凡、價值不菲的大小桌子，甚至還有幾張深色的櫻桃木雅座。這裡不見托盤，也沒有自助餐檯。桌上鋪著頂級的亞麻桌巾，還擺放著高雅的瓷器和水晶器皿。水晶燭台上細長白蠟燭的燭焰輕快搖曳，氣氛愉快無比。幾位老師三兩成群，安靜地吃著晚餐。他們恭敬地對奈菲瑞特點頭致意，並對我微笑表示歡迎，然後繼續回頭吃飯。

我本來還提醒自己千萬別對他們的食物表現出大驚小怪的樣子，但眼前見到的，卻是與樓下學生餐廳一模一樣的越南沙拉，還有一些看起來很別緻的春捲，完全不見生肉或任何像鮮血的東西（嗯，紅酒除外）。看來，我不用擔心自己會大驚小怪了。若他們真的喝血，我應該早就聞到，畢竟，我現在對血液的香甜氣味可是熟悉得很……

「如果我們坐在外面陽台，涼冷的夜氣會讓妳不舒服嗎？」奈菲瑞特問我。

「不，不會，我現在不像以前那麼怕冷。」我愉快地對她笑笑，並嚴肅地提醒自己，她的直覺力很強，或許現在就「聽見」我腦海裡那些亂七八糟的蠢念頭。

「很好。一年四季我都喜歡在陽台用餐。」她領我走出去。陽台已經備妥一張兩人桌位。一位侍者不知打哪兒冒出來，從她的實心記印和鵝蛋臉四周的纖細刺青判斷，她是個成鬼，但模樣看起來真年輕。「好，給我來份春捲米粉，還有一壺我昨晚喝的那種紅酒。」她停頓一下，彷彿跟我分享祕密，堆起笑臉看我，說：「給柔依來杯可樂，不要低卡的。」

「謝謝。」我對她說。

「別太常喝那種飲料，對妳不好。」她跟我眨眼，讓這番訓誡變得有點像玩笑。

我不禁咧嘴對她微笑，很高興她記得我喜歡的飲料，感覺整個人愈來愈放鬆。這就是奈菲瑞特，我們的女祭司長，也是我的導師、我的朋友。來到這裡一個月，她對我只有慈祥疼愛。沒錯，我無意間發現，她和愛芙羅黛蒂說話時聽起來非常可怕，不過奈菲瑞特是法力高強的女祭司，而且就像史蒂薇·蕾一再提醒我的，愛芙羅黛蒂是個自私的惡霸，受到嚴厲斥責是自作自受。可惡，那時她或許正在說我的閒話！

「感覺好多了嗎？」奈菲瑞特說。

我看著她的眼睛，她正仔細端詳我。「嗯，好多了。」

「我一聽說那個人類少年失蹤，就開始擔心妳。這個克里斯是妳的朋友，對吧？」

無論奈菲瑞特說什麼，我都不應該感到驚訝才對。她本來就非常聰明，還有女神賜予的天賦。所有成鬼都有第六感，而她非常可能眞的能知道每件事（至少每件重要的事）。所以，她可能輕而易舉就知道我對克里斯的失蹤有不祥之感。

「嗯，他不算是我的朋友，我們只在幾次派對中見過面。不過我不是很喜歡參加派對，所以跟他不熟。」

「但是聽到他失蹤，妳還是很難過吧。」

我點點頭。「那只是我自己的主觀感覺，很蠢的。搞不好他和父母吵架，被爸爸禁足之類的，所以離家出走。或許現在已經回家了呢。」

「如果妳眞的這麼相信，就不會如此擔心了。」奈菲瑞特打住話語，等侍者送上飲料和食物之後，才繼續說。「人類以爲所有的吸血鬼都能通靈，事實上，許多吸血鬼雖然具有未卜先知的能力，多數卻只是懂得傾聽自己的直覺，而人類不敢這麼做。」此刻她的語調跟她講課時很像。我們邊吃，我邊專心聆聽。「柔依，妳想一想應該就會明白。妳是個好學生，我確信妳記得歷史課教的那些。歷史上有些人類，尤其是女人，太專注於自己的直覺，認眞『傾聽』腦袋裡的聲音，甚至看得見未來，卻因此惹禍上身。」

「他們通常被認為與魔鬼之類的同夥，至於同夥的對象則視不同的時空而定，結果，該死，總是因為這樣遭受逮捕。」說完後，我發現自己竟然在老師面前說出「該死」，不禁一陣臉紅，不過她似乎不介意，只是點頭表示同意。

「對，的確如此，連聖徒都遭受攻擊，譬如聖女貞德。所以後來人類學會壓抑直覺。吸血鬼則相反，我們學習傾聽直覺，而且很認眞地聽。以前人類獵殺我們時，就是直覺拯救了許多吸血鬼祖先的性命。」

我打了個寒顫，不願想像百年前身為吸血鬼的日子有多難捱。

「喔，不用擔心，柔依鳥兒。」奈菲瑞特笑著說。聽見她使用阿嬤叫喚我時用的小名，我忍不住也綻開笑容。「燒死女巫的時代不會再出現了。我們或許無法像遠古時代那樣受人尊重，但人類再也無法獵殺我們。」有那麼一瞬間，她的綠色眼眸閃過一絲可怕的神色。我趕緊灌下一大口可樂，不想看她那種眼神。她繼續往下講時，語氣聽來又像原來的奈菲瑞特了。剛剛她的聲音帶給我的駭人感覺全都消失，她又成了我的朋友和導師。「我跟妳說這些話，用意是希望妳能傾聽自己的直覺。如果妳對某種狀況或某個人有不好的感覺，就要留意。當然，如果妳想和我聊聊，隨時歡迎妳來找我。」

「謝謝，奈菲瑞特，妳說的這些對我很重要。」

她揮揮手，要我毋需道謝。「身為導師和女祭司長，這是我應該做的。我期望妳終有一天也能擔任這兩種角色。」

每次她談起我的未來，談起我將成為女祭司長，我就有一種奇怪的感覺，半是雀躍期待，半是極度恐懼。

「事實上，我很驚訝妳今天離開圖書館後沒來找我。還沒決定黑暗女兒的新方向嗎？」

「喔，呃，對，我決定了。」我強迫自己不去想在圖書館遇見羅倫的事，以及在東牆又和他的巧遇……我絕不能讓奈菲瑞特和她的直覺發現任何……呃……任何與**他**有關的事情。

「我察覺到妳在猶豫，柔依。妳不想跟我分享妳的決定嗎？」

「喔，對！不，我是說，不是，我當然願意。事實上我的確去了妳的辦公室，不過妳……」我抬頭看她，想起無意間偷聽的情景。她的雙眼似乎看進我的靈魂。我費力地嚥了嚥口水。「妳那時正忙著和愛芙羅黛蒂說話，所以我就離開了。」

「喔，我明白了，現在我知道為什麼妳看到我時那麼緊張了。」奈菲瑞特難過地嘆了口氣。「愛芙羅黛蒂……她已經變成問題人物，真的很可惜。就像萬靈節那天我驚覺她變得那麼離譜時所說的，我覺得自己必須為她的行徑負一些責任。她剛來到這裡時，我就知道她很自私。我真該早點介入，對她更嚴厲的。」奈菲瑞特盯著我的雙眼。「妳聽到了多少？」

我裡面有警告的聲音沿著脊椎往下竄。「沒多少。」我快速回答：「我聽到愛芙羅黛蒂哭得很傷心，我聽到妳告訴她要探索自己靈魂。我想，那時妳應該不想被打擾。」我停頓下來，提醒自己別說這就是我所聽到的**一切**，避免直接撒謊，同時繼續直視她銳利的雙眼。

奈菲瑞特又嘆了一口氣，然後啜飲紅酒。「我通常不會在雛鬼面前談論另一個雛鬼，不過這是特例。妳知道女神之前賜給愛芙羅黛蒂的感應力就是能預見慘劇吧？」

我點點頭，注意到她提到愛芙羅黛蒂的感應力時用的時態是過去式。

「唉，現在，看來愛芙羅黛蒂的行徑已經讓妮克絲撤回她的天賦。這種狀況很罕見。通常女神賜給某人能力後，很少會收回。」奈菲瑞特難過地聳聳肩。「不過，誰知道偉大夜后的心裡怎麼想呢？」

「對愛芙羅黛蒂來說，打擊一定很大。」我說。其實，我是心裡這麼想，就這麼說出了口，並不是真的有意對這件事發表意見。

「我很欣賞妳這麼有憐憫心，但我跟妳說這些，不是要妳同情她。相反地，我是要妳防著她。愛芙羅黛蒂的靈視不再有效了，但她或許會說些或者做些困擾人的事。妳身為黑暗女兒的領導人，有責任確保她不會破壞雛鬼之間的和諧。當然，我們鼓勵雛鬼自己解決問題。你們不比人類青少年，我們對你們有更高的期許。不過妳可以隨時來找我，如果愛芙羅黛蒂的行爲變得太——」她停頓一下，彷彿在考慮接下來的遣詞用字。「——不尋常。」

「我會的。」我說，胃又開始灼痛起來。

「很好！那現在何不說說妳的計畫呢？妳打算怎麼領導黑暗女兒？」

我把愛芙羅黛蒂的事從心裡拋開，開始約略闡述我對領袖生委員會和黑暗女兒的計畫。奈菲瑞特專注聆聽，顯然對我的研究成果感到驚喜，還說這是「合理的組織再造」。

「是的，我同意，妳和妳那四位朋友已經證明你們有這個資格，而且你們已經是個運作良好的委員會。所以，現在，妳希望我帶領教員票選另外兩名領袖生？」

「對。我們委員會想提名艾瑞克．奈特來塡補兩個空缺的其中一個。」

奈菲瑞特點點頭。「艾瑞克是個好人選，他在雛鬼之間很受歡迎，而且他前途無可限量。那剩下的空缺，妳心裡有人選嗎？」

「這就是我和其他委員意見不同的地方。我認爲我們需要另外找個高年級生，而且我認爲這個人應該是愛芙羅黛蒂的圈內人。」奈菲瑞特驚訝地揚起眉毛。我繼續解釋：「嗯，讓她的人加入，可以強化我一直以來說的話：我不是渴望權力，意圖奪走愛芙羅黛蒂的東西，或者想幹什麼蠢事。我只是想做該做的事，無意挑起什麼派系鬥爭。如果她的朋友加入我的委員會，那麼其他人就會了解，我的目的不是要取代她，而是爲了其他更重要的事。」

奈菲瑞特思索良久，終於開口：「妳知道現在就連她的朋友都不理她了。」

「我今天在用膳堂已經看到了。」

「既然如此，讓她以前的朋友加入妳的委員會有什麼意義呢？」

「我不相信她們已經不再是朋友。有時候私底下的行爲和公開場合的表現會不一樣。」

「我同意。我已經告訴其他教員，週日黑暗女兒和黑暗男兒會舉行特別的月圓儀式。我想，黑暗女兒的多數舊成員應該都會參加——即便只因爲好奇妳的法力。」

我用力吸一口氣，點點頭。我早就知道自己是怪胎表演的主秀。

「週日這個時間很適合妳向黑暗女兒宣布妳的新願景。到時妳就說妳的委員會還有一個空缺，希望由六年級生來擔任。然後由妳和我負責審查申請人資格，決定最合適的人選。」

我皺起眉頭。「可是我不希望只由我們倆決定，我希望能由全體教員和學生來票選。」

「好，由他們來票選，」她毫不遲疑地說：「然後我們兩個做最後決定。」

我很想再說什麼，不過她那雙綠眸開始變得冷酷。我承認那眼神眞的嚇到我，所以，我沒爭辯（這根本不可能），開始轉往其他路徑（阿嬤會這麼說），轉到另一個話題。

「我也希望黑暗女兒能參與社區慈善活動。」

這次，奈菲瑞特的眉毛抬得老高，幾乎消失在髮際線裡面了。

「妳說的社區是指人類社區？」

「對。」

「妳想，他們會歡迎妳嗎？人類厭惡我們，害怕我們，對我們避之唯恐不及。」

「或許這是因爲他們不了解我們。」我說：「如果我們能主動表現得像陶沙市的一分子，或許他們就會把我們當作陶沙市的一分子來對待。」

「妳讀過一九二〇年代陶沙市綠林區的暴動事件嗎？當時那些黑人也是陶沙市的一分子，結果陶沙市民卻迫害他們。」

「現在不再是一九二〇年代了。」我說。她的眼神銳利到難以注視，不過我打從心裡知道，我這麼做沒錯。「奈菲瑞特，我的直覺告訴我，我應該這麼做。」

我發現她的神情軟化下來。「而我剛剛才告訴過妳，要聽從自己的直覺，對吧？」

我點點頭。

「那妳想參加什麼樣的慈善活動——若他們眞的同意讓妳參與？」

「喔，我想他們會願意的。我決定聯絡流浪貓之家，這是拯救流浪貓的慈善團體。」

奈菲瑞特的頭往後一仰，哈哈大笑。

8

我離開用膳堂，走向宿舍，這才想起自己還沒跟奈菲瑞特提起鬼魂的事。不過，我一點兒也不想折回用膳堂上樓跟她談這個話題。剛剛跟她的那場談話已經讓我筋疲力盡，就算那裡的餐廳很美，景觀視野一級棒，還有水晶器皿和細緻的亞麻桌巾，我現在只想離那裡遠遠的。我想回寢室，把羅倫的事一五一十告訴史蒂薇・蕾，然後什麼都不做，只呆坐在電視機前看那些難看的重播節目，忘掉我對失蹤的克里斯有不祥預感，忘掉我現在成了大人物，必須掌管學校最重要的學生社團。起碼今晚忘掉。隨便做什麼都好，只要能讓我好好做自己，即便僅是片刻也行。就像我告訴奈菲瑞特的，或許克里斯已經安全回到家了。至於其他事情，我還有很多時間可以去做，根本不需要太擔心。我可以明天再來把週日要對黑暗女兒說的話寫下來。另外，我想，我也得準備月圓儀式……畢竟這是我第一次公開設立守護圈，正式主持儀式。想到這裡，我緊張得胃開始翻攪，但我真的不想管。

走往宿舍途中，我想起下週一還得交吸血鬼社會學報告。沒錯，奈菲瑞特的確准許我不用上多數的三年級課程，以便把重心放在研讀進階社會學，不過我一直很努力讓自己「正常」（管他是什麼「正常」。拜託，我是青少年，又是雛鬼，怎麼可能多正常啊？），也就是說，我希望能跟其他同學一樣準時交報告。想到這裡，我趕緊轉向跑回我們的班級教室，也就是我的置物櫃及書籍置放的地方。這裡也是奈菲瑞特的專屬教室，不過我離開時她正在樓上跟其他老師飲酒，所以我不用擔心又會無意間聽到什麼可怕的事。

如同往常，教室門沒鎖。成鬼光靠直覺力就能把學生嚇得半死，哪需要上鎖？教室黑漆漆，不過無所謂。我才被標記一個月，但就算沒光線，看東西也能跟開燈時一樣清晰。事實上，在黑暗中視力還更好呢，強光反而會害我的眼睛發疼。現在，我就幾乎受不了陽光。

我打開置物櫃時，心裡頓了一下，想起自己將近一個月沒見到太陽了，而這一個月來我竟連想都沒想過這件事。唉，眞怪。

我正思忖著近來的種種怪事，突然發現置物櫃裡的架子上貼著一張紙條，被我打開櫃門所引起的風吹得翻飛。我伸手壓住紙條，看清楚上面寫的字後，內心一陣悸動。

詩。

或者更精確來說，一首小詩。短短一首，以清晰優美的草寫字體書寫。我一遍遍地讀，乍然明白這是什麼詩。一首俳句。

古后已甦醒
然蝶蛹猶未成形
妳願展翅否？

我的手指拂過那些字，我知道這是誰寫的。答案只有一個，我的心揪緊，喃喃念出他的名字：「羅倫……」

「我是認眞的，史蒂薇·蕾，如果我告訴妳，妳必須發誓絕不會告訴其他人。我說的其他人特別是指戴米恩和孿生的。」

「拜託，柔依，妳要相信我。我不是發誓了嗎，妳還要我怎麼做？割開一條血管嗎？」

我沒說話。

「柔依，妳眞的可以相信我，我跟妳保證。」

我端詳好友的臉龐。我必須找人談，而且那人不能是成鬼。我探索自己內心，聆聽奈菲瑞特稱爲直覺的那個核心。直覺告訴我，向史蒂薇·蕾傾吐是對的，安全無虞。

「對不起，我知道我可以信任妳，只是……我不知道。」我搖搖頭，因困惑而沮喪。

「好吧，今天發生奇怪的事情。」

「妳是說比這裡平常的那種奇怪更奇怪？」

「對。今天我在圖書館時，羅倫．布雷克也在那裡。他第一個聽到我對領袖生委員會和黑暗女兒的想法。」

「羅倫．布雷克？就是我們見過的成鬼當中，最帥的那個？喔，我的天哪，我最好坐下來。」史蒂薇．蕾砰地一聲坐在床上。

「我說的就是他。」

「我眞不敢相信妳到現在才說出來，妳一定快憋死了。」

「嗯，還沒完呢。他……呃……摸了我，還不只一次。好吧，事實上我今天見到他不只一次，而且是單獨見到他。另外，我想，他寫了一首詩送我。」

「什麼！」

「眞的。一開始我以爲他沒別的用意，是我自己想太多。在圖書館時，我們聊到我對黑暗女兒的想法。我想，這不代表什麼吧，不過，嗯，後來他摸了我的記印。」

「哪個部位的？」史蒂薇．蕾問。她的雙眼睜得又圓又大，整個人激動到彷彿要爆炸。

「當然是臉上的，我是說那一次。」

「什麼意思啊？**那一次**？」

「嗯，我幫普西芬妮刷完毛後，不急著回宿舍，就去東牆那兒晃晃，他就在那裡。」

「喔，我親愛好心的老天爺啊，然後呢？」

「我想，我們就開始調情。」

「妳想！」

「我們兩人在那裡說說笑笑。」

「在我聽來的確像調情。天哪，他眞的帥到不行欸。」

「是啊。他一對我笑，我就幾乎無法呼吸。然後，**他對著我朗誦詩**。」我繼續說：「那是一首俳句，是一個男人描述愛人在月光下裸體的模樣。」

「妳一定在開玩笑！」史蒂薇·蕾開始用手幫自己搧風。「快說最精彩的部分啦。」

我深吸一口氣。「後來的發展令人迷惑。一開始進行得很順利，就像我剛剛說的，我們說說笑笑，氣氛愉快，然後他說他獨自到那裡是因爲他想找靈感寫俳句……」

「好浪漫唷！」

我點頭同意，繼續說：「沒錯。總之，我告訴他，我不想打擾他，影響他找靈感，結果他說，他的靈感來源不只是獨處的夜晚。然後，他問我，願不願意當他的靈感。」

「我的天哪。」

「我當時心裡就是這麼吶喊。」

「妳當然要說很榮幸能啓發他的靈感。」

「我當然這麼說了。」

「然後呢……」史蒂薇．蕾迫不及待。

「然後他說想看我的記印。肩膀和背部的那個。」

「不會吧？」

「他眞的這麼說。」

「天哪，要是我，脫衣服的速度絕對快到我來不及胡說八道。」

我噗嗤笑了出來。「嗯，我沒脫衣服，只是把外套往下拉。事實上是他幫我拉。」

「妳是說羅倫．布雷克，吸血鬼桂冠詩人，最性感的雄性兩隻腳動物，像老派紳士那樣幫妳脫外套？」

「對，像這樣。」我拉下外套做示範。「然後，我搞不清楚自己哪根筋不對，突然一點都不緊張，也沒笨手笨腳，還主動拉下背心肩帶，就像這樣。」我褪下肩帶，露出肩背和一大片胸脯（再次慶幸自己穿了那件漂亮黑胸罩）。「這時，他摸我。今天第二次。」

「摸妳哪裡？」

「他撫摸我肩背的記印圖案，還說我像古代的吸血鬼皇后，然後對著我念那首詩。」

「我的天哪。」史蒂薇·蕾再次驚呼。

我往床上大力一坐，看著她，嘆口氣，將背心肩帶拉上肩頭。「是啊，有那麼會兒感覺好美妙，我確定我們兩人來電了，真的來電。我想，他還差點吻我。事實上我確定他很想。後來，不知怎地，他突然改變心意，變得彬彬有禮，謝謝我讓他看記印，然後就走掉了。」

「嗯，這沒什麼好驚訝的。」

「天殺的，我當然驚訝啊。我是說，上一秒他才深情款款看著我的眼睛，發射出很想要我的強烈訊息，結果下一秒——什麼都沒有。」

「柔依，妳是學生，他是老師欸。這間吸血鬼學校跟一般中學的確完全不同，可是有些事情不會變的：老師不能碰學生。」

我咬著下唇說：「他是臨時的兼任老師。」

史蒂薇·蕾翻了翻白眼。「那也一樣。」

「我還沒說完。剛剛，我在置物櫃發現這首詩。」我將上面寫了俳句的紙條遞給她。

史蒂薇．蕾吸氣驚呼：「我的老天爺啊，殺了我吧，這實在太羅曼蒂克了吧。怎麼摸？他到底是怎麼摸妳背上的記印？」

「天哪，妳想到哪裡去啊？當然是用手指摸啊，摸那個圖案啦。」我發誓現在仍能感覺到他手指的溫度。

「他對妳朗誦愛的小詩，撫摸妳的記印，然後還寫詩送妳……」她表情夢幻地嘆息。「你們好像羅密歐與茱莉葉喔，一對無法相愛的戀人。」她突然停下誇張搧風的動作，坐直身子。「啊，不行，那艾瑞克怎麼辦？」

「什麼意思，艾瑞克怎樣？」

「他不是妳男友嗎，柔依？」

「還不算正式的男友。」我心虛地說。

「拜託，他要怎麼做才能變成『正式』的？跪下嗎？過去這個月來你們是在交往嘛。」

「我知道。」我說，開始心煩。

「那，妳喜歡羅倫多過喜歡艾瑞克嗎？」

「不是！是！唉，我不知道啦。感覺上羅倫是完全不同世界的人，況且看來他和我也不可能真的交往或怎樣啊。」不過我實在不確定所謂「或怎樣」可能是怎樣。難不成我們可以偷偷約會？難不成我想這麼做？

史蒂薇．蕾彷彿看穿我的心思，說：「妳可以偷偷和他見面啊。」

「這太扯了。搞不好他對我沒那種感覺。」我嘴巴這麼說，卻想起了他身體的溫度和那雙深色眼眸裡的渴望。

「如果他有呢，柔？」史蒂薇．蕾認眞地端詳我。「妳知道的，妳與眾不同，以前從沒人像妳這樣被標上記印，也沒人對五元素都有感應力。或許常理不適用於妳。」

我的心整個揪緊。自從來到夜之屋，我就努力讓自己融入這裡。我眞正希望的是這裡成爲我的家，能夠結交到可以當家人的朋友。我不想與眾不同，不想讓自己適用不同的規則。我搖頭，從咬緊的牙根擠出話來：「史蒂薇．蕾，我不想這樣，我只想當個普通人。」

「我知道。」史蒂薇．蕾輕聲說：「但妳**就是**與眾不同，這點所有人都知道。再說，難道妳不希望羅倫喜歡妳？」

我嘆息。「我不確定自己要什麼。我只知道，我不希望別人知道羅倫和我之間的事。」

「我的嘴巴鎖上了。」史蒂薇．蕾說。這個奧克傻妞作勢拉拉鍊般將嘴巴拉上，還將鑰匙往後丟過肩頭。「保證不會有人從我這裡聽到半個字。」她半閉著嘴巴含糊地說。

「慘了！我想起愛芙羅黛蒂看見羅倫摸我。」

「那母夜叉還跟蹤妳到圍牆啊！」史蒂薇．蕾提高嗓門說。

「沒有，沒有。我們在那裡時沒人看見。是他在視聽圖書館裡摸我的時候，愛芙羅黛蒂剛好進來。」

「啊，慘嘍。」

「是啊，慘了。事情還沒完呢。妳還記得我因為要去找奈菲瑞特，沒準時去上西語課吧？其實我沒跟她說到話。不過我的確去了她的專屬教室，一到那裡發現門開著，無意間聽到裡面發生一些事情。那時愛芙羅黛蒂就在裡頭。」

「那賤人在說妳壞話啊！」

「我不確定，只聽到一點點。」

「我敢說奈菲瑞特把妳拉出用膳堂，要妳跟她一起吃飯時，妳肯定嚇壞了。」

「嚇得半死。」我同意。

「難怪妳那時一臉蒼白。天哪，現在這麼一想，全都明白了。」然後她的眼睛睜得更大。「愛芙羅黛蒂有沒有害妳被奈菲瑞特兇？」

「沒有。奈菲瑞特今晚告訴我，愛芙羅黛蒂的靈視所看見的景象，全都是虛假的，因為妮克絲把她的天賦收回去了。所以，不論愛芙羅黛蒂跟她說什麼，她都不會相信。」

「太好了。」史蒂薇．蕾看起來很想把愛芙羅黛蒂劈成兩半。

「不，不好。奈菲瑞特的反應太嚴厲，把愛芙羅黛蒂弄哭了。眞的，愛芙羅黛蒂聽到奈菲瑞特跟她說的話，幾乎崩潰。而且，奈菲瑞特說話時的口氣完全不像原來的她。」

「柔依，我眞不敢相信我們又要再來一次。拜託妳不要再同情愛芙羅黛蒂了。」

「史蒂薇．蕾，妳沒搞清楚我的重點。重點不是愛芙羅黛蒂，而是奈菲瑞特，她變得好殘酷。就算愛芙羅黛蒂說我壞話，誇大她撞見的那一幕，奈菲瑞特也不該那樣說她。總之，我對這事有不好的感覺。」

「妳對奈菲瑞特有不好的感覺？」

「對……不是啦……我不知道。不只是奈菲瑞特，而是同時攪在一起的所有事情。克里斯……羅倫……愛芙羅黛蒂……奈菲瑞特……我感覺有事情要發生了，史蒂薇．蕾。」她一頭霧水。我突然想到，我必須使用奧克式的比喻才能讓她了解。「妳知道龍捲風來襲之前的感覺吧？我的意思是，天空雖然清朗，不過風開始變冷，而且風勢驟變。妳知道有事情要發生，但無法完全掌握。我現在的感覺就是這樣。」

「就像風暴來臨的前夕？」

「對，而且是大風暴。」

「所以，妳希望我……」

「幫我密切注意。」

「這我辦得到。」

「謝謝啦。」

「不過，我們可以先去看電影嗎？戴米恩剛剛從網路影片出租城Netflix租了《紅磨坊》，他把影片帶過來我們這裡，而且孿生的還設法弄到了眞正的洋芋片以及保證非無脂的沾醬。」她瞥了一眼她的貓王時鐘。「他們或許已經等得不耐煩，在樓下發飆了吧。」

我眞高興史蒂薇．蕾能讓我傾吐驚天動地的心事，而且她可以這一秒驚呼「我的老天爺啊」，下一秒又輕鬆地說要看電影吃洋芋片。她讓我覺得很踏實，很平凡，彷彿一切沒那麼難以承受，讓人困惑。我對她笑笑，說：「《紅磨坊》？裡面有伊旺．麥奎格，是嗎？」

「是啊，眞希望能看到他的屁股。」

「妳說服我了。我們走吧，還有，記得……」

「拜託，我知道，我知道，不准對任何人提起剛剛那些事。」她停頓一下，揚揚眉毛。

「那，就讓我先在這裡說一說吧。**羅倫．布雷克煞到妳啦！**」

「妳說夠了沒？」

「夠了。」她淘氣地咧嘴大笑。

「眞希望有人幫我弄到可樂。」

「妳知道嗎，柔，妳眞有怪癖欸，幹麼這麼愛喝可樂？」

「隨妳怎麼說，愛吃『幸運符』穀物脆片的小姐。」我說，將她往門外推。

「喂，『幸運符』穀物脆片對身體很好啊。」

「眞的嗎？那妳說說看，裡頭的棉花糖是什麼，水果還是蔬菜？」

「兩者都算啊。這東西很獨特，就跟我一樣。」

我被史蒂薇．蕾這些蠢話逗得大笑，覺得整天就屬這一刻最開心。我們小跑步下樓，到起居室。孿生的和戴米恩正盯著大螢幕，見我們進來，揮手要我們過去。史蒂薇．蕾說得沒錯，我看見他們正津津有味地嚼著多力多滋洋芋片，還蘸著全脂的青蔥醬（聽起來很噁心，不過眞的很好吃）。戴米恩遞給我一大杯可樂時，我已經好轉的心情變得更好了。

「妳們兩位小姐眞會摸啊。」他說，在沙發上挪了一下位置，讓我們坐在他身邊。當然，孿生的早把兩張一模一樣的大椅子拖到沙發邊，跟我們坐在一塊兒。

「不好意思。」史蒂薇．蕾說，對依琳咧嘴補上一個笑。「我剛剛得進行大腸蠕動。」

「這措詞用得很讚，史蒂薇．蕾。」依琳說，看起來心情很好。

「嗯。放電影啦。」戴米恩說。

「馬上好了，我來拿遙控器。」依琳說。

「等等！」就在她要按下播放鍵前一秒，我喊道。電視原先已被調成靜音，但我發現第二十三台福斯新聞臺的主播雪拉・希美子臉色凝重，專注地對著鏡頭講話，螢幕下方跑馬燈打著：**少年屍體已尋獲**。「快把音量轉開。」簫妮取消靜音。

「再次播報今早的頭條新聞：失蹤的聯合隊跑衛克里斯・福特的屍體週五傍晚被兩名划獨木舟的人發現。屍體卡在岩石與除沙駁船之間。這些駁船停放在二十一街附近的阿肯色河，以製造湍流，供泛舟休閒使用。根據消息來源，這名少年身上有多重撕裂傷，失血過多死亡，而且可能曾遭受大型動物攻擊。正式法醫報告出爐後，本台將為您提供更多訊息。」

我那好不容易平緩下來、正常蠕動的胃又開始揪緊，而且我覺得全身發冷。但是壞消息還沒完，雪拉美麗的褐色眼睛專注凝視攝影機，繼續播報。

「繼這樁悲劇之後，接踵而來的是另一樁失蹤事件，另一名聯合隊的足球隊員目前也下落不明。」電視螢幕出現穿著聯合隊傳統紅白制服的可愛男孩。**「布雷德・西俊斯最後現身是在週五放學後，他在尤帝卡廣場的星巴克咖啡館張貼印有克里斯照片的協尋海報。布雷德不只是克里斯的隊友，也是他的表弟。」**

「喔，我的天哪！聯合隊一個個不見了。」史蒂薇・蕾說。她瞥向我，我看見她睜大雙眼。「柔依，妳還好嗎？妳臉色很差。」

「我也認識他。」

「太詭異了。」戴米恩說。

「他們兩個通常會一起出現在派對上。所有人都認識他們，因爲他是克里斯的表弟，雖然克里斯是黑人，而布雷德是白人。」

「在我來看，這很合理。」簫妮說。

「同感，孿生的。」依琳說。

我耳朵嗡嗡作響，幾乎聽不清楚他們在說什麼。「我……我出去走走。」

「我和妳一起去。」史蒂薇・蕾說。

「不用，妳留在這裡看電影。我只是……我只是需要透透氣。」

「妳確定？」

「確定。我不會出去太久的，我還要趕回來看伊旺的屁股呢。」雖然我感覺得到史蒂薇・蕾在我背後投射過來憂慮的眼神（還聽見孿生的正和戴米恩爭論，他們到底能不能看到伊旺的屁股），我還是衝出宿舍，走入十一月的冷冽夜色中。

我茫然地轉身遠離學校主校舍，本能地朝不會遇見其他人的方向走去。我強迫自己繼續移動，設法呼吸。**我到底怎麼了**？我的胸口好悶，肚子很不舒服，如果不一直用力吞嚥，恐怕就會嘔吐。耳朵裡的嗡嗡聲似乎減輕了，不過如厚厚裹屍布般罩著我的焦慮仍未褪去。我內心吶喊：**有事情不對勁！有事情不對勁！有事情不對勁！**

我繼續走，逐漸注意到原本滿天星斗，月光穿透濃重夜色的夜空，突然烏雲密布。溫煦涼爽的微風瞬間變得冷颼颼，吹得枯葉在我四周紛紛落下，泥土、風和黑暗混合在一起的氣味撲湧而來……不知爲什麼，這風竟稍微平撫了我的情緒，舒緩了騷亂的思緒和焦慮，讓我終於能夠思考。

我往馬廄走去。蕾諾比亞說過，任何時候若我需要獨處思考，都可以去幫普西芬妮刷毛。而現在，我的確需要。此外，我心裡很亂，有方向可循（而且是前往一個真實存在的目的地）也算是一件小小的好事。

前方就是又長又矮的馬舍了，我的呼吸開始輕鬆了點。就在這時，我聽到附近傳出聲音。一開始我不明白那是什麼，聽起來像悶住的聲音，很不尋常。然後我猜想或許是娜拉。她常常這樣跟來，以她老母貓似的奇怪聲音喵喵抱怨，等我駐足抱起她，才肯住嘴。我環顧四周，輕聲喊著：「小貓咪，小貓咪。」

聲音愈來愈清楚了，不是貓。馬舍旁有動靜，我看見有個身影往馬舍正門前的長椅坐下。那裡只有一盞煤氣燈，就在門邊，而長椅位在搖曳昏黃的燈光邊緣。

身影又動了一下。我現在看出那肯定是個人……或雛鬼……或成鬼。那身影坐著，但好像拱著背，幾近彎著腰。聲音再次傳來，離我很近了，我聽出那是奇怪的嗚咽聲音。坐在那裡的什麼人好像非常痛苦。

出於本能，我當然想往另一個方向跑開，但我沒這麼做。這樣做不對。況且，我**感覺**到了，心裡的聲音告訴我，我不能走。不管長椅上是什麼，我都必須面對。

我深吸一口氣，走向長椅。

「呃，你還好嗎？」

「**不！**」這個字以可怕的低聲爆吼出來。

「我……我可以幫你嗎？」我問，盯著陰影下的人影瞧，想看清楚是誰坐在那裡。我想，我看到了淺色的頭髮，好像有一雙手蒙住整張臉……

「水！水好冷，好深。不能出去……出不去了。」

她的手從臉上移開，抬頭望著我，不過我早已知道她是誰。從剛剛那個聲音就認出來了，也知道她發生了什麼事。我強迫自己鎮定地走向她。她直盯著我，滿臉都是淚。

「來吧，愛芙羅黛蒂，妳出現靈視了，我得把妳送去奈菲瑞特那裡。」

「不！」她喘著氣。「不！別帶我去找她，她不會聽我的，她……她再也不相信我了。」

我想起奈菲瑞特的話：妮克絲已收回她賜給愛芙羅黛蒂的天賦。那我幹麼還在這裡跟她窮攪和啊？誰知道愛芙羅黛蒂在玩什麼花樣？她或許只是想要些可憐的把戲，好引起別人的注意。我可沒時間陪她玩。

「好，我告訴妳吧，我也不相信妳。」我對她說：「妳就留在這裡，繼續看著妳的靈視或什麼鬼東西。我還有其他事情要煩呢。」我轉身朝馬廄走去，她的手突然竄出，抓住我的手腕。

「妳得留下來！」她牙齒打顫，顯然很費力才說得出話。「妳必須聽我的靈視！」

「不，我不要。」她的手指像老虎鉗緊扣著我的手腕，我用力扳開。「無論妳怎麼了，那是妳的事，與我無關，妳自己去處理。」這次，我一轉身，就加快步伐往前走。

然而，速度仍不夠快，因爲她接下來說的話一字字刺穿了我。

「妳必須聽我說。如果妳不聽，妳阿嬤就會死。」

9

「妳到底在說什麼！」我質問她。

她張口喘氣，急促但微弱，聽起來很怪異，而且雙眼開始快速眨動。就算在黑暗中，我也看得出那雙眼睛開始吊白眼。我抓住她的肩膀，搖晃她。「告訴我妳看到了什麼！」

她試圖控制自己，身體抽搐了一下，繼續喘氣。「我會說的，只要妳在這裡陪我。」

我坐在她身邊，讓她抓住我的手，不在乎她的力道猛到像要捏碎什麼東西，不在乎她是我的敵人，是我不能相信的人，什麼都不在乎，只在乎我的阿嬤現在有麻煩了。

「我哪裡都不去。」我堅定地說，然後想起以前奈菲瑞特是如何引導她說出她看到的景象。「現在告訴我，妳看到了什麼，愛芙羅黛蒂。」

「水！好可怕……褐色的，很冰冷。好混亂……不能，那輛鈝星的車門不能打開……」

我大吃一驚。阿嬤的確有輛鈝星！她買這輛車是因爲這款車超級安全，不管在什麼狀況下，應該都不會有事。「車子在哪裡，愛芙羅黛蒂？在什麼地方的水裡？」

「阿肯色河。」她喘著氣說：「橋，塌了！」愛芙羅黛蒂開始啜泣，聲音聽起來很害怕。「我看見我前方的車子掉下去，撞到駁船，起火！那些小男孩……他們通過時一直叫卡車司機按喇叭……他們在車裡。」

我用力呑嚥口水。「好，哪座橋？什麼時候發生？」

愛芙羅黛蒂整個身體突然繃緊。「我出不去！我出不去！水……」我發誓，她發出可怕的聲音，聽起來眞像被嗆到了。然後她整個人再度癱靠在長椅上，手也癱軟在我的手裡。

「愛芙羅黛蒂！」我搖晃她。「妳得醒醒，妳得告訴我更多妳看到的事情！」

她的眼皮緩緩顫動。這次我沒看見她黑眼珠子往後轉時露出的眼白。她睜開眼後，眼睛看起來很正常。愛芙羅黛蒂突然放開我的手，顫抖著手將散落在臉上的頭髮撥開。我注意到她的臉龐是濕的，淌滿了汗水。她的眼睛又眨了幾次，才正視我的眼睛。她的眼神是穩定的，但我無法從中讀出任何訊息，只能從她的聲音和表情得知她已筋疲力竭。

「很好，妳眞的留下來了。」她說。

「告訴我妳看到了什麼。我阿嬤到底怎麼了？」

「她車子所在的橋梁斷裂，她掉到水裡淹死了。」她冷冷地說。

「不，不，不會。告訴我是哪座橋，什麼時間，怎麼發生的，我要阻止事情發生。」

愛芙羅黛蒂的嘴角微微上揚，閃過一絲笑容。「喔，妳現在突然相信我啦？」

我內心沸騰，好害怕阿嬤會遭逢不測。我抓住她的手，站起來，也拉著她站起來。「我們走。」

她想掙脫，不過現在她太虛弱，我輕而易舉就抓牢她。「去哪裡？」

「當然是去找奈菲瑞特，她會弄清楚妳這些鬼話，天殺的妳一定得告訴她。」

「不！」她幾乎是尖叫著說：「我不會告訴她。不管怎樣，我絕不說。我會說我只記得水和橋，其他全不記得。」

「奈菲瑞特有辦法讓妳說的。」

「她沒辦法！她只能看出我在說謊，我在隱瞞，但她無法看出我隱瞞的事情。如果妳把我帶去找她，妳阿嬤就會死。」

我覺得很不舒服，整個人開始發抖。「妳想要怎樣，愛芙羅黛蒂？妳想繼續當黑暗女兒的領導人嗎？好，這位子還給妳，只要妳說出我阿嬤的事。」

愛芙羅黛蒂蒼白的臉龐閃過劇烈痛苦的神情。「妳無法把那位子還給我，只有奈菲瑞特才能。」

「那妳想怎樣？」

「我只要妳好好聽我說，然後妳就會知道妮克絲沒有背棄我。我要妳相信我的靈視仍然有效。」她凝視我的眼睛，聲音緊張低沉。「我要妳欠我一份情。有一天妳會成爲法力高強的女祭司長，比奈菲瑞特強。哪天我需要人保護，妳欠我的這份情就派得上用場。」

我想告訴她，我絕無可能保護她免受奈菲瑞特的懲罰，現在辦不到，很可能永遠都辦不到，況且我也不想這麼做。是她自己搞砸的，我已經見識過她有多自私，多可惡。我不想欠她人情，不想跟她有任何瓜葛。

但，我別無選擇。「好，我不帶妳去找奈菲瑞特。現在說吧，妳看到了什麼？」

「妳得先承認妳欠我一份情。還有，妳得記住，這可不是人類的空口白話。吸血鬼一起誓，不管雛鬼或成鬼，就一定得遵守誓言。」

「如果妳告訴我如何救我阿嬤，我就發誓：我欠妳一份情。」

「報答方式由我決定。」她狡猾地說。

「好，隨便妳。」

「妳必須完整說出誓言。」

「如果妳告訴我如何救我阿嬤，我發誓：我欠妳一份情，報答方式隨妳決定。」

「話語已立，事必成就。」她低聲喃喃。那聲音讓我脊背發冷，但我不想理會。

「快說。」

「我得先坐下。」她說，突然又顯得很虛弱，癱坐在長椅上。

我坐在她旁邊，不耐煩地等她恢復鎮定。當她開始說話，我感覺到她話語中的駭人語氣貫穿我全身。我靈魂深處清楚知道，她的靈視真實不假。如果妮克絲真的對愛芙羅黛蒂生氣、失望，想撤回她的天賦，那麼今晚顯然沒這麼做。

「今天下午妳阿嬤要到陶沙市，途中會走馬斯科吉市高速公路。」她停頓一下，頭歪向一邊，彷彿在傾聽風中的什麼訊息。「妳下個月生日，她要進城幫妳買禮物。」

我驚愕不已。愛芙羅黛蒂說得沒錯，我的確是十二月生日，很爛的日子：十二月二十四日，所以我幾乎不曾好好慶祝過，因爲所有人都想把它跟聖誕節混在一起，隨便帶過。去年是我十六歲大生日，照理說要有很酷的盛大生日派對，結果我根本沒得到什麼特別的生日待遇。這眞的很氣人……我搖搖頭，不過現在不是發這種牢騷的時候。

「好，她今天下午會進城，然後發生什麼事？」

愛芙羅黛蒂瞇起眼睛，彷彿想看穿黑暗。「很奇怪，我通常可以清楚看見意外發生的原因，譬如飛機機件失靈之類的，可是這次我跟妳阿嬤的感應太強，看不出爲什麼橋會斷裂。」她的眼睛瞥向我。「或許因爲這是我第一次見到認識的人死掉，所以感覺很亂。」

「她不會死的。」我堅定地說。

「那她就不能在那座橋上。我記得她車裡儀表板的時鐘顯示三點十五分，所以，我確定這事會在下午發生。」

我不自覺地瞄自己的手錶一眼，早上六點十分。再一小時天就亮了（而我也該去睡了），這代表阿嬤即將起床。我知道她的作息，她通常天亮起床，在柔和的晨曦中散步一會兒，然後回到溫暖的小屋準備簡單早餐，接著展開薰衣草田裡該幹的活。待會兒我就打電話給她，要她今天留在家裡，這樣她就不會有機會開車去任何地方，如此一來應該就安全了。我必須確定她會平安無事。這時，我想起另一件事。我注視著愛芙羅黛蒂。

「那其他人怎麼辦？我記得妳說妳前方的車裡有小孩，還有車子掉落起火。」

「對。」

我皺眉看著她。「對，對什麼？」

「對，我是從妳阿嬤的角度往外看，我看到四周有很多車子撞毀。一切發生得太快，我看不清楚到底有幾輛。」

她只說了這些。我厭惡地搖頭。「那該怎麼救他們？妳說那些小男孩也會死！」

愛芙羅黛蒂聳聳肩。「我告訴過妳，我見到的景象很混亂，無法確切說出發生的地點。

我之所以知道時間，是因爲我看見妳阿嬤車子儀表板上的時鐘。」

「所以，妳打算眼睜睜看著那些人死掉？」

「妳擔心什麼啊？反正現在妳阿嬤會沒事的。」

「愛芙羅黛蒂，妳眞的讓我很噁心。除了妳自己，妳在乎過任何人嗎？」

「隨便妳說，柔依。難道妳是完美的？除了妳阿嬤，我可沒聽到妳在乎任何人啊。」

「我當然最在乎我阿嬤！因爲我愛她！不過我也不想見到其他人死掉。如果我能提供詳細訊息，就沒有人會死。所以，無論如何妳必須設法想清楚，告訴我到底是哪座橋。」

「我已經說過了，那座橋就在馬斯科吉市高速公路上，但我看不出來是哪一座。」

「再認眞想想！妳還看到了什麼？」

她嘆息，閉上眼睛。我看見她的眉頭緊鎖，彷彿很害怕。她繼續閉著眼睛，開口說：「等等，不，不是在高速公路上。我看見指標了，那座橋橫跨阿肯色河，就是四十號州際公路上那座，在高速公路下面，靠近衛柏瀑布。」然後她睜開眼睛。「現在妳已經知道時間和地點，我沒辦法再多說了。至於原因，好像是某種平底船，類似駁船吧，撞到了橋梁。我知道的就這麼多。我沒看見任何可以辨認那艘船的東西。那，妳要怎樣阻止事情發生？」

「我不知道，不過我一定要阻止事情發生。」我喃喃地說。

「好，那妳就慢慢想怎麼拯救世界吧，我要回寢室修指甲了。對我來說，亂七八糟的指甲才夠慘。」

「妳要知道，有糟糕的父母不能拿來當成自己鐵石心腸的藉口。」我說。已經轉過身的她整個人愣住。她的背挺得好直，轉頭看我。我看得出來她那雙瞇起來的眼睛充滿憤怒。

「妳知道什麼？」

「關於妳父母嗎？我知道的沒有很多，只知道他們想控制妳。妳媽尤其可怕。至於一般的爛父母，我知道的可就多了，畢竟我媽三年前再嫁後，我就一直活在痛苦不堪的親子關係中。這種日子的確很痛苦，不過不能拿來當作自己惹人厭的藉口。」

「除非妳親自嘗嘗十八年過著比『痛苦不堪』還難受的日子，否則妳什麼都不會懂，什麼屁都不會知道。」說完後，一如我認識且難以忍受的那個愛芙羅黛蒂，她甩甩頭髮，昂首闊步離開，還猛扭她的小屁股，以為我會盯著看。

「難題，這女孩遇上大難題了。」我在長椅上坐下，翻尋包包裡的手機。真高興隨身帶了它。這些日子來我得把它轉成靜音，就連轉成振動都不行。原因只有一個：西斯，我的人類準前男友。自從他和我那前好友凱拉跑來這裡，說要把我從夜之屋「劫走」（沒錯，他們就是這麼說的，眞是兩個大白癡）之後，西斯就對我瘋狂著迷。當然，說來不是他的錯，因爲是我舔了他的血，把他烙印。總之，即使他的留言已經從一天上百通（嗯，二十來通啦）降爲兩、三通，我還是不想打開手機，讓他有機會煩我。果然，我把手機蓋打開，就發現有兩通未接來電，都是西斯打的。不過沒有留言，希望這代表他開始懂事了。

阿嬤接起電話的聲音仍帶著睡意，不過她一發現是我，精神立刻振奮起來。

「哇，柔依鳥兒！能被妳的聲音喚醒，眞是太棒了。」她說。

我對著手機微笑。「我好想妳，阿嬤。」

「我也想妳，小寶貝。」

「阿嬤，我打這通電話的理由或許聽來很怪，不過妳一定要相信我。」

「我當然相信妳啊。」她毫不遲疑地說。她和我媽完全不同，有時我眞懷疑，她們怎麼可能有血緣關係。

「好。妳打算晚點來陶沙市買東西，對不對？」

電話那頭沒聲音，半晌後她笑著說：「我想，我很難對我的吸血鬼孫女兒隱瞞要給她的生日驚喜哦。」

「我要妳答應我，阿嬤，妳今天哪裡都不去，不坐車，不開車，就待在家裡休息。」

「爲什麼，柔依？」

我躊躇著，不確定該怎麼說。阿嬤眞的已經了解我一輩子了，她輕聲說：「柔依鳥兒，記住，妳可以告訴我任何事，我相信妳。」

直到此刻，我才發現自己緊張得屛住呼吸。聽她這麼說，我鬆了一口氣，告訴她：「衛柏瀑布附近，第四十號州際公路上那座橫跨阿肯色河的橋梁會斷裂崩塌。如果妳照原定計畫出門，妳會從橋上墜落溺死。」最後這句話我說得好小聲，幾乎像悄悄話。

「喔！喔，我的天啊！我得坐下來。」

「阿嬤，妳還好嗎？」

「現在應該沒事了。不過，若不是妳警告我，可能就眞的會有事。我現在可嚇得頭暈目眩哪。」她手上一定抓了本雜誌之類的，因爲我聽見她給自己搧風的聲音。「妳怎麼知道的？妳也有靈視嗎？」

「沒有，不是我。是愛芙羅黛蒂。」

「那個當過黑暗女兒領導人的女孩？我以爲妳們不是朋友呢。」

我哼了一聲。「我們當然不是朋友。不過我發現她出現靈視，她告訴了我。」

「妳相信她？」

「當然不相信，但我相信她的靈視能力，而且我親眼見到她出現靈視的模樣。阿嬤，她彷彿眞的在那裡，和妳在一起經歷那個場面。好可怕，她看見妳掉下河，還有那些小孩也死了……」我突然想到阿嬤差點今天死去，嚇得停止呼吸。

「等等，還有其他人掉下河？」

「對，橋斷裂時，許多車輛掉進河裡。」

「那其他人怎麼辦？」

「我會設法處理的。反正妳就待在家裡。」

「或許我應該開車去那裡阻止他們開上橋？」

「不行！千萬別去。我會確保所有人平安無事，我發誓。但我必須先知道妳很安全。」我說。

「好，小寶貝，我相信妳。妳不必擔心我，我會待在家裡，平安沒事的。妳就去做該做的事吧。如果需要我，隨時打電話給我。」

「謝謝，阿嬤，我愛妳。」

「我也愛妳，**嗚威記阿給亞**。」

我掛上電話，繼續坐在原地，告訴自己別發抖。沒多久，我鎮定下來，腦袋開始醞釀一個計畫。現在沒時間害怕，得開始行動了。

10

「為什麼我們不乾脆告訴奈菲瑞特呢？她只需打幾通電話就行了，像上次愛芙羅黛蒂預見飛機墜毀丹佛機場時那樣。」戴米恩說，謹慎地壓低音量。

「她要我答應不去找奈菲瑞特。她們兩個現在正在進行一場奇怪的拚鬥。」

「奈菲瑞特也該知道她有多可惡了。」史蒂薇・蕾說。

「根本是可惡的母牛。」簫妮說。

「惡劣至極的母夜叉。」依琳附和。

「沒錯，但她是什麼不重要。現在重要的是她的靈視，和那些可能死掉的人。」我說。

「聽說她的靈視不準了。」戴米恩說：「或許因為這樣，她才要妳答應不去找奈菲瑞特。她根本是憑空捏造，好嚇妳，害妳做出讓自己丟臉、難堪的事，甚或惹上麻煩。」

「如果不是親眼見到她出現靈視，我也會這麼覺得。我確定她不是捏造的。」

「可是，她告訴妳全部眞相了嗎？」史蒂薇・蕾問。

我想了一會兒。愛芙羅黛蒂早就承認她可以對奈菲瑞特隱瞞一些內容，所以我要怎麼相信她沒這樣對待我呢？不過，想到她那張慘白的臉，抓緊我手的模樣，以及她陪著我阿嬤溺死時聲音裡的驚恐，我忍不住發抖。

「她告訴我實話了。」我說：「你們必須相信我的直覺。」我看著這四位朋友，沒人欣然同意，但我知道他們信任我，我可以仰賴他們。「現在情況是這樣的，我已經打過電話給阿嬤，她不會去那座橋，不過還有其他人會死掉，我們必須想辦法救那些人。」

「愛芙羅黛蒂說，撞上橋梁，造成橋斷裂的是類似駁船的船隻？」戴米恩問。

我點點頭。

「嗯，那妳就假裝成奈菲瑞特，打電話給負責駁船的單位，說妳有位學生預見一樁意外。大家會聽奈菲瑞特的，他們不敢不聽。所有人都知道，她的資訊救過許多人的命。」

「我也這麼想過，不過這行不通，因爲愛芙羅黛蒂沒辦法看清楚那艘船，她甚至不確定那艘船是否眞的是駁船，所以我連一開始要跟誰聯絡都不知道。況且，我也不能假裝是奈菲瑞特，這樣做不對。我是說，這會惹上大麻煩。你們不能保證接到我電話的人不會回撥給奈菲瑞特，跟她報告後續發展吧。這樣一來肯定穿幫。」

「到時就會很慘。」蕭妮說。

「對。奈菲瑞特會發現那母夜叉出現靈視，這樣一來妳就違背保密的諾言。」依琳說。

「好吧，所以，阻止船隻這個方法出局，假裝是奈菲瑞特這個主意也出局。現在只剩封閉橋梁。」戴米恩說。

「我正是這麼想。」我說。

「謊報炸彈！」史蒂薇·蕾突然冒出這句話，大家全都看著她。

「什麼？」依琳問。

「說說看。」簫妮說。

「我們假裝成那種謊報炸彈威脅的怪胎。」

「這應該行得通。」戴米恩說：「每次若有人通報建築物裡有炸彈，他們一定會疏散裡頭的人。所以若橋上有炸彈，他們也一定會封閉橋梁，起碼封閉到他們確定這是謊報。」

「如果用我的手機打，他們應該不會知道我是誰吧？」我問。

「喔，拜託。」戴米恩說，猛搖頭，好像我是個大白癡。「他們當然能夠追蹤手機，現在不是九〇年代欸。」

「那該怎麼辦？」

「妳還是可以用手機，只不過必須是拋棄式手機。」戴米恩解釋。

「你是說像立可拍相機？」

「妳是哪個年代的人啊？」簫妮問。

「怎麼會有人不知道拋棄式手機啊？」依琳說。

「我就不知道。」史蒂薇．蕾承認。

「果然。」孿生的異口同聲。

「拿著。」戴米恩從口袋拿出一支看起來很呆的Nokia大手機。「用我的吧。」

「你怎麼會有拋棄式手機？」我端詳這手機，看起來很平常啊。

「我爸媽發現我是同性戀後，就跟瘋了一樣。在我被標記而且來到這裡之前，他們似乎想把我關在家裡好幾輩子，所以我就設法弄到這支手機。我不是說他們眞會把我關在衣櫥裡之類的，不過，有備無患嘛。從那時候起，我就隨身帶著手機。」

大家不知道該說些什麼。戴米恩的爸媽對他的同性戀傾向未免太大驚小怪了。

「謝謝你，戴米恩。」我終於打破沉默。

「不客氣。妳打完電話後記得關機，然後把手機還我，我來銷毀手機。」

「好。」

「還有，要記得告訴他們，炸彈放在水底下。這樣一來，他們就必須長時間封閉橋梁，派潛水伕下去找。」

我點點頭。「好主意。我會告訴他們炸彈將在三點十五分爆炸。我阿嬤掉到河裡時，愛芙羅黛蒂見到她車內儀表板的時鐘顯示這個時間。」

「我不知道他們會花多久時間處理，不過，或許妳應該兩點半左右打電話，這樣他們才有足夠的時間把人車從橋上疏散，封閉橋梁，但又不至於讓他們有太多時間發現這是謊報，而太早開放車輛上橋。」史蒂薇．蕾說。

「呃，各位，」簫妮說：「電話要打給誰？」

「啊，我不知道欸。」我感覺壓力落回肩頭，知道自己的頭很快要開始痛了。

「上Google查吧。」依琳說。

「不行。」戴米恩立刻接話：「電腦會留下線索。妳打電話給這裡的聯邦調查局分局就好了，電話簿裡有號碼。接到這種怪胎打來的電話，他們會有一套處理程序的。」

「譬如找出這些人，把他們送進大牢關到死。」我擔憂地咕噥著。

「不會，他們逮不到妳。妳沒留下任何線索，他們沒理由想到是我們幹的。記得兩點半左右打，告訴他們，妳在橋下水裡放了炸彈，因爲……」戴米恩猶豫著該怎麼說。

「因爲河川污染！」史蒂薇．蕾興奮地喊道。

「污染？」簫妮問。

「我不認爲是因爲污染。我認爲應該是妳厭煩政府干涉人民私領域。」依琳說。

我眨巴著眼睛看她。她到底在說什麼啊？

「說得好啊，孿生的。」簫妮附和。

依琳樂得嘴巴咧開。「我這麼說時，口氣還眞像我爸呢。他一定會以我爲榮。喔，不是因爲假裝要把橋炸掉，而是因爲想出這種好理由。耶！」

「我們懂的，孿生的。」簫妮說。

「我還是覺得是因爲妳已經受不了污染。污染眞的是個大問題。」史蒂薇．蕾堅持。

「好吧，我就說因爲政府干預人民私領域**並且**污染河川，所以我要放炸彈，如何？」他們茫然地望著我。我嘆了口氣。「我是說河川被污染，不是說政府污染河川。」

「喔～～」大家恍然大悟。

「聽起來我們這些恐怖分子很像呆瓜。」史蒂薇．蕾咯咯笑著說。

「我覺得這樣反而好。」戴米恩說。

「那，大家同意嘍？我來打電話，大家要保密，絕不能說出愛芙羅黛蒂有靈視的事。」

他們點頭答應。「很好。那我來找電話簿，查出聯邦調查局的電話號碼，然後——」

我眼角瞥見門口那邊有動靜，抬頭發現奈菲瑞特陪著兩個穿西裝的人走進宿舍。大家立刻噤聲，我聽見有人壓低聲音說**「他們是人類……」**，整個起居室立刻充滿竊竊私語的嗡嗡聲。我沒時間思考或聽別人說什麼，因爲我發現奈菲瑞特和那兩個男人顯然是朝我走過來。

「啊，柔依，妳在這裡。」奈菲瑞特以她慣有的溫暖表情對我微笑。「這兩位男士要跟妳談談。我想，我們可以去圖書室，應該不會談太久。」奈菲瑞特邊說邊迅速移動，並以高貴如同女王的姿態，示意兩位穿西裝的男士和我跟著她，從起居室的大房間，進入旁邊的小房間。這時，其他所有人都瞠目結舌地看著我們。這個小房間，我們管它叫作宿舍圖書室，其實不過是一間電腦室，擺了幾張舒服的椅子，書架上有幾本平裝書。一排電腦前面有兩個女孩，奈菲瑞特一聲令下把她們打發走。她們匆忙跑出去後，奈菲瑞特關上門，然後轉身看著我們。我瞥了眼電腦上所顯示的時間，週六早上七點零六分。到底發生了什麼事？

「柔依，他們是陶沙市警局凶殺組的警探。這位是馬克思警探，」她指著較高的那位，「而這位是馬丁警探。他們想問妳幾個問題，是關於那個失蹤死亡的人類少年。」

「好。」我回答，納悶他們到底要問我什麼。拜託，我什麼都不知道，甚至跟他不熟。

「蒙哥馬利小姐——」馬克思警探開始說，不過立刻被奈菲瑞特打斷。

「紅鳥。」她說。

「夫人，什麼意思？」

「柔依上個月一進到我們學校，脫離父母監護後，就正式把姓氏改爲紅鳥。這裡的學生在法律上都不受父母監護。就我們學校的特殊性質而言，我們認爲，學生依照自己意願更改姓名對他們會比較有幫助。」

這位警探微微點頭。從他的神情我看不出來他是否不高興，不過從他一直注視奈菲瑞特的模樣來看，應該沒生氣。

「紅鳥小姐，」他繼續說：「根據我們得到的消息，你認識克里斯．福特和布雷德．西俊斯。是這樣嗎？」

「耶。我是說，對。」我趕緊改正用詞。現在顯然不是表現得像個蠢少女的時候。「我認識……呃，**之前**認識他們兩個。」

「**之前**認識，這是什麼意思？」個子較矮的馬丁警探突然插嘴。

「我的意思是，我現在沒跟人類青少年混在一塊兒了。不過，即便在被標記之前，我也很少見到克里斯或布雷德。」我心想他幹麼緊張兮兮啊，不過隨即想到克里斯死了，而布雷德失蹤了，所以我以過去式來談論他們，聽起來或許眞的令人很不舒服。

「妳上次見到他們兩個是什麼時候？」馬克思問。

我咬著下唇，努力回想。「好幾個月前。自從足球季開始就很少見到他們，不過後來我去過兩、三次派對，他們也在。」

「所以，妳沒跟他們任何一個約會？」

我皺起眉頭。「沒有，我算是跟斷箭隊的四分衛約會。正是因爲這樣，我才會認識那些聯合隊的男孩。」我笑笑，想讓氣氛輕鬆點。「大家都以爲聯合隊的球員和斷箭隊是死對頭，其實根本不是這樣。他們很多人都是一起長大的，至今仍然是朋友。」

「紅鳥小姐，妳來夜之屋多久了？」矮個兒警探問，一下子取消了我緩和氣氛的努力。

「柔依來我們這裡差不多整整一個月。」奈菲瑞特替我回答。

「這個月內，克里斯或布雷德來拜訪過妳嗎？」

我眞驚訝他這麼問，大聲回答：「沒有！」

「妳是說完全沒有人類青少年來拜訪過妳？」馬丁迅速丟出另一個問題。

我被問得措手不及，像個白癡一樣，焦急得講不出話。我相信自己看起來一定是一副心虛的模樣。幸好，奈菲瑞特跳出來拯救我。

「柔依來這裡以後的第一個禮拜，她的兩個朋友來找過她。不過，我想，你不會把那稱爲拜訪。」她說，笑著看兩位警探一眼，彷彿在說**小鬼就是小鬼**。然後，她對我點頭鼓勵道：「告訴他們，妳那兩個朋友還以為來我們這裡爬牆很有趣。」

奈菲瑞特的綠色眼眸直盯著我的雙眼。我之前告訴過她，西斯和凱拉爬上了學校圍牆，說要把我劫走。至少西斯是打這種主意。凱拉則只是來跟我炫耀，讓我明白她搶到西斯了。這些我都告訴過奈菲瑞特，除此之外還說了其他的，包括我無意間嘗到西斯的血，一路說到凱拉看見我舔血的畫面，嚇到魂飛魄散。凝視著奈菲瑞特的雙眼，我非常清楚地感覺到，她彷彿在大聲暗示我，要我不用說出舔血的部分。我當然同意。

「其實沒什麼啦。凱拉和西斯以為他們可以溜進來把我劫走。」我停頓一下，搖搖頭，一副我認為他們兩個真的瘋了的表情。這時，高個兒警探插話：「凱拉和西斯各姓什麼？」

「凱拉姓羅賓森，西斯姓郝運。」我回答。（是啊，西斯的確姓『郝運』，不過他唯一特別好運的地方在於從沒被抓到酒醉駕車。）「總之，西斯這人有時有點遲鈍，至於凱拉，嗯，她很懂鞋子和髮型，不過沒什麼常識。所以他們根本沒想到『啊，她變成吸血鬼了，如果離開夜之屋，她就會死』這個問題。我只好跟他們解釋，我不僅不想離開，而且也不能離開。大概就是這樣。」

「妳見到他們後，沒什麼不尋常的事發生嗎？」

「你是說我回宿舍之後嗎？」

「不是。我再說清楚一點：妳那次和他們在一起，有不尋常的事情發生嗎？」馬丁說。

我嚥了嚥口水。「沒有。」這不算是謊言。對雛鬼來說，嗜血本來就沒什麼不尋常。只不過我不該蛻變得那麼快，記印不該那麼早變實心，不該出現成鬼才有的額外刺青。更不用說沒有哪個雛鬼或成鬼像我一樣，連肩膀和背部都被標記。好吧，我確實不是尋常的雛鬼。

「妳沒有割傷那男孩，喝他的血吧？」矮個兒警探的聲音冷如冰霜。

「沒有！」我大喊。

「你這是在指控柔依什麼嗎？」奈菲瑞特說，靠過來保護我。

「不是，夫人，我們只是在詢問她，希望能更了解克里斯·福特和布雷德·西俊斯的交友圈子。這個案子從幾個方面來看都相當不尋常，而且……」矮個兒警探絮絮叨叨往下講，而我的心臟撲通撲通跳得好快。

怎麼一回事？我不是故意割傷西斯，是不小心劃傷他，更沒有「喝」他的血，我只是舔一舔。不過他們怎麼會知道這件事？西斯是不怎麼聰明，不過我想他不會到處跟別人說，他煞到的馬子會吸血，尤其不會對警探這麼說。西斯不可能說出去，可是……

突然，我知道他們爲什麼這麼問了。

「關於凱拉·羅賓森，有些事情或許該讓你們知道。」我開口打斷矮個兒警探無趣的長篇大論。「她看見我吻西斯，嗯，事實上是**西斯**吻我。凱拉很喜歡西斯。」我的視線在兩個警探之間移動。「她眞的很**喜歡**西斯，既然我離開了，她就想跟他交往。所以，她看見他吻我的時候，氣炸了，開始對我咆哮。好吧，我承認我很不成熟，被她一罵，我開始發火。我是說，這樣不對嘛，妳的好友怎麼可以追妳的男友呢。」我表現得有點侷促不安，彷彿跟他們說這些很丟臉。「所以我對凱拉說了些惡毒的話，嚇到了她，她就飛也似地跑走了。」

「什麼惡毒的話？」馬克思警探問。

我嘆口氣。「大概是她再不滾開，我就要從牆上飛下去喝她的血之類的。」

「柔依！」奈菲瑞特的語氣好嚴厲啊。「妳知道這種話很不得體。我們的形象已經有很多問題了，不需要妳這樣驚嚇人類青少年。難怪那可憐的孩子會跑去告訴警察。」

「我知道，眞的對不起。」我明白奈菲瑞特是配合我演戲，不過我還是得費力克制，才沒被她聲音裡的威力嚇到往後退縮。我抬頭瞥向兩位警探，發現他們也吃驚地睜大眼睛看著奈菲瑞特。哈。到剛才爲止，奈菲瑞特只給他們見到她呈現在公開場合的美麗面貌，他們根本不知道自己是在跟什麼樣的人打交道。

「之後，妳就沒再見過他們中的任何一個？」尷尬沉默片刻後，高個兒警探問。

「只見過一次，那次只有西斯，就在我們舉行萬靈節儀式的時候。」

「不好意思，什麼儀式？」

「萬靈節是個古老的名稱，也就是你們人類所熟知的萬聖節。」奈菲瑞特解釋。她又恢復那美麗得令人目眩的面貌和親切的表情。兩位警探一臉茫然，但仍報以微笑，彷彿別無選擇。我明白這是怎麼回事。我知道奈菲瑞特的法力有多高強，他們兩位恐怕是不能不笑吧。

「繼續說吧，柔依。」奈菲瑞特告訴我。

「嗯，那時我們一群人正在舉行儀式，有點類似戶外的教會禮拜。」我跟他們解釋。好吧，事實上這個儀式**完全不像**教會的戶外禮拜，不過打死我都不會跟兩位人類警探解釋設立守護圈、召喚會吃人的吸血鬼惡靈的事情。我眼睛瞥向奈菲瑞特，她點頭以示鼓勵。我深吸一口氣，邊說邊在心裡重新剪輯當時的情景。我知道我怎麼說都沒關係，因爲西斯根本不記得那一晚的任何事情，不知道自己當晚差點被古代吸血鬼的鬼靈吃掉。奈菲瑞特永遠、徹底地封鎖了他這段記憶。他只知道他見到我跟一群人在一起，然後就昏過去。「總之，西斯溜進我們的儀式中，那場面眞的很難堪，尤其……嗯……尤其他又爛醉如泥。」

「西斯喝醉了？」馬克思問。

我點頭。「對，他喝醉了。不過，我可不想因爲這樣說而讓他惹上麻煩。」我決定不提西斯開始哈草的事。眞希望他只是好奇，短暫嘗試一下。

「他不會有麻煩的。」

「那就好。我的意思是，他不是我男友，不過基本上他是個好孩子。」

「別擔心，紅鳥小姐，妳儘管告訴我們發生的事。」

「眞的沒什麼。他闖進我們的儀式，實在很丟臉。我要他回家，別再來了，還說我們已經結束了。他把自己搞得像個傻瓜，然後昏了過去，我們只好讓他留在那裡。就這樣。」

「那次之後妳就沒再見到他？」

「沒有。」

「有聽到他的消息嗎？」

「有，他打了很多電話給我，還在我手機上留下煩人的留言。但現在情況好多了。」我快速補了一句，怕害他惹上麻煩。「我想，他終於了解我們之間結束了。」

高個兒警探寫完筆記，把手伸進口袋，拿出一個塑膠袋，裡頭裝有東西。

「這個呢，紅鳥小姐？妳以前見過這個東西嗎？」

他將袋子遞給我，我知道裡面那東西是什麼。那是一個銀色的墜子，繫在黑色絲帶上。墜子的形狀是兩彎弦月背對背貼在一輪滿月的兩側，外面鑲有深紅色的石榴石，象徵三重女神：母親、少女和老嫗。我也有一個這樣的東西，因爲這是黑暗女兒領導人專屬的項鍊。

11

「你在哪裡找到這個？」奈菲瑞特問。我看得出來她努力控制語氣，但仍難掩聲音裡即將爆發的怒火。

「這項鍊是在克里斯．福特的屍體附近找到的。」

我驚愕得張大嘴巴，但說不出話。我知道我肯定臉色發白，而我的胃痛苦地揪成一團。

「妳認得這項鍊嗎，紅鳥小姐？」馬克思警探再問一次問題。

我嚥嚥口水，清清喉嚨。「認得，這是黑暗女兒領導人的墜子。」

「黑暗女兒？」

「黑暗女兒和黑暗男兒是學校菁英社團，由最優秀的學生組成。」奈菲瑞特說。

「妳隸屬於這個組織？」他問。

「我是領導人。」

「那，不介意讓我們看看妳的項鍊吧？」

「我——我沒戴在身上，放在房間裡。」震驚的情緒讓我的腦袋昏沉沉。

「兩位男士，你們是在指控柔依什麼嗎？」奈菲瑞特說。她的聲音平靜，但盛怒的情緒拂過我全身，我的皮膚一陣刺痛，還起了雞皮疙瘩。我從兩位警探四目相覷的緊張眼神看得出來，他們也感覺到她的憤怒了。

「夫人，我們只是問一問。」

「他是怎麼死的？」我的聲音其實很微弱，但在奈菲瑞特所引發的緊繃沉默氣氛中顯得異常響亮。

「多處撕裂傷，失血過多。」馬克思說。

「有人以彈簧刀或什麼東西割他嗎？」新聞報導已經說克里斯遭到動物攻擊，所以我早就知道答案，但就是想再問一次。

馬克思搖頭。「傷口完全不像刀刃留下的，比較像被動物撕扯、齧咬。」

「他全身的血液幾乎流光了。」馬丁補充。

「而你們來這裡，是因爲他看似遭到吸血鬼攻擊？」奈菲瑞特表情嚴肅地說。

「我們只是到處找答案，夫人。」馬克思說。

「那麼，我建議你們做那人類男孩的血液酒精濃度測試。依我淺薄的了解，那群青少年似乎習慣把自己灌醉。或許他是喝醉了跌入河裡。那些撕裂傷可能是撞擊水中岩石造成的，或是被動物咬傷。沿河附近，甚至在陶沙市裡，不就有土狼出沒嗎？」奈菲瑞特說。

「是的，夫人，我們已經在驗屍了。雖然血液流乾了，法醫還是可以找到一些線索。」

「很好，我相信那些線索應該會讓你們察覺，這男孩喝醉了，或許還嗑藥high過頭了。我認爲，你們應該在吸血鬼之外找尋其他更合理的死因。我想，兩位應該問完了吧？」

「我想再問一個問題。」馬克思警探看都沒看奈菲瑞特一眼，直接問我：「紅鳥小姐，週四八點到十點之間，妳人在哪裡？」

「晚上嗎？」我問。

「對。」

「我在學校，在這裡上課。」

馬丁面無表情地看了我一眼。「上課？那個時間？」

「或許你們應該先做做功課再來訊問我的學生。夜之屋的課程晚上八點開始，直到凌晨三點結束。長久以來，吸血鬼偏好晚上活動。」奈菲瑞特的聲音仍帶著讓人膽戰的語氣。

「那男孩死去的時候，柔依正在上課。**現在**，你們應該問完了吧？」

「目前我們要問紅鳥小姐的問題就先告一個段落。」馬克思將手上一直在書寫的小筆記本迅速往前翻閱幾頁，然後說：「不過，我們還得和羅倫·布雷克談談。」

我努力不因羅倫的名字而有所反應，不過我知道自己身體抖了一下，兩腮紅燙起來。

「對不起，昨天破曉前他搭乘學校的私家噴射機去東岸支援我們的學生了。他們去那裡參加莎士比亞國際獨白劇競賽的總決賽。等他週日回來後，我會請他打電話給你。」奈菲瑞特邊說邊往門口移動，顯然在下逐客令。

不過馬克思沒移動，他仍盯著我，慢慢從外套內側口袋掏出一張名片，遞給我，然後說：「若妳想到任何事情，任何事情都行，只要妳覺得可能可以幫助我們查出誰殺了克里斯，請務必打電話給我。」然後他對奈菲瑞特點點頭。「謝謝妳的寶貴時間，夫人。我們週日會再來找布雷克先生談談。」

「我送你們出去。」奈菲瑞特說。她捏了捏我的肩膀，然後神態自若地從兩位警探身邊走過，領他們出去。

我坐在那裡，努力釐清翻騰的思緒。奈菲瑞特說謊，不只沒說我吸了西斯的血，以及西斯在萬靈節儀式中差點被害死的事情，她也對羅倫的事情撒謊。羅倫昨天破曉前還沒離開學校。直到日出，他都在東牆，跟我在一起。

我雙手緊緊互握，努力不讓它們顫抖。

* * *

直到早上十點我才去睡覺。戴米恩、攣生的和史蒂薇．蕾想知道警探找我談話的所有內容，而我也想告訴他們。我以爲回頭審視那些細節或許可以讓我找到蛛絲馬跡，搞清楚到底是怎麼一回事，但我錯了，我們沒人想得出爲什麼黑暗女兒領導人的項鍊會出現在人類少年的屍體旁邊。對，我確認過，我那條項鍊仍安全地放在我的首飾匣裡。依琳、簫妮和史蒂薇．蕾都認爲，愛芙羅黛蒂應該與警察取得項鍊有關，或許還牽涉到這樁死亡。不過戴米恩和我不敢這麼確定。愛芙羅黛蒂是厭惡人類，但在我看來，她應該還不至於會去綁架、殺害一個壯碩的足球隊員。畢竟她絕對無法把他藏在她的名牌Coach手提包裡。她當然更不可能跟人類玩在一塊兒。沒錯，她之前的確有這樣一條項鍊，不過我取代她那天，奈菲瑞特已經將它收回交給我了。

暫且撇開項鍊之謎不管，我們唯一能弄清楚的事，就是：跑去跟警察說我是兇手的人，基本上應該就是「臭賤人凱拉」（攣生的這麼說她），因爲她嫉妒西斯依然對我神魂顛倒。如果那些警察光憑一個吃醋的少女的片面之詞就跑來這裡，那他們顯然還未掌握眞正的嫌疑犯。當然，我這些朋友不知道吸血的事，我還無法告訴他們我喝了（或舔了，隨便啦）西斯的血，所以我告訴他們的，就是我對警探陳述的那個改編版本。知道這件事的人除了西斯和

「臭賤人凱拉」，就只剩奈菲瑞特和艾瑞克了。奈菲瑞特是我告訴她的，至於艾瑞克，則是因爲他正巧撞見我跟西斯之間的這件大事。說到艾瑞克，我突然很希望他趕快回學校。我最近好忙，幾乎沒時間思念他，至少今天之前都沒想念過。但現在我眞的好希望能找個不具女祭司長身分的人聊聊眼前這些事。

在我努力想要睡著的時候，我突然想起來，週日，週日艾瑞克就回來了，羅倫也是。不，不行，我不該去想羅倫和我之間可能發生的事，我也不願承認他是我「忙碌」到沒時間思念艾瑞克的部分原因。但是，警探到底爲什麼需要找羅倫談呢？我們沒人想得出原因。

我嘆了口氣，想讓自己放鬆。我實在很討厭這種該睡覺卻睡不著的感覺，但我就是無法關閉腦袋。不只克里斯．福特和布雷德．西俊斯的事情一直在我腦袋裡亂轉，我還想到自己得打電話給聯邦調查局，假裝自己是恐怖分子。再加上我幾乎還沒思考該怎麼設立守護圈，怎麼主持月圓儀式，難怪我整顆頭緊繃，痛到不行。

我瞥了一眼鬧鐘，早上十點半。再四個小時，我就得起床打電話給聯邦調查局，然後得設法熬過這一天，一方面等著聽橋梁意外的新聞報導（眞希望能成功阻止這場意外），以及布雷德．西俊斯被找到的新聞（希望他仍活著），另一方面還要設法思考該怎麼帶領月圓儀式（希望不會讓我自己出大糗）。

史蒂薇．蕾的輕柔鼾聲傳送過來。我發誓，她這個人絕對有辦法在暴風雪中倒立睡著。娜拉蜷縮在我頭邊的枕頭上，她也發出低沉的怪鼾聲，不再對我發牢騷。她如雷的鼾聲讓我擔心了一下，心想是不是該帶她去檢查，看是否有過敏現象。她太常打噴嚏了，不太正常吧。不過我轉念一想，已經神經緊繃的我應該只是過於緊張吧。這隻貓胖得跟肥火雞沒兩樣，我的意思是，她的肚子看起來就像一只囊袋，裡頭能躲上一窩小袋鼠。或許因爲太胖，她才會發出這種鼾喘吧。畢竟拖著那身貓脂肪到處走，實在不容易啊。

我閉上眼，開始數羊，眞的一隻一隻數。這應該有用吧？我想像一座牧場，有道柵門，還有毛茸茸的可愛綿羊跳過柵門。數到第五十六隻，我的思緒開始模糊，終於沉沉入睡。在不安穩的睡夢中，我看見綿羊穿著聯合隊的紅白制服，有個牧羊女指揮牠們跳過柵門（現在這柵門看起來眞像足球場上的球門）。我夢見自己像超人一樣輕飄飄飛在羊群上方。飄浮在空中的我看不清楚那牧羊女的臉，但從背影我知道她長得高䠷美麗，還有一頭及腰的赤褐色秀髮。她彷彿感覺到我在注視她，轉過身，抬起綠色眼眸看我。我不禁咧嘴笑了。在那裡指揮的當然是奈菲瑞特，即使是在夢中。我對她揮手，但她沒回應，雙眼反而瞇成令人膽戰的模樣，然後乍然轉身，發出野獸般的嗥吠聲，抓起一隻正在玩足球的綿羊。她那異常堅硬、宛如利爪的指甲，熟練地劃開綿羊的脖子，然後整張臉埋入綿羊汩汩湧血的喉嚨。夢中的我嚇得魂飛魄散，但又變態地被奈菲瑞特的行徑吸引住。我不想看，卻無法……不願……然後，綿羊身體開始微微發光，彷彿沸騰鍋爐冉冉蒸騰的熱氣。我眨眨眼，那隻動物不再是綿羊，而是克里斯．福特。他那雙死眼睜得大大的，譴責似地直盯著我。

我驚嚇得倒抽一口氣，硬生生把目光從他的血液移開，不想看那駭人的夢中景象。但我的視覺似乎著了魔，因爲現在吸吮克里斯喉嚨的不再是奈菲瑞特，而是羅倫。他抬起雙眼，隔著一道血河對我微笑。我無法將視線移開，我直盯著，直盯著，然後……

我做夢的身體在顫抖，而一個熟悉的聲音飄浮在我四周的空氣中。一開始，那低語是如此輕柔，我幾乎聽不見，但就在羅倫喝盡克里斯的最後一滴血時，那聲音變得不僅聽得見，還看得見。話語在我四周旋舞，伴隨著一道銀色亮光，那亮光就如那聲音，是我熟悉的。

……**記住，黑暗不一定等於邪惡，就像光亮不必然帶來良善**。

我眼皮乍然睁開，坐起身子，大力喘息，顫抖，胃有點不舒服。看看時鐘：十二點半。我忍著不發出呻吟。才睡了兩個小時，難怪這麼不舒服。我靜悄悄地走入浴室，以冷水潑臉，想沖去昏沉。遺憾的是，這詭異夢境帶給我的不祥感覺，卻沒那麼容易沖掉。

現在，我再也無法入睡。我無精打采地走到被厚重窗簾遮掩的窗邊，往窗外瞥視。天氣陰霾，低矮雲層遮蔽了太陽，綿綿細雨讓所有景象模糊一片，眞符合我當下的心情啊。不過，這樣的日光我倒是比較能忍受。我不禁想著，自己有多久沒在白天外出了？我驚覺，除了偶爾見到晨曦，自己已經整整一個月沒見過白晝。我打了個寒顫，突然覺得無法再在室內多待一秒鐘。我感覺到幽閉恐懼症，彷彿自己置身墓室之中，躺在棺材裡頭。

我再度走進浴室，打開一個小玻璃罐，裡頭是能完全遮蓋雛鬼刺青的遮瑕膏。剛來到夜之屋時，我有點驚慌，因爲我想到自己進這所學校之前，不曾在外面的世界看過雛鬼。那時我很自然地以爲成鬼會把雛鬼關在學校圍牆裡整整四年，所幸不久我就發現，原來雛鬼也有一些自由。雛鬼若要到校外，必須遵守兩個非常重要的規定。第一，必須遮住記印，不能佩戴或穿著任何會暴露自己年級的標誌或衣物。第二（對我來說，這點最重要），一旦進入夜之屋，雛鬼不能離開成鬼太遠或太久。從人類蛻變成吸血鬼的過程很特殊，很複雜，就算今天最先進的科學也無法完全搞懂。不過，可以確定的是，若雛鬼與成鬼之間的聯繫被切斷，蛻變過程就會突然加速，造成雛鬼死亡，無一例外。所以我們雖然可以離開學校去逛街，做些有的沒的，但若離開成鬼太久，超過數小時，我們的身體就會開始排斥蛻變，然後死亡。

難怪我被標記之前，總覺得從沒見過雛鬼。其實我可能見過，只是(a)他們都把記印遮蓋住了，而且(b)他們知道自己不能像一般青少年那樣長時間到處閒晃。總之，他們即使到了外面世界，也都經過僞裝，並且來去匆匆。

他們僞裝不是爲了藏身在人類之間，暗中刺探或幹些人類想像中的什麼荒唐勾當，而是因爲人類和吸血鬼之間的關係本來就沒那麼平順、和諧。若大肆張揚，讓人類知道雛鬼也會到校外，和正常孩子一樣逛街看電影，無異自找麻煩，徒然惹來人類不實的蜚短流長。我可以想見像我垃圾繼父那樣的人會說些什麼。他們可能會說，吸血鬼少年成群結黨，專幹邪惡的勾當。他就是這麼混蛋，不過，有這種變態反應的人類絕不只他一個。

我下定決心，凝視鏡中的自己，將遮瑕膏塗在那足以昭告世人我是什麼身分的深藍記印上。這東西的遮瑕功效眞讓人驚訝，不僅實心的彎月消失，就連眼睛四周那一縷縷的藍色漩渦花紋也完全遮蓋住。這時，我看見原來的柔依又出現了，但我不知道該對這樣的柔依有何感覺。沒錯，我知道我內在的改變遠超過這些刺青所代表的意義，不過看到妮克絲的記印消失，我還是很震驚，甚至意外地出現一種奇怪的失落感。

事後回想，或許我應該聽從我內心的遲疑，抹淨臉孔，抓本好書，直接回到床上。

但是我沒這麼做。我對鏡中的自己低聲說：「妳看起來好年輕。」然後我穿上牛仔褲和黑毛衣，安靜地在衣櫃裡翻找（萬一吵醒史蒂薇・蕾或娜拉，我肯定無法單獨外出），找出以前那件印有「星際聯邦」字樣的連帽外套。等穿上外套和那雙舒服的黑色Puma鞋子，把奧克拉荷馬州立大學的棒球帽在頭上穩穩戴好，並戴上那副很酷的Maui Jim太陽眼鏡，我就打理妥當了。趁著還沒（聰明地）改變心意，我抓起包包，躡手躡腳走出房間。

宿舍起居室裡沒半個人。我打開門，深吸一口氣，鎮定自己，這才跨步走到室外。那套吸血鬼一旦照到太陽就會燃燒的說法，根本是瞎掰的，不過陽光的確令成鬼不適。我身爲雛鬼，卻在蛻變過程特別「早熟」，所以陽光當然也會讓我不舒服。我咬緊牙根，走進毛毛細雨中。

校園裡杳無人跡。沿著主校舍（這棟建物還是會讓我聯想到城堡）後方蜿蜒的人行道，走到停車場，一路上沒遇見半個學生或成鬼，感覺眞是怪。我一眼就看到我那輛一九六六年出廠的福斯老爺金龜車，因爲它停在吸血鬼偏愛的時髦昂貴汽車當中，對比實在鮮明。這輛車的引擎委實可靠，噗噗數聲，沒一會兒就順利發動，轟隆聲音可比全新房車。

我壓下開門的按鍵式鑰匙。這是阿嬤幫我把車開來那天，奈菲瑞特交給我的。鍛鐵打造的學校大門靜悄悄地開啓。

雖然雨霧朦朧中的微弱日光仍讓我眼睛不適，還刺痛我的肌膚，但一出學校大門，我整個心情就輕鬆起來。我並不討厭夜之屋。其實這所學校已成了我的家，裡面的朋友成了我的家人。只不過我今天需要別的東西，需要再次體會當個普通人的感覺，就像被標記前那個柔依那樣普通，人生最大的煩惱是幾何學課，而唯一的「超能力」就是在特價拍賣期間買到很棒的鞋子。

逛街購物似乎是個不錯的主意。尤帝卡廣場就在街道另一頭，離夜之屋不到一哩遠。再說，我眞的很愛那裡的「美鷹」服飾店。自從被標記之後，我的衣服全都換成深色系，譬如紫色、黑色或深藍色，實在有夠慘。現在我最需要的就是穿上鮮紅的毛線衫。

我將車停在一排商店後方較少人使用的停車場，而美鷹服飾店就位於這排商店的正中央。這個停車場的樹木很茂盛，我喜歡這裡的樹蔭濃密及人跡罕至。我知道，從鏡子裡的映像來看，我現在的模樣就像普通少女。不過，在內心深處，我知道自己已被標記，所以初次在白天重返昔日的世界仍令我緊張不安。

之所以緊張，不是因爲我怕會遇見認識的人。事實上，我的高中同學多半會到那種嘈雜、無趣，瀰漫著美食街氣味的大賣場，而我則喜歡來逛這種別緻的小店，難怪他們都說我「怪怪的」，很「另類」。這都要歸因於紅鳥阿嬤以前常帶我到陶沙市玩——她管這叫「實地參訪」——我「出眾」的品味就是這樣培養出來的。總之，我在尤帝卡廣場絕不會遇見凱拉或斷箭中學的其他人。儘管現在是大白天，而我又睡眠不足，但美鷹服飾店的熟悉氣味和景象很快地就在我身上發揮神奇的購物魔力，等我掏錢買下那件美到不行的紅色針織毛衣，胃痛已經不再折磨我，頭痛也消失無蹤。

我開始覺得餓了。美鷹服飾店對面就有一家星巴克咖啡，在廣場中央的一隅圍起一個多蔭的美麗小庭院。天氣這麼潮濕陰霾，我很確定不會有人選擇坐在綠樹林立的寬大人行道上的小鐵桌旁，所以我大可安心坐在外面，來杯美味的卡布奇諾，吃片特大的藍莓瑪芬蛋糕，翻翻《陶沙市世界日報》，假裝我是大學生。

這似乎是個很棒的好主意。果不其然，沒人坐在外面，於是我霸占那張最靠近大木蘭樹的桌子，在卡布奇諾裡撒入適量的粗糖，慢慢品嘗如山一般巨大的瑪芬蛋糕。

我不記得何時感覺到他出現。一開始那種感覺很細微，彷彿肌膚底下出現奇怪的痲癢。我坐得很不安穩，不時在椅子上改換姿勢，並試圖集中精神瀏覽電影版，心想或許可以說服艾瑞克，要他下個週末陪我去看最新上映的浪漫影片……但不論我如何努力，就是無法專心閱讀影評。肌膚底下那種惱人的感覺一直揮之不去。我煩得受不了了，抬起頭，愣住。

西斯就站在十五呎外的一盞街燈下。

12

西斯正在燈柱上黏貼看似傳單的東西。我清楚看見他的臉，眞驚訝他怎麼變得這麼好看。當然，我從三年級就認識他，看著他從可愛變成笨拙，再變成可愛，再變成性感，但我從未見過他此刻這種面貌。他表情嚴肅，看起來不只十八歲。我彷彿瞥見他將來會變成的男人的模樣，而這驚鴻一瞥還眞讓人驚豔。他高大英挺，一頭金髮，顴骨高聳，下巴結實。就算有段距離，我也能看見他淺褐色眼睛上下的睫毛出奇地濃密黝黑。

然後，他彷彿感覺到我的凝視，視線從燈柱移過來，盯在我身上。我看見他的身體僵住，文風不動，然後開始顫抖，彷彿有人朝他吹去一陣風。

我應該起身進到咖啡館裡頭的。那兒有大批說說笑笑的客人，西斯和我沒有機會獨處。但我沒這麼做。我楞坐在原地，看著傳單從他的手中散落在人行道，被風一吹，像垂死的鳥兒啪啪撲翅。他疾步走過來，站在小桌另一側，久久沉默不語，時間彷彿凍結了。我不知道該怎麼辦，尤其沒料到自己會這麼緊張。最後，我終於受不了這種緊繃的沉默氛圍。

「嗨，西斯。」他的身體猛然抖了一下，彷彿有人從某一扇門後面跳出來，嚇他一跳。

「天哪！」他衝口而出：「眞的是妳！」

我對他皺起眉頭。他向來不算聰明，但講出這種話，未免也太蠢了。「當然是我。不然你以爲是什麼，鬼啊？」

他彷彿雙腳已支撐不住，癱坐在我對面的椅子上。「對。不對。我不知道。只是這些日子裡，我很多次都覺得看到了妳，但其實那都不是眞的妳，我以爲這次也是一樣。」

「西斯，你在說什麼啊？」我瞇起眼睛，不悅地看著他。「你喝醉了嗎？」

他搖頭。

「嗑了大麻？」

「沒有。我已經一個月沒碰酒，也不抽大麻了。」

簡單的句子，卻聽得我直眨眼，想在泥濘般的思緒當中理出頭緒。「你不喝酒了？」

「也不抽大麻。全戒了。所以我才一直打電話給妳，我希望妳知道我改變了。」

我眞不知道該說什麼。「喔，嗯，我，呃，眞高興。」我知道自己聽起來像白癡，不過西斯緊盯著我的目光像是具體的東西貼著我。此外，還有別的什麼。是氣味，我可以聞到。他身上的氣味不是古龍水，不是男生的汗臭味，而是一種深沉誘人的氣味，讓我想起他的體溫、月光和銷魂夢境。這氣味來自他的毛孔。我好想把椅子挪過去，靠他更近。

「妳爲什麼不回我電話？連簡訊也不傳。」

我眨眨眼，努力阻斷此刻他對我的強烈吸引力，希望頭腦能夠清晰思考。「西斯，這樣做沒有意義，你我之間不可能發生什麼事的。」我跟他說道理。

「妳知道我們之間已經有什麼事了。」

我搖頭，張嘴想向他解釋，說他大錯特錯，但他打斷我。「妳的記印！消失了。」

我討厭他那種興奮的語氣，不自禁地厲聲回嘴。「你又錯了。我的記印沒有消失，只是遮蓋起來。我可不想把這附近的愚蠢人類給嚇壞。」西斯臉上出現受傷的神情，瞬間奪去他剛剛的成熟面貌，他變回我曾爲之瘋狂的可愛男孩。但我刻意視而不見。「西斯，」我把語氣放輕柔，說：「我的記印永遠不會消失。未來三年內，我要不是蛻變成吸血鬼，就是死掉。我只有這兩種選擇，永遠不可能變回以前的我。而我們之間也不可能再像以前那樣了。」我頓住，然後輕聲補了一句：「對不起。」

「小柔，妳說的這些我懂，我不懂的是爲什麼這些會讓我們的感情結束。」

「西斯，在我被標記之前，我們就已經結束了，記得吧？」我開始惱怒。

他沒像以前那樣自以爲是地反駁，而是繼續凝視我的雙眼，嚴肅、清醒地說：「那是因爲當時的我像個混蛋，而妳討厭我喝酒嗑大麻。妳說得沒錯，我的人生一團亂。但我已經不再那樣了。現在，我專心踢球，認眞念書，所以我一定可以進奧克拉荷馬州立大學。」他給我一個小男孩般的可愛笑容。打從三年級起，我的心就是被這種笑容給融化的。「而我的女友也會進這所學校，她要當獸醫，吸血鬼獸醫。」

「西斯——我——」我躊躇著，努力把突然在喉嚨裡灼燒，差點讓我哭出聲的巨大哽咽給嚥下肚。「我不知道我是否還想當獸醫。就算是，也不代表我們能夠在一起。」

「因爲妳在跟別人交往。」他的口氣聽起來不像生氣，而是極度悲傷。「那晚的事情我不太記得。我努力回想，但每次太用力想，腦袋裡的東西就一團亂，變成一場毫無意義的噩夢，而且我開始劇烈頭痛。」

我一動也不動地坐著。我知道他說的是萬靈節發生的事。那一晚他尾隨我去那裡，結果愛芙羅黛蒂沒能控制吸血鬼惡靈，西斯差點被害死。艾瑞克在場，而且如奈菲瑞特那時說的，他證明自己是勇士，一直陪在西斯身邊保護他，與鬼靈纏鬥，讓我有時間設立守護圈，將鬼靈送回它們的地方。那時西斯昏迷不醒，身上多處撕裂傷，還流著血。奈菲瑞特跟我保證，她會治癒他的傷口，模糊他這段記憶。現在看來，這段回憶好像愈來愈不模糊了。

「西斯，別再想那晚的事情。結束了，如果你能——」

「那時有別人跟妳在一起。」他打斷我的話。「妳就是跟他在交往，對吧？」

我嘆氣。「對。」

「給我機會，讓我把妳追回來，小柔。」

我搖頭，雖然他這句話觸動我的心。「不，西斯，這是不可能的。」

「爲什麼？」他的手滑過桌面，放在我的手上。「我不在乎妳是吸血鬼。在我心中，妳仍然是柔依，我認識了一輩子的柔依。這個柔依是我第一個親吻的女孩，這個柔依比世上任何一個人都要了解我。妳是我每晚都夢見的柔依。」

他的氣味從他的手飄送過來，好甜美的溫熱氣息啊。我可以感覺到他的脈搏貼著我的手指砰砰跳動。我實在不想說，但不能不告訴他。我直視他的眼睛，對他說：「你之所以忘不了我，是因爲那次在學校圍牆上，我嘗了你的血，把你烙印了。一旦吸血鬼從人類身上吸食血液，就會發生這種現象。現在證明，顯然某些雛鬼也能夠把人類烙印，所以你會一直想要我。我們的女祭司長奈菲瑞特說，你還不算被我徹底烙印，只要我離你遠一點，烙印所造成的影響就會慢慢褪去，你又會變得正常，逐漸忘記我。我不理你就是爲了這個。」我一口氣把話說完。我知道他聽了可能會嚇到，出口呵斥我是怪物之類的，可是我眞的別無選擇。現在他既然知道怎麼回事了，應該就能清醒地看待這些——

他的笑聲打斷我的思緒。他頭往後仰，以他典型的開朗笑聲笑個不停。那熟悉的、甜美的、愚蠢的聲音，讓我實在很難不對他報以微笑。「怎麼啦？」我故意對他皺眉。

「喔，小柔，妳快把我笑死了。」他捏緊我的手。「打從八歲起我就爲妳癡迷，這跟妳吸我的血毫無關係吧？」

「西斯，相信我，我那天把你烙印了。」

「那很好啊，我喜歡。」他咧嘴笑著看我。

「那你也喜歡我比你長命幾百歲？」

他像個笨蛋，對我挑動眉毛，說：「我還眞想不出有什麼比五十歲了還能跟個吸血鬼小妞在一起更酷呢。」

我翻翻白眼。他就是這種人。「西斯，事情沒那麼簡單，有很多要考慮的。」

他的拇指在我手上畫一個圓圈。「妳老愛把事情搞得很複雜。不就是妳和我嘛，我們需要考慮的就只有這個啊。」

「不只是這樣，西斯。」我突然想到一件事，揚起眉毛，假裝毫無心機地給他一個笑容。「說到這個，我的前好友凱拉好嗎？」

他一臉純眞地聳聳肩。「不知道，很少見到她。」

「爲什麼？」眞怪，就算他沒和凱拉交往，他們也在同一個圈子廝混了好幾年啊。以前我們全都在同一個圈子裡。

「現在不一樣了。我不喜歡她說的那些話。」他說這話時沒看著我。

「與我有關嗎？」他點點頭。「她說了什麼？」我無法確定自己是難過還是生氣。

「反正就一些事情。」他還是沒看我。

我瞇起眼睛，完全明白了。「她認爲克里斯的死和我有關。」

他坐立不安地聳動肩膀。「沒有，至少她沒直接說跟妳有關。她覺得是吸血鬼幹的，不過很多人也這麼認爲。」

「那你呢？」我輕聲問道。

他終於抬頭看我。「當然不！但的確發生了不好的事，有人綁走足球隊員。這也是我今天來這裡的原因。我張貼印有布雷德照片的傳單，希望有人想起見到他被拖走之類的。」

「克里斯的事我很難過。」我手指與他交纏握住，安慰他。「我知道你們是朋友。」

「太扯了，我到現在還不敢相信他死了。」他費力地嚥嚥口水，我知道他正努力不讓自己掉淚。「我有感覺，布雷德也死了。」

我也這麼覺得，但我不能說出來。「或許沒死，或許他們會找到他。」

「是吧，或許。對了，克里斯的葬禮星期一舉行，妳可以和我一起去參加嗎？」

「我不能去，西斯。現在大家都認爲這孩子是吸血鬼殺死的，若有雛鬼出現在葬禮上，你可以想見會發生什麼事嗎？」

「我想一定很慘。」

「對，肯定很慘。而這就是我一直想讓你明白的。你和我若在一起，我們就一直必須處理這種問題。」

「等我們畢業以後就沒事了，小柔。到時候妳只要塗抹現在臉上那種粉餅，就不會有人知道妳是吸血鬼了。」

照說他這番話應該會惹得我勃然大怒，不過，見他這麼認眞，這麼確定只要我在刺青上塗點遮瑕膏，一切就會回到從前，我實在無法對他生氣。我知道他眞的好希望能這樣。其實，我在這裡不也是爲了這個嗎？不也是想再過過以前的生活嗎？

然而，現在的我終究不是以前的我了，而且在我內心深處，我也不想回到從前。我喜歡新的柔依，雖然揮別那個舊的柔依，不僅很難，而且還有點傷感。

「西斯，我不想遮住我的記印。那不是我的作風。」我深吸一口氣繼續說：「我是被女神妮克絲特別標記的，她賜給我一些很特殊的能力。我不可能假裝自己仍是人類的那個柔依。就算我想，也不可能。況且，西斯，我不想這麼做。」

他端詳著我。「好，我們就照妳的方式來做。至於那些不喜歡的人，管他的。」

「這不是我的方式，西斯，我不能——」

「等等，妳不用現在回答我。妳可以先想一想，過幾天我們再到這裡碰頭。」他笑著說：「我也可以晚上來找妳。」

開口告訴西斯我絕不會再跟他見面，竟然比我想像的難上許多。事實上，我根本沒想到必須跟他說這些話。我以為我們之間早結束了，不會再見面了。而此刻居然和他坐在這裡，感覺好奇怪——一方面很正常，另一方面又很不真實。這種感覺還真能說明我們的關係呢。

我嘆口氣，低頭瞥了一眼我們交纏的手指，不經意間瞄到手錶。

「啊，慘了！」我趕緊將手從他手中抽出來，抓起包包和美鷹服飾店的袋子。兩點十五分了，再過十五分鐘我就必須打一通該死的電話給聯邦調查局。「我得走了，西斯。學校有事，我真的要遲到了。我——我再打電話給你。」我匆忙起身離開，他緊跟過來。對他這舉動，我倒不怎麼驚訝。

「不，」我正要開口叫他走開時，他阻斷我的話。「讓我陪妳走到車子。」

我沒和他爭論，我知道他的意思。雖然他傻傻的，經常惹人生氣，不過他爸把他教得很有禮貌。打從三年級我認識他起，他就是個小紳士，會替我開車門，拿書包。即使他朋友取笑他是「怕女人的呆瓜」，他也無所謂。陪我走到車子，的確是西斯會做的事。

我的金龜車像先前停放時那樣，仍孤零零地停在一棵大樹下。如同往常，他超前一步替我打開車門，我不自禁地對他微笑。我會喜歡他這麼多年，當然有理由——他眞的很體貼。

「謝謝，西斯。」我說，坐上駕駛座，正想搖下窗戶，跟他道別，沒想到他已經繞到車子另一邊，不到兩秒鐘就坐上旁邊的乘客座，對我咧嘴一笑。「不行，你不能跟我去。」我告訴他：「而且我眞的趕時間，也沒辦法載你一程。」

「我知道，我不需要你載我。我開了自己的小卡車來。」

「好，那，掰掰，我改天打電話給你。」

他沒移動。

「西斯，你必須——」

「我必須給妳看一樣東西，小柔。」

「可以快點嗎？」我不想對他兇，不過我眞的得趕回學校打那通電話。出來時怎麼沒想到把戴米恩那支拋棄式手機放進包包裡呢？我不耐煩地拍打方向盤，瞥見西斯把手插進牛仔褲口袋裡摸索什麼東西。

「找到了。兩個禮拜前我就開始隨身帶著這個，想說哪天會見到妳。」他從口袋掏出一個小小的、扁平的東西，約一吋長，包裝它的看起來像摺疊起來的硬紙板。

「西斯，眞的，我必須走了，你……」我漸漸喘不過氣來。他打開包裝，一片刀片在幽暗的光線下誘人地閃閃發亮。我想說話，但嘴巴好乾。

「我想要妳喝我的血，柔依。」他直接了當地說。

渴望的戰慄爆開，傳遍全身。我雙手緊緊抓住方向盤，免得它們發抖……或伸出去接過那刮鬍刀刀片，劃進他溫暖可愛的肌膚，好讓他甜美的血液一點一滴流出來，然後……

「不！」我大喊，眞恨自己聲音的力道嚇到他。我吞了吞口水，控制自己。「把刀片收起來，然後下車，西斯。」

「我不怕，小柔。」

「我怕！」我幾乎開始啜泣。

「妳不必怕。只有妳和我，像以前那樣。」

「你不知道自己在做什麼，西斯。」我看都不敢看他。我怕一看他，就無法拒絕。

「我知道。那晚妳吸了我的血，感覺……感覺好美妙，我忘不了。」

我沮喪得想放聲尖叫。我一樣忘不了，不管多努力想忘掉。但是我不能這麼告訴他。我絕不會告訴他的。終於，我強迫自己正視他，強迫自己把手放鬆。光想到喝他的血，我的肌膚就開始緊繃發熱。「我要你離開，西斯。這樣做不對。」

「我不在乎別人覺得對不對，柔依，我愛妳。」

我還來不及阻止，他已經拿起刀片往自己頸側劃下去。我出神地看著他白皙肌膚湧出一道細細的紅色液體。

然後那氣味撲鼻而來——香醇、黑暗、誘人。就像巧克力，但比巧克力更甜美、更狂野。沒一會兒，小車裡就瀰漫了那股氣味。從未有任何東西像這氣味那樣深深吸引我。我不只想嚐，也需要嚐，而且，**我非嚐不可**。

在西斯再度開口講話之前，我絲毫沒有察覺自己在移動身體。他的血液把我吸引向他。就在那一瞬間，我的身體越過我們座椅之間的小空間，向他斜靠過去。

「對，我要妳這麼做，柔依。」西斯的聲音低沉粗澀，好像無法控制自己的呼吸。

「我——我想嚐一嚐，西斯。」

「我知道，寶貝，快喝吧。」他喃喃細語。

我克制不住了。我的舌頭彈出，開始舔舐從他脖子上流出的血。

13

那味道在我嘴裡爆開來。我的唾涎一碰觸到那淺淺的傷口，他的血液就開始快速竄湧。我發出一聲連我自己都認不得的呻吟，張開嘴巴，將雙唇緊貼住他的肌膚，舔舐那道美味的鮮紅血液。我感覺西斯的雙手環抱我，而我的手環住他的肩，將他的頸部牢牢貼緊我的嘴巴。他的頭往後仰，我聽見他呻吟道：「對，就是這樣。」然後他一隻手托住我的臀部，另一隻手滑進我的毛衣裡揉搓我的乳房。

他的撫摸讓感覺變得更美好。我的身體發燙，燃燒起來。我彷佛被人操控，不由自主地讓手滑下他的肩膀，撫過他的胸膛，然後搓摩他褲襠的硬挺隆起物。我繼續吸吮著他的頸部，已經失去理性，現在只能感覺、舔嘗和撫摸。內心深處，我知道自己是被一種幾近獸性的需求和強烈衝動所驅使，但我不在乎。我想要西斯。我想要他更甚於一切。

「喔，天哪，小柔，**太棒了**。」他喘息著，臀部開始配合我的手往前推擠。

突然，有人砰砰敲著車窗。「喂！你們不能在這裡親熱！」

那男人的聲音嚇了我一跳，原本逐漸升高的火熱感覺瞬間潰散。我瞥見警衛制服，開始扭動，想掙脫西斯的懷抱，他卻將我的頭壓入他的頸窩，並挪動身體，讓站在乘客座車門外的警衛無法清楚看見我，更完全看不見正從西斯脖子上不斷流出的血液。

「你們這兩個小鬼聽見了嗎？」那傢伙大吼。「滾開，不然我就記下你們的名字，通知你們父母。」

「好，先生。」西斯和善地大聲回應。我真驚訝他的口氣聽起來好自然，除了有點喘。

「我們這就離開。」

「最好是，我會盯著你們兩個。該死的小鬼……」他邊嘟囔邊跺步離開。

「好了，他走遠了，現在應該看不見血了。」西斯說著放開我。

我立刻往後彈，整個人緊貼著車門，想離西斯愈遠愈好。我顫抖著手拉開包包的拉鍊，抽出面紙遞給他，碰都不敢碰他一下。「壓住脖子，把血止住。」

他照我的話做。

我搖下車窗，緊握雙手，大口大口地深深吸入窗外的新鮮空氣，試圖將西斯身體和血液的氣味從腦中揮去。

「柔依，看著我。」

「我不能，西斯。」我將喉底灼熱的淚水嚥下去。「拜託，你快走。」

「除非妳看著我，聽聽我要說的話。」

我轉過頭，注視著他。「你怎麼能這麼鎮定，說起話來這麼自然？」

他的手仍將面紙壓在脖子上，滿臉通紅，頭髮凌亂，對我微笑。我實在想不出來有誰能像他這麼純真可愛。

「小柔，那很簡單呀。對我來說，和妳親熱是再自然不過的事，我已經爲妳瘋狂好多年了。」

我十五歲，也就是他將近十七歲的時候，我和他曾有過「我還沒準備好和你發生關係」之類的對話。那時他說，他了解，他願意等。當然，這不表示我們不曾激情過，但不能和剛剛在車裡發生的事相比。剛剛那場面更火辣，更赤裸裸。我知道若我讓自己繼續跟他見面，不消多久就不會再是處女之身。不是因爲西斯會強迫我就範，而是我會控制不住自己的嗜血欲望。這念頭讓我害怕，但也讓我著迷。我閉上眼，揉揉前額。又要開始頭痛了。

「你脖子會痛嗎？」我問，從摀住臉的手指縫隙窺他，彷彿在看愚蠢的血淋淋恐怖片。

「不會。我沒事的，小柔。妳一點都沒傷到我。」他伸出手，抓起我摀住臉的手。「一切都沒事，別擔心那麼多。」

我想相信他。而且我突然察覺，我想再見到他。我嘆了口氣。「我試試看。不過我眞的得走了，我必須趕回學校，不能遲到。」

他把我的手抓在他手中，我感覺得到他的血液砰砰流動，知道那頻率與我的心跳一致，彷彿他和我的身體同步運作著。「答應我，妳會打電話給我。」他說。

「我答應你。」

「那，這個禮拜妳還會到這裡跟我見面吧。」

「我不知道何時能溜出來。平日可能很難。」

我以爲他會和我爭論，但他只是點點頭，捏捏我的手。「好吧，我懂。一週七天，一天二十四小時住校，那感覺一定很痛苦。這樣吧，週五我們在自己學校跟眞克斯隊有場比賽，比賽完後，我到星巴克，妳可以來和我見面嗎？」

「或許吧。」

「試試看，好不好？」

「好。」

他開心地笑了，傾身過來快速吻我一下。「這才是我的小柔嘛，那週五見嘍。」他下車，關上車門前彎腰探入車裡，對我說：「愛妳唷，小柔。」

我將車子開走，從後照鏡看見他站在停車場中央，面紙壓在脖子上，揮手跟我道別。

「妳根本不知道自己在幹麼，柔依．紅鳥。」我大聲對自己說。這時灰濛濛的天空敞開，冷雨傾盆而下，澆淋一切。

我躡著腳回到房間時已是兩點三十五分。事實上有點耽擱更好，讓我沒機會猶豫或反覆思量。史蒂薇．蕾和娜拉仍然睡得很熟，不過娜拉已經放棄我空蕩的床，跑到史蒂薇．蕾的床，蜷縮在她的枕頭上，偎在她的頭旁邊，我看了忍不住微笑（這隻貓是出了名的愛搶枕頭）。我安靜地打開電腦桌的上層抽屜，拿出戴米恩的拋棄式手機和一張寫了聯邦調查局電話號碼的紙條，走進浴室。

我深呼吸兩次，讓自己冷靜，想起戴米恩的叮嚀：簡短扼要，聽起來有點憤怒，有點抓狂，但千萬別顯得像青少年。我撥了電話號碼，有個口氣很「制式」的男子接電話：「聯邦調查局，可以爲您效勞嗎？」我裝出低沉嚴厲的聲音，斷句方式彷彿我正努力克制情緒，勉強壓抑著滿腔的憤怒（突然具備政治知識的依琳告訴我，要假裝自己有這種感覺）。「我放了炸彈。」我繼續說，不讓對方有時間打岔，不過必須把話慢慢地說清楚，因爲我知道他們會錄音。「我的組織，大自然聖戰士（這名稱是簫妮想出來的），放了一枚炸彈在一座橋梁的橋塔（這術語是戴米恩想到的），就在水面下。這座橋位於衛柏瀑布附近，在第四十號州際公路上，橫跨阿肯色河。炸彈將於時間一五一五（使用軍方用語是戴米恩的另一個好點子）引爆。此次非暴力反抗行動（這用語是依琳提供的，雖然她說恐怖主義事實上不算非暴力反抗行動，而是……嗯……就只是恐怖主義，兩者截然不同）由我組織全權負責，以抗議美國政府干預人民的私領域生活和美國河川受到污染。聽好了，這只是我們的第一波行動！」說完後我立刻掛上電話，然後趕緊翻到紙條背面，按照上面抄寫的數字，打另一個電話號碼。

「陶沙市福斯新聞社！」接電話的女人聽起來精神抖擻。

這一部分是我的主意。我在想，若打電話給本地新聞台，就更有機會讓電視台迅速報導「詐彈」新聞，這樣我們就能透過電視新聞，早些知道橋梁何時（以及是否）封閉。我再次深呼吸，開始執行計畫中的最後這個步驟。

「有個名爲大自然聖戰士的恐怖主義組織打電話給聯邦調查局，宣稱他們在衛柏瀑布附近，橫跨阿肯色河的四十號州際公路橋梁下放置炸彈，引爆時間是今天下午三點十五分。」我不小心停了幾秒，讓對方有機會打岔。

接電話那女人突然輕快不起來。「妳是哪位，小姐？妳從哪裡得知這個消息？」

「打倒政府干預和河川污染，人民力量萬歲！」我吼完後趕緊掛上電話，並立刻關掉手機電源。我的雙膝突然支撐不住，整個人癱坐在蓋起來的馬桶蓋上。我做了，我眞的做了。

浴室門響起輕輕的敲門聲，接著傳來史蒂薇．蕾的奧克腔鼻音。

「柔依？妳還好嗎？」

「沒事。」我虛弱地說，勉強自己站起來，走去開門。門打開，我看到史蒂薇．蕾蓬頭垢面地盯著我瞧，眞像一隻想睡覺的鄉村小兔子。

「妳打了？」她壓低聲音說。

「打了。還有，妳不必這麼小聲，這裡只有妳和我。」這時娜拉打了個哈欠，從史蒂薇．蕾的枕頭中央朝著我不悅地「咪—呦—嗚」了一聲。「當然還有娜拉。」

「如何？他們有說什麼嗎？」

「只說了一句『聯邦調查局，您好』。戴米恩說不能給他們機會說話，記得嗎？」

「那妳有告訴他們，我們是大自然聖戰士吧？」

「史蒂薇．蕾，我們**不是**大自然聖戰士，我們是假裝的。」

「呃，我聽到妳喊『打倒政府干預和河川污染』，所以我以爲……或許……唉，我不知道自己在想什麼啦。我想，我是太進入狀況了。」

我翻翻白眼。「史蒂薇・蕾，我只是在演戲。新聞台那個小姐問我是誰的時候，我想，我是有點嚇到了。不過，該說的我都說了，現在只希望這招有效。」說著我將連帽外套脫下來掛在椅背上晾乾。

史蒂薇・蕾這才察覺我的頭髮是濕的，記印被遮蓋起來。我匆忙趕回來打電話，完全忘了會露出這些馬腳。要命。

「妳跑出去啊？」

「對，」我不情願地承認。「我睡不著，所以就去尤帝卡廣場的美鷹買件新毛衣。」我指指角落那只濕掉的美鷹服飾店袋子。

「妳應該把我叫醒，讓我跟妳去。」

如果不是她的口吻聽起來這麼受傷，我應該有時間思考該怎麼告訴她西斯的事，而不至於衝口而出：「我撞見前男友了。」

「喔，我的天哪！快點告訴我。」她砰地一聲重重往床上坐下，眼睛發亮。娜拉咕噥一聲，從她的枕頭跳回我的枕頭上。我抓起毛巾，開始擦頭髮。

「那時我在星巴克，他在張貼印有布雷德照片的傳單。」

「然後呢？他看到妳之後發生什麼事？」

「我們交談。」

她翻白眼。「拜託——還有呢？」

「他戒酒、戒大麻了。」

「啊，這可是大事。一開始妳不再跟他交往，不正是因為他喝酒抽大麻嗎？」

「對。」

「那，他跟臭賤人凱拉現在如何？」

「西斯說他沒再跟她見面了，因為她說吸血鬼的壞話。」

「我就知道！我們猜得沒錯，警察跑來對妳問東問西，果然就是她在背後搞鬼。」史蒂薇．蕾說。

「看來是。」

史蒂薇．蕾仔仔細細地端詳我。「妳還喜歡他，對吧？」

「事情不是那麼簡單。」

「嗯，其實有一部分事情就是這麼簡單。我的意思是，如果妳不喜歡他，事情就到此為止。妳不會再跟他見面，就這麼簡單。」史蒂薇．蕾說得入情入理。

「我是還喜歡他。」我承認。

「我就知道！」她在床上小小彈跳了一下。「天哪，妳喜歡的人還眞有一卡車欸。柔，現在妳打算怎麼辦？」

「我不知道。」我可憐兮兮地說。

「莎士比亞獨白劇競賽已經結束，艾瑞克明天就要回來了。」

「我知道。奈菲瑞特說羅倫也去那裡幫艾瑞克和其他學生，這表示明天他也會跟他們一起回來。而我還答應西斯，週五他打完球，會跟他出去。」

「妳會把西斯的事告訴艾瑞克嗎？」

「我不知道。」

「妳喜歡西斯多過艾瑞克？」

「不知道。」

「那羅倫呢？」

「史蒂薇・蕾，我不知道。」我搓了搓額頭，頭痛似乎已經牢牢跟定我了。「我們可不可以別再談這個，至少先讓我自己搞清楚一點再說。」

「好吧。那我們走。」她抓住我的手。

「去哪裡啊？」我不解地眨眨眼，一頭霧水。她一下談西斯，一下跳到艾瑞克，然後跳到羅倫，現在又說要走。

「妳需要妳的『巧古拉伯爵』穀物脆片，我需要我的『幸運符』穀物脆片。另外，我們兩個都需要去看美國有線電視網CNN和本地新聞台。」

我拖著腳步走向房門。娜拉伸伸懶腰，不高興地喵了一聲，然後不情願地跟上來。史蒂薇．蕾對著我們兩個搖搖頭。

「拜託，妳們這對貓咪和主人。柔依，等吃了『巧古拉伯爵』，一切就會好多了。」

「還要有可樂。」我說。

史蒂薇．蕾像是吃了酸檸檬，一張臉皺縮起來。「當早餐？」

「我有感覺今天是喝可樂當早餐的好日子。」

14

幸好，沒等太久就聽到新聞報導了。史蒂薇．蕾、孿生的和我正在看幫人解決問題的節目「費爾醫生」，時間是三點十分，福斯新聞台在節目中插播特別報導。這時史蒂薇．蕾和我正在吃我們的第二碗穀物脆片，而我已經喝到第三杯可樂。

「我是雪拉．希美子，為您插播最新消息。今天下午兩點半過後沒多久，聯邦調查局的奧克拉荷馬州分局接獲炸彈威脅的警告電話，打電話的人自稱是名為『大自然聖戰士』的恐怖主義組織。根據福斯新聞台的了解，該組織宣稱他們在衛柏瀑布附近，第四十號州際公路上橫跨阿肯色河的橋梁放置炸彈。以下是記者漢娜．唐恩為您所做的現場實況報導。」

我們四個一動也不動地坐著，看著攝影機鏡頭移到一位年輕記者身上，她站在一座看起來很正常的高速公路橋梁上。嗯，畫面看起來是挺正常，除了有一大群穿著制服的人在附近走來走去。我放心地嘆口氣。橋梁顯然是封閉了。

「謝謝妳，雪拉。如妳所見，橋梁已經封閉，現在聯邦調查局、本地警局和『菸酒槍械

及爆裂物管理署」陶沙市分部正在全面搜索炸彈。」

「漢娜，他們有找到任何可疑的東西嗎？」雪拉問。

「現在說還太早，雪拉，不過他們剛出動聯邦調查局的快艇。」

「謝謝妳，漢娜。」鏡頭轉回攝影棚。**「我們會為您繼續追蹤這則新聞。若有關於炸彈或該恐怖組織的進一步消息，本台將立刻為您報導。現在福斯電視台請您繼續……」**

「炸彈威脅，這招高明。」

這句話說得如此輕柔，而我正專心看電視，以至於過了幾秒鐘，我才意識到這是愛芙羅黛蒂的聲音。迅速抬頭一看，果然是她。她站在我右手邊，就在我和史蒂薇．蕾所坐的沙發後方。我以爲會見到她臉上慣有的冷笑，沒想到她竟然微微點頭，彷彿對我致意，把我嚇了一跳。

「妳想幹麼？」史蒂薇．蕾的語氣罕見地尖銳。我發現幾個窩在別的座位看電視的女孩，現在全都放下原本在做的事，往我們這邊看過來。從愛芙羅黛蒂瞬間改變的臉色，我知道她也注意到了。

「妳是說對當過冰箱的人嗎？我可沒想幹麼！」她嘲諷地說。

我感覺到身旁的史蒂薇．蕾被這番話氣得全身僵直。我知道她非常討厭別人提起上個月她在那場極爲離譜的儀式中提供血液，供愛芙羅黛蒂和她那群黑暗女兒的核心成員使用。被當成「冰箱」實在不是件好事，被公開這麼稱呼，更是侮辱。

「喂，妳這個母夜叉，」簫妮故意以甜美友善的語氣說：「妳這麼一說，我們倒想起來，現在新的黑暗女兒核心成員——」

「應該是我們，而不是妳和妳那群討人厭的狐群狗黨。」依琳插話。

「對了，我們明天的儀式還沒找到新冰箱呢，有空缺喔。」簫妮流利地繼續說。

「是啊，既然妳已經不是什麼要角了，現在能參加儀式的唯一方式就是來當點心。」依琳說：「所以，妳是來這裡應徵這份差事嗎？」

「如果是的話，那就抱歉嘍，因爲誰知道妳最近幹了些什麼事，我們可不喜歡齷齪的氣味唷。」簫妮說。

「咬我啊，賤人。」愛芙羅黛蒂厲聲反擊。

「就算妳求我，我也不幹。」簫妮說。

「呦呵。」依琳歡呼一聲做結尾。

史蒂薇．蕾沒說話，只是坐在那裡，臉色發白，難過生氣。我眞想把她們的頭抓來相撞。

「好了，夠了。」她們全都閉嘴。我看著愛芙羅黛蒂。「不准妳再說史蒂薇·蕾是冰箱。」然後我轉向孿生的。「在儀式中使用雛鬼血液正是我要革除的惡習之一，所以，我們不需找人來當祭品，也就是說再不會有人當點心。」其實我根本沒對孿生的咆哮，但她們以一模一樣的受傷和驚嚇眼神看著我。我嘆口氣。「我們都是同一國的。」我靜靜地說，希望聲音不會傳到滿屋子豎起耳朵偷聽的學生耳中。「所以，行行好，別再吵了。」

「妳別開玩笑，我們不會是同一國的，連邊都沾不上。」愛芙羅黛蒂說，然後發出一聲更像是咆哮的笑聲，昂首闊步離去。

我注視她離開的背影。她跨出大門前，轉頭朝我一瞥，看著我的眼睛，對我眨一眨。什麼意思？她那眼神很淘氣，彷彿我們是朋友，正鬧著玩。但，這不可能啊，不是嗎？

「看到她，我就毛骨悚然。」史蒂薇·蕾說。

「愛芙羅黛蒂有她的難題。」我這麼一說，她們三個望著我的眼神，彷彿我剛剛說希特勒其實沒那麼壞。「妳們幾個，我眞的希望新的黑暗女兒能成爲讓全校凝聚的團體，而不是一個自以爲了不起的組織，只有少數菁英派系分子能參加。」她們看著我，什麼話都沒說。

「若不是她事先警告，我們今天就不可能救得了我阿嬤和其他人。」

「她告訴妳是因爲她對妳有所求。她很可惡，柔依。千萬別以爲她改變了。」依琳說。

「拜託，妳可別說妳正考慮要讓她重返黑暗女兒。」史蒂薇·蕾說。

我搖頭。「不會，就算我想，她也不能加入。不過，**我並沒這麼想**。」我快速補充。「根據我自己訂下的新規則，她應該不符合入會資格。黑暗女兒或黑暗男兒必須在行爲上表現出我們所服膺、尊崇的價値。」

簫妮哼了一聲說：「那母夜叉肯定不知道怎麼成爲眞誠、忠心、智慧、熱心和正直的人。她滿腦子只有那些可惡的陰謀。」

「爲了統治世界。」依琳補充。

「妳可別以爲她們說得太誇張喔。」史蒂薇·蕾告訴我。

「史蒂薇·蕾，她不是我的朋友，我只是……我不知道啦……」我支支吾吾，努力想把那經常對我低語，要我做什麼或阻止我做什麼的直覺，化爲具體話語。「我想，有時候我眞的替她難過吧，而且我也覺得，自己好像稍微了解她了。愛芙羅黛蒂不過是希望被接納，只是用錯了方法。她以爲耍心機、說謊，再加上操控別人，就能讓別人喜歡她。她在家裡看到的就是這些，所以她才會變成現在這種樣子。」

「抱歉啊，柔依，但我必須說，這根本是鬼扯。」簫妮說：「她已經夠大了，不能因爲有個糟糕的媽咪，就把自己搞成惹人厭的笨蛋。」

「拜託，行行好，別再扯那種『我是賤人，都要怪我媽咪』的藉口。」依琳說。

「不是我要說難聽的話啦，柔依，妳也有個很糟糕的媽媽，但妳可沒讓她或垃圾繼父影響妳。」史蒂薇．蕾說：「還有戴米恩，他媽媽不也因爲他是同性戀就不喜歡他？」

「是啊，他也沒因此變成惹人厭的婊子母夜叉啊。」蕭妮說：「事實上他還相反呢，變得……變得……」她頓住，看著依琳求助。「孿生的，茱莉．安德魯絲在電影《眞善美》中的名字叫什麼？」

「瑪利亞。妳說得對極了，孿生的。戴米恩甚至變得像那個端莊得叫人受不了的修女。他得放輕鬆點，不然永遠沒辦法找樂子。」

「我眞不敢相信妳們在討論我的感情生活。」戴米恩說。

我們全都嚇了一跳，愧疚地喃喃道歉：**「對不起。」**

他搖搖頭，史蒂薇．蕾和我將屁股往旁邊挪一點，好讓出位子給他坐。「妳們聽清楚了，借用一下妳們不入流的辭彙，我就是不想『找樂子』。我要找我眞正在乎的人，跟他經營長久的關係。我願意等待眞愛到來。」

「Ja, fräulein.（是的，小姐。）」蕭妮低聲用德語說。

「瑪利亞。」依琳嘟噥。

史蒂薇・蕾故意咳嗽，試圖掩飾她咯咯笑的聲音。

戴米恩瞇起眼睛看著她們三個。我心想，該是我說話的時候了。

「成功了，」我靜靜地說：「他們封閉了橋梁。」我從口袋掏出戴米恩的手機還給他。他確認手機已關機，滿意地點點頭。

「我知道，我看見新聞後立刻過來找妳們。」戴米恩瞥了一眼影音娛樂系統正中央那台DVD上的數字型時鐘，然後對我笑著說：「現在三點二十分，我們辦到了。」

我們五個相視而笑。我們的確辦到了。我鬆了口氣，不過仍隱約有種甩不掉的焦慮，而這焦慮不只是因爲西斯。或許我需要第四杯可樂。

「很好，這件事處理好了。那妳們幹麼還坐在這裡討論我的感情生活？」戴米恩說。

「我看你是連感情生活都沒有吧。」蕭妮低聲對依琳說，依琳（和史蒂薇・蕾）努力克制不笑，但顯然失敗。

戴米恩不理她們，直接站起來，看著我。「好，我們走吧。」

「什麼？」

他翻了翻白眼，搖搖頭。「難道什麼都要我來啊？妳明天要主持儀式，也就是說，我們必須重新布置活動中心。難不成妳以爲愛芙羅黛蒂會自願幫妳布置啊？」

「我還沒想到這件事嘛。」難不成我有時間想？

「好，那就現在想。」他抓住我的手，猛地拉我站起來。「有很多活得幹呢。」

我抓起我的可樂，大夥兒跟著戴米恩浩浩蕩蕩走到外頭，進入寒冷多雲的週六午後。雨已經停了，不過雲層變得更厚。

「好像要下雪了。」我說，瞇眼看著那石板灰的天空。

「喔，太棒了，眞希望下雪。我喜歡雪！」史蒂薇．蕾張開手臂轉圈圈，看起來眞像個小女孩。

「搬到康乃迪克州啊，那裡的雪多到妳受不了。月復一月的濕冷天氣眞的很煩人，所以我們東北部的人脾氣才會這麼壞。」簫妮說這話的神情反倒愉快開朗。

「我不在乎妳怎麼說，反正妳不會影響我對雪的喜愛。雪眞的好神奇，可以讓整個世界像被毛茸茸的毯子蓋住。」史蒂薇．蕾又張開手臂呼喊。「我要天空下雪！」

「是喔，嗯，我要『維多利亞的祕密』郵購目錄上那件四百五十美元的繡花復古牛仔褲。」依琳說：「由此可證明，我們想要的，不一定都能得到，不管下雪或牛仔褲。」

「喔～～孿生的，搞不好會打折啊。那件牛仔褲實在很好看，放棄太可惜。」

「那妳爲何不自己動手，把最愛的牛仔褲修改成那種款式呢？應該不會太難的。」戴米恩說得頭頭是道（還一副男同志本色）。

我正要開口附和戴米恩，一片雪花出其不意飄落在我的額頭上。「哇，史蒂薇．蕾，妳的願望成眞了，眞的下雪了。」

史蒂薇．蕾興奮地尖叫。「哇！愈下愈大吧！」

她的願望的確成眞了。我們才走到活動中心，二十五分硬幣大小的片片雪花，已經漫天漫地覆蓋眼前一切。我得承認，史蒂薇．蕾說得沒錯，雪就像覆蓋大地的神祕毯子，讓一切變得白皙柔和，就連簫妮（她可是來自氣候嚴寒，會因大雪而冰封的康乃迪克州呢）都高興得大笑，想用舌尖接住雪花。

我們一群人咯咯笑著走進活動中心。裡頭有幾個學生，有人打撞球，有人在老式的電動玩具機台前打電動。我們的笑聲和拍落身上雪花的動作，惹得他們停下手邊的事，跑去窗邊，拉開遮蔽日光的厚重黑窗簾。

「沒錯！」史蒂薇．蕾大喊，宣告這顯而易見的事實。「眞的在下雪！」

我只是帶著笑容，逕自走向後方那個小小的廚房區域。戴米恩、孿生的，和因下雪而興奮不已的史蒂薇．蕾，也跟過來。我知道廚房後面有個儲藏室，存放著黑暗女兒用來舉行儀式的東西。乾脆直接動手布置吧，假裝我很清楚該怎麼做。

然後，我聽見身後活動中心的大門打開又關上，接著很錯愕地聽到奈菲瑞特的聲音。

「雪很美，對吧？」

站在窗前的學生們恭敬地回答「對」。我訝異自己竟有點惱怒，但很快將這感覺壓下來，停下腳步，轉身迎接我的導師。身邊的朋友彷彿跟著母鴨的小鴨仔，全都跟著我轉身。

「柔依，很好，眞高興在這裡找到妳。」奈菲瑞特的語氣明顯透露對我的寵愛，我原本對她跑來打擾而萌生的不悅情緒瞬間消散無蹤。奈菲瑞特不只是我的導師，她對待我就像母親一樣。我實在太任性了，竟然因爲她忽然跑來找我而不高興。

「嗨，奈菲瑞特，」我親切地說：「我們正準備布置明天儀式的場地。」

「很好！我來找妳，原因之一就是要來看看這個。若有什麼需要，儘管開口。還有，明天晚上我一定到場。別擔心——」她又對我笑笑。「我不會全程出席。我只會來一下，表示支持妳對黑暗女兒的願景，然後，我就會把黑暗女兒和男兒交給妳這雙能幹的手。」

「謝謝妳，奈菲瑞特。」我說。

「另外，我來找妳和妳的朋友，還有第二個原因。」她對我這群朋友露出燦爛的笑容。「我想介紹新同學給你們認識。」她揮手，有個同學慢慢走上前來。直到此時，我才注意到有這個人存在。他挺可愛的，是那種認眞用功型的可愛，一頭蓬鬆的褐金色頭髮，還有一雙美麗的湛藍眼眸。他顯然是那種書呆子型的怪胎，不過是討人喜歡的那一種，應該值得交往（翻譯成白話：他會洗澡刷牙，皮膚和頭髮打理得也不糟，不會打扮得像個廢物）。「各位，這位是傑克．崔斯特。傑克，這位是我負責的雛鬼，柔依．紅鳥，黑暗女兒的領導人，這些是她的朋友暨領袖生委員會的成員，依琳．貝茲、簫妮．科爾、史蒂薇．蕾．強生，以及戴米恩．瑪斯林。」奈菲瑞特一一指著他們跟新同學介紹，「嗨」的聲音此起彼落。新同學臉色蒼白，有點緊張，不過他的笑容很可愛，看起來不像無法應付社交場合之類的。我正在納悶為什麼奈菲瑞特要特地把這學生介紹給我，她就開始解釋。

「傑克是詩人、作家，我們會請羅倫．布雷克擔任他的導師，不過羅倫去東岸，明天才會回來。同時，傑克是艾瑞克．奈特的室友。如你們所知，艾瑞克也是明天才會回學校。所以我在想，若你們五個能先帶傑克四處看看，讓他感受到大家對他的歡迎，並且熟悉熟悉環境，那應該很好。」

「當然，我們很樂意。」我毫不遲疑地說。到新環境當新學生，從來不好玩。

「戴米恩，你可以帶傑克去他和艾瑞克的房間嗎？」

「當然，沒問題。」戴米恩說。

「我就知道柔依的朋友靠得住。」奈菲瑞特的笑容真不可思議，那笑容本身似乎就能照亮整間屋子。旁邊其他學生羨慕地看著奈菲瑞特對我們這群人特別寵愛，我突然覺得驕傲無比。「記住，若明天需要任何東西，儘管告訴我。喔，因爲明天是妳第一次主持儀式，所以我交代廚房準備些特別的，好讓妳和黑暗女兒及男兒會後享用。這個特別爲妳準備的慶祝會，一定會很棒的，柔依。」

她的體貼讓我太感動了，忍不住拿她和我媽的冷酷無情相比。天殺的，事實上我媽完全不在乎我。來到這裡整整一個月，她只來看過我一次，而那一次她那垃圾老公還跟奈菲瑞特吵了一架，看來短期內我都不可能再見到她了。算了，難不成我在乎啊？不，當然不在乎，我在這裡有這些好朋友，還有奈菲瑞特這麼棒的導師陪著我。

「我眞的好感激妳爲我做的這些，奈菲瑞特。」我用力將喉頭湧聚的激動情緒給嚥下去。

「這是我的榮幸。我的雛鬼當上了黑暗女兒的領導人，即將主持第一次的月圓儀式，而我能做的也不過就是這些。」她迅速地擁抱我一下，然後離開，沿路親切地向跟她說話和致意的學生點頭回禮。

「哇，」傑克說；「她眞的好棒。」

「的確是。」我說，然後對著我的朋友（和新同學）笑笑。「現在，準備開始工作了嗎？有很多東西得移開呢。」我發現可憐的傑克一臉茫然。「戴米恩，你最好先跟傑克大概說明一下吸血鬼的儀式，免得他一頭霧水。」我回頭再次走向廚房，聽見身後的戴米恩開始以小老師的姿態對新同學解釋起月圓儀式。

「呃，柔依，需要我們幫忙嗎？」

我轉頭往後看，發現是個子矮小、壯碩的德魯．帕頓。我認得他，因爲我們一起上擊劍課。他是個很厲害的劍手，跟戴米恩不分軒輊，而這可不是件容易的事。他和一群男孩站在黑簾幕遮窗的牆邊，對我微笑，不過我發現他一直在瞄史蒂薇．蕾。「我知道這裡有很多東西得搬開，因爲我們以前幫愛芙羅黛蒂布置過這個房間。」

「哈。」我聽見簫妮壓低聲音冷笑一聲。我搶在依琳開始冷嘲熱諷之前說：「好，謝謝你們。」然後我測試他們。「不過我的儀式非常不同，戴米恩會告訴你們我是什麼意思。」我等著他們投來高傲、嘲笑的眼神。一般來說，他們這類體育健將型的男生，通常會對戴米恩及其他出櫃的同性戀學生投以異樣眼光。不過德魯只是聳聳肩，說：「沒問題，就請吩咐吧。」他對著史蒂薇．蕾微笑眨眼，而她咯咯笑著，兩腮酡紅。

「戴米恩，他們全歸你管嘍。」我說。

「我想，太陽打從西邊出來了。」戴米恩壓低聲音嘟噥，嘴唇幾乎沒動。然後，他以正常的聲音說：「好，首先，柔依不喜歡把那些電動玩具機台推到牆邊用黑布蓋起來，搞得這裡像停屍間。所以，我們看看能否把這些東西都移到廚房或走道。」德魯那夥人跟著戴米恩和新同學開始行動，同時，戴米恩又回頭跟新同學上起課來。

「我們去把桌子拉出來，擺上蠟燭。」我告訴那些男孩，然後示意孿生的和史蒂薇·蕾跟著我。

「看來戴米恩樂死了，直接升上同性戀天堂了。」我們走遠，確定別人不會聽見後，簫妮這麼說。

「也是時候了。那些小鬼總不能老像無知的鄉巴佬，該有點常識了吧。」我說。

「她不是指那個啦，不過我們很同意妳說的。」依琳說：「她是指那位傑克·可愛同志新同學·崔斯特先生。」

「妳們怎麼會覺得他是同性戀呢？」史蒂薇·蕾問。

「史蒂薇·蕾，我看哪，妳得多見點世面，小女孩。」簫妮說。

「好吧，我也搞糊塗了。爲什麼妳們覺得他是同性戀？」我問。

簫妮和依琳四目相覷，一副已經忍耐我們很久的表情，然後依琳解釋道：「傑克·崔斯特正是迷人的傑克·葛倫霍在電影《斷背山》中飾演的同志牛仔。」

「行行好吧！會給自己取這個名字，又一副可愛怪胎模樣，絕對就是戴米恩那一掛的。」簫妮補充說明。

「眞的？」我驚呼。

「喔，老天！」史蒂薇．蕾說：「妳們知道，我還沒看過那部電影呢！我家鄉亨利耶塔鎭的八號戲院一直沒上演。」

「不會吧？」簫妮說。

「拜託，我眞不敢相信。」依琳說。

「嗯，史蒂薇．蕾，我想下次DVD時間該放放這種優質電影了。」簫妮說。

「裡頭有男生接吻嗎？」

「吻得很火辣。」簫妮和依琳異口同聲說。

我努力克制，不讓自己因史蒂薇．蕾臉上的表情而爆笑，但很抱歉，就是克制不住啊。

15

我們差不多布置好會場了，但那台大螢幕的電視終究得留在大廳裡。這時有人按了遙控器，打開電視。恰是播報夜間新聞的時候。我們五個迅速相視一眼——頭條新聞正是「大自然聖戰士謊報炸彈」。我知道他們無法追蹤我的電話，也親眼見到戴米恩「不小心」將那支拋棄式手機摔到地上，整隻腳踩上去壓碎，但此時聽到雪拉．希美子重複播報警方仍未掌握該恐怖主義組織的線索，我還是覺得呼吸困難。

福斯電視台繼續播報另一則與阿肯色河有關的新聞：今天下午，運輸駁船船長山謬爾．約翰生駕船時心臟病發作。他「運氣很好」，正巧當時河上交通停止運作，而且警察和救護人員就在附近。船長撿回一命，其他船隻和橋梁也沒受到任何損害。

「原來如此！」戴米恩說：「原來他會心臟病發作，開著駁船撞上橋梁。」

震驚之餘，我木然地點點頭。「這就證明愛芙羅黛蒂的靈視果然準確。」

「這可不是什麼好事。」史蒂薇．蕾說。

「我覺得是好事。」我說：「如果愛芙羅黛蒂願意說出她的靈視。至少我們會當眞。」

戴米恩搖搖頭。「奈菲瑞特相信妮克絲已收回她賜給愛芙羅黛蒂的靈視能力，一定有她的理由。眞是可惜，不能跟她講這件事，不然她或許可以解釋這到底是怎麼一回事，搞不好還會改變對愛芙羅黛蒂的態度。」

「不行，我答應愛芙羅黛蒂，絕不說出去。」

「如果她眞的從母夜叉變成『非母夜叉』，那她應該會自己去找奈菲瑞特。」簫妮說。

「或許妳應該跟她談談。」依琳說。

史蒂薇．蕾發出鄙夷的聲音。

我對史蒂薇．蕾翻翻白眼，但她沒發現，因爲德魯正滿臉笑容地走過來，而她忙著臉紅害羞，沒時間注意我。

「這樣看起來如何，柔依？」他問我，但雙眼繼續盯著史蒂薇．蕾。

看起來你跟我的室友很來電，我很想這麼說，不過我覺得他挺可愛，而且從史蒂薇．蕾那害羞的神情看來，她顯然也這麼覺得，所以我決定不讓她難堪。

「看起來很棒。」我說。

「就我來看也不賴。」簫妮說，把德魯從頭打量到腳。

「我也這麼覺得，孿生的。」依琳說，對著德魯挑眉。

這男孩根本沒注意到孿生的。看來他眼中只有史蒂薇．蕾。「我快餓死了。」他說。

「我也是。」史蒂薇．蕾應和。

「那，我們去吃點東西吧？」德魯問她。

「好啊。」史蒂薇．蕾快速回答，隨後彷彿想起我們全都站在旁邊看著她，羞得臉龐更加酡紅。「哎呀，現在是晚餐時間，我們趕緊去吃東西吧。」她開始出現緊張的小動作，手指猛搓自己的短鬈髮，叫喚房間另一頭的戴米恩。他完全陶醉在和傑克的交談中（我無意間聽到他們兩個對某些書同樣有興趣，還爭論哪一集《哈利波特》最好看。顯然他們滿像的，都是書呆子）。「戴米恩，我們要去吃飯，你和傑克餓了嗎？」

傑克和戴米恩交換了個眼神，然後戴米恩喊道：「好，我們這就來。」

「好啦，」史蒂薇．蕾說，仍對著德魯微笑。「我想，大家都餓了。」

簫妮嘆口氣，朝門口走去。「行行好吧，屋裡蠢蠢欲動的愛情荷爾蒙已經濃到讓我開始頭痛了。」

「我覺得自己被困在哪部愛情電影的場景裡了。等等我啊，孿生的。」依琳說。

「孿生的怎麼對愛情這麼憤世嫉俗啊？」我問戴米恩，他和傑克正走過來加入我們。

「她們不是憤世嫉俗，只不過之前和她們約會的那幾個傢伙太乏味，讓她們很不爽。」戴米恩說。

我們一群人走進十一月的神奇雪夜中。雪花變得比較小了，不過仍持續緩緩飄落，讓整個夜之屋看起來比平常更神祕，更像城堡。

「是啊，孿生的對男生很急，彷彿一直要催他們加快反應。」史蒂薇．蕾說。我注意到她和德魯靠得好近，兩人的手還偶爾會碰在一起。

我聽見那群幫我們搬動家具的男孩傳出一陣喃喃吶吶的聲音，同意史蒂薇．蕾的話。我想，對任何男孩（不管是吸血鬼或人類）來說，和孿生的這種女孩約會肯定很嚇人吧。

「妳記得索爾約依琳出去的事嗎？」說話的人是德魯的一位朋友，好像叫基斯。

「記得，她管他叫狐猴，就是迪士尼電影裡那種低能的狐猴。」史蒂薇．蕾笑著說。

「還有，華特跟簫妮約會過兩次半。據說，在星巴克咖啡館裡，她叫他奔騰3處理器。」戴米恩說。

我對他露出不解的神情。

「柔，我們現在都用到奔騰5了。」

「喔。」

「依琳後來每次見到他，還叫他『極慢慢金塔』呢。」史蒂薇・蕾說。

「顯然只有非常特別的男孩才有辦法跟孿生的約會。」我說。

「我想，每個人都有一個最速配的人。」傑克突然說話。我們全都轉身看他，他不好意思地紅了臉。在其他人出聲嘲笑他之前，我出聲挺他：「我同意傑克的看法。」**不過，最難的部分在於搞清楚哪個才是最速配的人**。我在心裡默默地對自己補上這麼一句。

「完全正確！」史蒂薇・蕾說，展現她慣有的爽朗樂觀。

「一點都沒錯。」戴米恩說，對我眨眼。我對他報以微笑。

「喂！」簫妮從一棵樹後面走出來。「你們在討論什麼啊？」

「討論妳那不存在的愛情生活！」戴米恩興高采烈地喊著回答。

「眞的嗎？」她說。

「眞的。」戴米恩回答。

「那，現在請你來討論全身又濕又冷的感覺如何？」簫妮說。

戴米恩蹙眉不解。「什麼？我沒濕沒冷啊。」

依琳從那棵樹後的另一側跳出來，手裡拿著雪球。「你會又濕又冷的！」她邊喊邊將手中的雪球丟出，擊中戴米恩胸口。

當然，一場雪球混戰於焉展開。大家尖叫，奔跑，尋找掩護，還一邊捧起滿手的雪，瞄準簫妮和依琳。我開始退開。

「我就說下雪很棒吧！」史蒂薇．蕾說。

「嗯，希望接下來是一場暴風雪。」戴米恩大喊，瞄準依琳。「有風有雪，這樣打起雪仗來才過癮！」他丟出手中的雪球，不過依琳反應很快，及時跳開找掩護，沒被砸中腦袋。

「妳要去哪裡，柔？」躲在灌木叢後方的史蒂薇．蕾喊著問我。我發現德魯就在她身邊，邊躲邊對簫妮發動攻擊。

「去視聽圖書館，我得準備明天主持儀式要說的話，準備完後我會帶點食物回寢室吃。」我繼續往後退，愈走愈快。「我眞不想錯過這種樂趣，不過……」我退入最近的一道門，及時關上後聽見三顆雪球擊中古老木門，發出**砰砰砰**三聲。

我不是要找藉口逃離雪球戰爭，我是眞的打算連晚餐也不吃，在視聽圖書館待上幾小時。明天我就要設立守護圈，帶領大家進行或許和月亮一樣古老的儀式。

但是，要命，我還不曉得到底該怎麼做。

沒錯，一個月前，我的確已經和我的雛鬼朋友設立過守護圈。但那只能算是個小實驗，測試我是否真的對宇宙五元素具有感應力，或那只是我的幻覺。要不是那時我真正感受到風、火、水、土和靈的力量流過我，而且我的朋友也都親眼目睹，我恐怕多半會認爲那只是我幻想出來的。並非我不相信有這種事，不過，拜託，行行好（套句孿生的的用語），能對五種元素都有感應，這太不尋常了吧。我的意思是，我又不是活在電影《X戰警》的世界裡（雖然我還滿想花點時間好好跟金剛狼相處一下）。

如我所料，圖書館果然空蕩蕩的。畢竟這是週六晚上，只有超級書呆子才會這個時間耗在這裡。對，我很清楚此刻待在這裡，會讓我自己看起來像什麼德性，但我不在乎。我已經決定好要從哪裡下手，所以直接將電腦上的圖書目錄叫出來，搜尋與古老咒語和儀式有關的書，但略過近幾年才出版的書。我被一本名爲《水晶之月的神祕儀式》的古書所吸引，作者是費歐娜。我隱約記得她是一八〇〇年代初期的吸血鬼桂冠詩人（我們宿舍就有一幅她很酷的照片）。我草草抄下這本書的杜威圖書編號，在一處偏僻的書架上找到已蒙塵又孤零零的它。看到它是一本以古老皮革書皮裝訂的大卷書冊，我認定這是個好兆頭，因爲我要找的正是古老的根基與傳統。我希望在我的帶領下，黑暗女兒除了懂愛芙羅黛蒂那一套過於現代（而且放蕩）的玩意兒，也能懂點別的東西。

我打開筆記本，拿出我最愛的那枝筆——這讓我想起羅倫說他寫詩時喜歡動手寫，不喜歡在電腦上敲打……也讓我想起羅倫撫摸我的臉……還有我的背……以及我們之間那種來電的感覺。想著想著我不禁微笑了起來，感覺自己臉頰發熱，隨後驚覺自己坐在這裡像個智障一樣臉紅傻笑，滿腦子想著一個對我來說年紀太大，而且還是成鬼的男人。他的年齡和他的身分都讓我忐忑不安（的確該如此）。我的意思是，他真的很棒，但他已經二十幾歲了。像他這種成鬼，當然已經知道所有吸血鬼的祕密，包括嗜血，以及，嗯，一般的情欲。很不幸，這讓他變得更有吸引力。在和西斯有過那次短暫但危險的吸血親熱場面之後，我尤其能感受到那種魅力。

我拿筆敲打著筆記本的空白頁，繼續心猿意馬。好吧，過去這個月我是和艾瑞克親吻過也稍微親熱過。對，我喜歡那種感覺。不過，我們可沒太踰矩，原因之一在於我**通常**不會那麼隨便——雖然從最近幾次事件來看正好相反。另一個原因是愛芙羅黛蒂是艾瑞克的前女友，而我還清晰記得那次無意中撞見愛芙羅黛蒂跪在他前面，想幫他口交的畫面。我可不想讓艾瑞克以為我像愛芙羅黛蒂那樣蕩。（至於上次動手磨蹭西斯褲襠裡那團隆起物的事，我刻意不去想。）總之，我的確深受艾瑞克吸引，而且所有人都覺得他是我的正式男友，但我們始終謹守分寸。

接著，我的心思轉移到羅倫。在戶外的月光下，對羅倫裸露肌膚讓我覺得自己是個女人，而不再是個涉世未深、緊張忐忑的女孩。和艾瑞克在一起，我通常覺得自己只是一個純眞的女孩。但羅倫眼中的渴望，讓我覺得自己好美麗，好有魅力，而且非常、非常性感。對，我得承認，我喜歡那種感覺。

至於西斯，到底是哪一種感覺啊？我對西斯的感覺和對艾瑞克或羅倫的感覺完全不同。西斯和我之間是有歷史的，我們從小就認識對方，斷斷續續交往了幾年。我以前的確很喜歡西斯，也曾跟他有過幾次比較火熱的親密舉動，不過一直到他劃開自己的脖子讓我吸血之前，他不曾眞正撩起我的欲望。

我開始顫抖，不自禁地舔舔嘴唇。光想到那畫面我就渾身發燙，但也很害怕。我當然想再見他，不過，這是因爲我眞的在乎他？或者只是因爲我對他有強烈的嗜血欲望？

我不知道。

沒錯，我喜歡西斯已經好幾年。有時他很遲鈍，不過多半時候很可愛。他對我很好，我喜歡和他在一起，至少在他開始酗酒哈草之前的確如此。後來，他的遲鈍變成愚蠢，我就不再那麼信賴他了。他說，他已經戒掉那些壞習慣，這表示他又是我以前喜歡的那個男孩嗎？若是如此，那我該拿(1)艾瑞克、(2)羅倫怎麼辦呢？下面這兩件事我又該怎麼辦呢？(1)吸西斯的血徹底違反夜之屋的規定，(2)我的確還想再喝他的血。

我的嘆息聲聽起來眞像啜泣。看來眞的必須找人談一談。

找奈菲瑞特？絕對不行，我不能和成鬼提起羅倫的事。我知道我該告訴她，我又吸了西斯的血（嘆息），恐怕已使我們之間的烙印變強烈。但我說不出口，至少現在還不行。我知道這樣很自私，但我就是不想在適應黑暗女兒領導人的角色之前，跟奈菲瑞特有任何摩擦。

史蒂薇・蕾？她是我最好的朋友，我當然想對她說，但是若我眞的告訴她，就代表我必須坦承我喝過西斯的血，而且喝了兩次，也得說出我有多渴望再喝到。這些事情怎麼可能不嚇到她？連我自己都嚇死了。我不能忍受我的好朋友看我的眼神彷彿我是怪物。況且，我不認爲她會了解——她不可能眞正了解的。

我也不能告訴阿嬤。她當然不會喜歡羅倫已二十幾歲這個事實。至於告訴她關於嗜血情欲那部分，我連想都不敢想。

諷刺的是，這麼分析過後我發現，不會被我的嗜血欲望嚇到，而且能眞正了解情欲的那個人，竟然是愛芙羅黛蒂。奇怪的是，我內心有一部分還眞的想對她訴說，特別是在發現她的靈視依然有效之後。我對她有一種**感覺**，那感覺告訴我，愛芙羅黛蒂絕對不只是表面看起來那樣子，絕對不只是一個可惡的賤貨。她是惹毛了奈菲瑞特，這點很明顯，不過奈菲瑞特也的確對愛芙羅黛蒂太殘酷，說妮克絲已經不再寵愛她，而且奈菲瑞特也清楚告訴過我（基本上也告訴過全校），愛芙羅黛蒂的靈視是虛假的。但我已經證明並非如此。愛芙羅黛蒂這次的靈視是讓我毛骨悚然的，不過我也開始懷疑，對於奈菲瑞特，我能信任多少。

我強迫自己將思緒拉回到圖書館和應該進行的研究。我打開這本古老的儀式書，一張紙條隨著我翻開書頁掀起的微細氣流飄出來。我撿起紙條，心想是哪個學生把紙條留在裡頭，但我隨即楞住。我的名字以我當然認得的娟秀字體寫在上頭。

給柔依

迷人女祭司
夜難遮妳的紅夢
任欲望召喚

這詩句看得我全身顫抖。怎麼會這樣？怎麼會有人（遑論是人在東岸的羅倫）知道我會看這本書！

我的手抖個不停，只好把紙條放在桌上，再慢慢重讀。如果這首詩眞的是吸血鬼桂冠詩人送我的，那該是多麼浪漫的事呀。但我讀了之後，並沒被裡頭的迷人詩意感動得暈頭轉向，因爲我發現，除了這首俳句怎麼會出現在這裡讓我困惑之外，詩中的含意也令我忐忑不安。**夜難遮妳的紅夢**。是我瘋了嗎？還是這行詩聽來的確像羅倫知道我喝了血？突然間，這詩感覺起來不對勁……很危險，很像一個不是警告的警告。我開始納悶寫詩的人是誰。若不是羅倫寫的呢？會不會是愛芙羅黛蒂？我偷聽到她和她父母說話，他們要她把我從黑暗女兒領導人的位置上踢下來。這張紙條與她的陰謀有關嗎？（天哪，「她的陰謀」，聽起來眞像爛漫畫裡會出現的措詞。）

好吧，愛芙羅黛蒂的確見到我和羅倫在一起，但她怎麼會知道俳句的事？而且，她怎麼知道我會回圖書館找這本舊書？應該只有成鬼才有這種詭異的預知能力吧——雖然我根本不知道他們是怎麼預見未來的。我的意思是，幾分鐘前連我都不知道自己會挑選這本書呢。

娜拉突然跳到電腦桌上，把我嚇得魂飛魄散。她喵喵抱怨，在我身上磨蹭。

「好，好，我這就認眞工作。」我手裡翻閱著這本古老書籍，查閱裡頭的傳統儀式和咒語，但我心裡不斷想著那首詩，而且一股不安的感覺始終盤桓在心頭。

16

我抱著娜拉走出視聽圖書館。她睡得好熟，連我抱起她時，都懶得出聲埋怨。我離開時瞥了時鐘一眼，眞不敢相信已經過了好幾個小時，難怪我坐得屁股發麻，脖子僵硬。不過這一時的不舒服算不了什麼，因爲我已經想好怎麼主持月圓儀式了。搞定這件事，我心頭的重擔便整個卸下了。我仍然很緊張，因爲屆時圍觀我主持儀式的那群學生裡頭，多數人應該不怎麼高興我從他們的好友愛芙羅黛蒂手中奪走領導人的位置吧。但我不願多想。我告訴自己，只需專注於儀式本身，並記得每次召喚五元素時充盈我整個人的那種奇妙感覺。至於其他的，自然會水到渠成吧。希望如此。

我推開厚重大門，走到外頭另一個世界。仍下著雪，我在圖書館裡的那段時間應該也一直下著雪吧。整個校園彷彿被一床輕柔的白色被褥覆蓋住，夜風呼嘯，能見度不佳。原本照亮路徑的煤氣燈，現在不過是白色黑暗中星星點點的暈黃小亮點，只能標示出已被遮蔽的小徑所在。我或許應該回到建築物裡，沿著朝宿舍方向延伸的走廊走，盡可能留在有屋頂遮蓋的地方，再快速跑進學校另一側的女生宿舍。但是，此刻我眞的不想這麼做。史蒂薇·蕾說得眞對，雪確實很神奇，改變了世界，讓世界變得更靜謐，更柔和，更神祕。我雖然還是雛鬼，卻已經有成鬼不怕冷的天然保護力。我以前曾經覺得這種不怕冷的特性很恐怖，我的意思是，這會讓我想到喝血維生的冰冷的活死人——夠陰森可怕吧。儘管如此，這種想法對我竟也有一種奇怪的吸引力。現在，我更加了解自己將要變成什麼樣的生物了。我已經明白，我不怕冷是因爲新陳代謝提高，與殭屍之類的活死人無關。吸血鬼不是死人，他們只是蛻變了。是人類自己喜歡對傳說中會行走的死人加油添醋，自己嚇自己。如今，我開始覺得，人類的這種說法著實令人惱怒。總之，我很享受在風雪中行走，不用擔心自己會凍僵。娜拉緊緊依偎著我，響亮地打著呼嚕，我雙手環抱著她，保護她。厚雪悶住我的腳步聲，有那麼片刻，彷彿天地間只有我一個人，黑色與白色交融，形成一種獨特的色彩，供我一人獨享。

才走幾步路，我突然想到自己忘了一件事，忍不住嘆了一口氣。若不是手裡抱著貓咪，我可能已經伸手拍擊自己的額頭。我必須去供應施咒及儀式用品的學校福利社買些尤加利樹枝。那本儀式古書說，尤加利具有療癒、保護和淨化的功能，而這三樣，我認爲，正是我以黑暗女兒領導人的身分主持第一次儀式時，最需要召喚的能量。我想，我可以明天再去買。不過，我必須把樹枝纏繞打結，做成繩索，當作施咒過程的一部分，而……嗯，或許我應該先買來練習，免得明天進行儀式時忘了哪個步驟，或者更糟糕地，突然發現尤加利不像我以爲的那麼有彈性，打結時當場斷裂，那我一定會羞愧到全身紅通通，想鑽入活動中心地下，蜷縮成胎兒姿勢嗚嗚地哭……

我將這可愛的畫面從心頭揮開，轉身開始在雪地裡跋涉，朝福利社所在的主校舍邁進。就在這時，我見到一個身影。這身影之所以引起我注意，是因爲它顯得很突兀。照說這時間應該不會有另一個愚蠢的雛鬼在暴風雪中走動。更奇怪的是，那個人（那影子絕對不是貓咪或灌木叢）不是走在人行道上。他大致往活動中心的方向走去，但他是直接穿越遠處的草皮。我停住腳步，在飄落的雪花中瞇起眼睛，想瞧得更清楚。那人披著一件深色長斗篷，兜帽拉高，看起來像僧侶穿的連帽斗篷。

我突然有股衝動想尾隨他，這衝動強烈到我自己都嚇得倒抽一口氣。我彷彿沒有自己的意志，雙腳不自覺地跨出人行道，快步跟在那神祕人後面。這時，他已經走到圍牆邊那排樹木附近了。

我睜大雙眼，看到那身影一走進陰影，立即以非人的速度急速移動。夾帶著雪的勁風猛烈撲吹，他身後的斗篷劇烈翻騰，看起來恍若長了翅膀。紅色？我是不是瞥見那白色肌膚上有猩紅色的閃光呢？雪刺痛了我的眼睛，視線模糊一片，我把娜拉抱得更緊，開始小跑步。

夜之屋
A HOUSE OF NIGHT NOVEL

歡迎來到夜之屋，體驗成長的滋味

這不是祕密。在我們的世界，吸血鬼始終存在，與常人比鄰而居。剛剛在街頭與你擦身而過的，或在咖啡屋與你隔桌相望的，說不定就是其中一個——不，說不定你就是其中一個，雛鬼或成鬼。可以確定的，是許多演藝界的明星，以及傑出的藝術家、詩人、小說家，都是吸血鬼。

如果你是夜后選中的人，躡蹤使者必將尾隨而至，找到你，標記你，你的額頭眉宇會浮現藍色的弦月記印。然後，你必須進入「夜之屋」，接受吸血鬼養成教育。等順利通過蛻變，你就長成成熟的吸血鬼，你的記印會添上新的美麗刺青，這是夜后妮克絲的恩賜。從此，你就是夜的子女——黑暗女兒與冥界之子。請謹記：異樣不是變態，嗜血不是變壞，黑暗不一定是邪惡，光亮不必然是良善。你是否也渴望與眾不同？別害怕被視作特立獨行，向妮克絲祈求吧！或許她會有所回應。

「夜之屋」系列小說是美、加、英、澳等英語國家的銷售常勝軍，在39個國家出版各種語言版本，光美國一地的銷量即以千萬冊計。長年盤據紐約時報、美國今日報、華爾街日報等暢銷排行榜。到底夜之屋的吸血鬼具有什麼魅力，能偷走千萬讀者的心？ 如果說《麥田捕手》的成功在於道出了戰後青少年的焦慮與不滿；《夜之屋》則是完整講述了當代青少年的生活方式與面臨的成長問題。

每個雛鬼的蛻變過程都將會是一首關於青春期的敘事詩。

美國今日報、華爾街日報等排行榜暢銷百萬小說
數百萬被吸血鬼偷心的讀者人手一冊

異樣不是變態，嗜血不是變壞。 歡迎來到吸血鬼養成學校 。最神祕、浪漫的課程正在等你。

此刻大約凌晨四點半。走在陶沙市最精華的地段，卻沒人理會，也沒有狗對我們吠，感覺好奇怪。彷彿我們是影子……是鬼魂……之前幾乎完全被雲遮蔽的月亮，現在高掛在出奇清朗的夜空，照耀著銀白色的光。我發誓，就算還沒被標記，夜視能力還沒大幅提升之前，我也能在如此皎潔的月光下看書。

天氣很冷，對我卻沒什麼影響，不像一個禮拜前，這種氣溫一定會凍得我直打哆嗦。我努力不去想正在我體內進行的蛻變到底是怎麼一回事。我忽然想起，如今夜晚就是我的白晝。希望自己永遠不會因爲看慣夜色的美，而不再察覺它的存在。「過來吧，柔。」艾瑞克在小橋另一頭低聲喚我。

這裡是夜之屋，吸血鬼養成學校，除了青春期的莫名憂傷、渴望和焦躁，人生還因蛻變成吸血鬼的考驗，而益形複雜、艱難。

柔依是平凡的女孩，卻不是普通的雛鬼。她總覺得人們所謂正常、典範，其實充滿虛僞。她說：「我不笨，或許常覺得迷惘，但眞的不笨。」被標記以後的恐慌，竟伴隨著莫名的狂喜。額頭上的記印彷彿野性的記號，讓她察覺，她或許屬於遙遠的古代，一個更遼闊、蠻荒的時代。

這首詩，是關於愛情的。愛情的答案到底是什麼呢？儘管少女情懷總是詩，然而有時詩揭露的不是真相，而是錯誤的誘惑。沒關係的，說到愛情，即使是妮克絲都還在學習。所以，你會談幾場轟轟烈烈的戀愛，也會在夜裡獨自心碎。

這首詩，是關於友情的。幸好，你會交到一群超級好朋友，為你設立祭祀守護圈，祈求夜后的祝福縫補破碎的心；他們與你聽著同樣的音樂、守著同樣的電視節目、說著只有你們才懂的專屬密語。

這首詩，是關於成長的。成長是每個人必經之路。年輕的生命呀！你也許會感到迷惘，對於突如其來的抉擇感到不知所措，但這正是自由意志的珍貴之處；別害怕犯錯，只要用力活著，寧可犯錯，不要後悔。

這首詩，是關於犧牲的。忘記告訴你了，不是每個被標記的雛鬼，都能通過考驗。蛻變失敗，聽說就是死亡。他們用力揮灑青春生命，歡笑、嘆息、哭泣；卻拒絕成長，希望時間就此打住，不要前進。但是，面對即將步入的成人社會，長不大是可以的嗎？後面已無退路。一旦後悔了，拒絕蛻變，就只能被淘汰，步入死亡。

然而，成長的路必然只有一條嗎？隱約中有個聲音在耳邊輕語：「你會蛻變成什麼，只有自己知道。」夜后妮克絲隱藏起來的答案，也許能在夜之屋中找到。

這裡是夜之屋，吸血鬼養成學院。長大成人雖然混亂痛苦；然而，青春從來都不正常，看似正常才最不正常。準備好進入夜之屋，開始你的青春成長紀事了嗎？

祝福滿滿。

RB201510

我知道我就要被引往有一道活板暗門的東牆，也就是之前我見到兩個鬼魂或幽靈的地方。我曾告訴自己，絕不再去那裡，至少不要一個人去。

對，我應該往左轉，直接朝宿舍邁進。然而，我當然沒這麼做。

走到那排樹木底下時，我的心怦怦狂跳，娜拉在我耳邊嘀咕。我繼續沿著圍牆疾行，一路想著我竟如此瘋狂，此刻在這裡追逐一個影子，而或許那不過是一個想溜出學校的學生（最好的狀況），但也說不定是個嚇死人的鬼魂（最壞的狀況）。

有那麼一小段時間，我看不見那身影，但我知道自己愈來愈接近活板門，所以我放慢腳步，不自覺地躲在最暗的陰影裡，徐徐地從一棵樹移動到另一棵樹。雪開始下大，娜拉和我全身蒙上一層白雪。事實上，我還開始發冷。**我在這裡幹麼**？不管我的直覺怎麼說，我的理智告訴我，我這麼做太扯了，我應該帶著我那發抖的貓咪返回宿舍。這眞的不關我的事，搞不好只是某個老師在巡視……我不知道啦……可能是巡視校園，以確定沒有哪個白癡雛鬼（像我一樣）在暴風雪中跑到外面亂晃。

或者，萬一那個以殘酷手法殺害克里斯·福特，劫走布雷德·西俊斯的人，竟潛入校園，現在正準備溜走呢？如果我撞見他，我肯定也會慘遭殺害吧。

好啦，我的想像力還眞豐富。

這時，我聽見有人講話。

我的腳步放得更慢，幾乎是躡手躡腳地往前移動，直到終於看見他們。兩個身影站在敞開的活板門前。我用力眨眼，想望穿白雪簾幕，看得更清楚。最靠近門的那人，正是我一路尾隨的人。他現在不再是以不可思議的速度在奔跑，而是靜止站立著。我可以看到他的站姿很怪異，佝僂著背半蹲著。我將注意力轉移到另一個身影。原本伴同冷雪拂過我肌膚的寒顫，乍然竄入我的靈魂。那是奈菲瑞特。

她赤褐色的頭髮飛揚著，白雪飄落在她的黑色長衫上，整個人看起來好神祕，好威嚴。她面朝我的方向站著，所以我可以看見她臉上那幾近憤怒的嚴峻表情。她專注地對著穿斗篷的那人說話，還輔以充滿表情的手勢。我靜悄悄地往前靠近，慶幸自己穿得一身黑，完全融入牆邊的陰影。從這個新位置，我聽見奈菲瑞特的話語隨著飄雪的勁風片片段段地傳送過來。

「……多留心自己做的事！我可不會……」我屏氣凝神地諦聽，想在呼號的風雪中聽清楚她在說什麼，這才發現風傳送過來的不只有奈菲瑞特的話語。在清冽的雪花氣味之外，我還聞到某種東西，那是一種乾燥的霉味。在這嚴寒濕冷的夜晚竟出現這種氣味，實在很奇怪。「……太危險了。」奈菲瑞特繼續說：「乖乖聽話，要不然……」我沒聽清楚句子裡其他的部分，她的話語就此打住。穿著斗篷的身影發出詭異的呼嚕聲，那聲音更似動物而非人類。

一直蜷縮在我下巴底下，原本似乎已經睡著的娜拉突然驚醒，猛轉頭張望。我趕緊蹲低身子，往樹幹後方的陰影處躲藏，這時娜拉開始低聲嚎叫。

「噓。」我壓低聲音說，拍拍她，試圖安撫她。她靜了下來，不過我可以感覺到她背上的毛豎起來，雙眼憤怒地瞇成一條線，瞪視著披斗篷的身影。

「你保證！」

那神祕斗篷男的呼嚕聲讓我渾身起雞皮疙瘩。我從樹幹後方望出去，見到奈菲瑞特舉起手，彷彿要打他。他嚇得往後縮在牆邊，頭上的兜帽抖開，我的胃突然揪緊，差點吐出來。是艾略特。上個月死去，「鬼魂」跑出來攻擊我和娜拉的那個男孩。

奈菲瑞特沒打他，而是激動地指著敞開的活板門。她提高音量，所以現在她說的每個字都隨風傳送到我耳裡。

「不准再這樣！時機還不對。你不懂這些事情，也不准質疑。現在離開。如果你膽敢再違背我，保證你會感受到我的憤怒。女神發怒很可怕，你不會想見到的。」

艾略特嚇得更加退縮。「是的，女神。」他虛弱地呻吟著說。

果然是他，我知道是他。雖然他的聲音變粗啞，我仍認得出來。不知怎地，艾略特沒死，但也沒蛻變爲成鬼。他變成了某種別的東西，某種可怕的東西。

就在我覺得他讓人作嘔時，奈菲瑞特的表情開始軟化。「我不想對我的任何一個孩子生氣。你應該知道，畢竟你是我最大的喜悅。」

我看見奈菲瑞特往前移動，伸手撫摸艾略特的臉。她這舉動讓我覺得好噁心。艾略特的眼睛開始閃爍著血液凝結以後的暗紅色。就算離他有段距離，我也看得出他全身顫抖。以前的艾略特身材矮胖，皮膚蒼白，一頭紅蘿蔔色的頭髮到處亂翹，看起來很不討人喜歡。他現在的外貌仍是如此，但蒼白的臉頰變得消瘦凹陷，身形佝僂，彷彿身體往內蜷縮，所以奈菲瑞特得彎下腰，才能吻到他的唇。聽到艾略特發出愉悅的呻吟，我毛髮倒豎。奈菲瑞特重新挺直身子，發出笑聲。那聲音帶著黑暗與誘惑。

「拜託，女神！」艾略特呻吟哀求。

「你知道你不配。」

「拜託，女神！」他反覆祈求，身體劇烈顫抖。

「好，不過你記住，女神給你的，女神也能收回。」

我情不自禁地繼續注視著。奈菲瑞特舉起手，將衣袖往後撩，然後指甲劃過自己前臂，出現一道猩紅線條，血珠乍然湧現。霎時，我感受到她血液的吸引力。看著她伸長手臂，伸向艾略特，我身體緊貼在粗糙的樹皮，逼迫自己繼續隱藏，保持不動。這時，艾略特在她面前跪下，發出野獸般的呼嚕聲和呻吟，開始吸吮奈菲瑞特的血液。我費力將視線從他身上移到奈菲瑞特，見到她頭往後仰，雙唇微張，彷彿被變態生物艾略特吸吮血液是一種性體驗。

我感覺到自己內心深處湧現呼應的欲望，也想劃破某人的肌膚，然後……

不！我蹲低身子，整個人躲在樹幹後面。我不想變成怪物。我不會變成怪胎。我不能讓這種欲望控制我。我悄悄地、慢慢地沿著來時的路往回走，不想繼續看他們兩個。

17

我終於回到宿舍，但仍渾身顫抖，滿心困惑，胃噁心難過。起居室裡一小群一小群濕答答的學生分頭圍坐在一起，正在看電視喝熱巧克力。我從門邊的架子上抓了條毛巾，加入史蒂薇．蕾、孿生的和戴米恩，坐在我們最喜愛的那台電視機前，看電視節目《決戰時裝伸展台》，並開始幫不停抱怨的娜拉擦乾身子。史蒂薇．蕾沒注意到我異常安靜，忙著滔滔不絕地述說我之前避開的雪球仗如何在晚餐後演變成一場大戰。她說，大家簡直玩瘋了，直到有人把雪球砸到龍老師辦公室的一扇窗戶才停止。龍老師是我們的擊劍老師，絕對沒有雛鬼敢招惹他。

「龍老師終結了雪球大戰。」史蒂薇．蕾咯咯笑著說：「不過，在這之前，真的很好玩。」

「是啊，柔，妳錯過了一場非常震撼、精彩的戰鬥。」依琳說。

「我們把戴米恩和他男友打得落花流水。」簫妮說。

「他才不是我男朋友！」戴米恩說，不過他的笑容彷彿在句尾補了一句沒說出口的「目前還不是」。

「反正……」

「……隨你怎麼說。」孿生的說。

「我覺得他很可愛。」史蒂薇・蕾說。

「我也這麼覺得。」戴米恩說，臉頰開始變成可愛的粉紅色。

「那妳覺得呢，柔依？」史蒂薇・蕾問。

我對史蒂薇・蕾眨眨眼，不知該怎麼說。我覺得自己彷彿置身颼颪呼嘯的玻璃魚缸中，而其他人卻一無所知地在外頭享受晴好的天氣。

「柔依，妳還好嗎？」戴米恩問。

「戴米恩，你可以幫我弄些尤加利來嗎？」我迸出這句話。

「尤加利？」

我點點頭。「對，一些尤加利樹枝，還要一些鼠尾草。明天的儀式上我需要這兩樣東西。」

「好，沒問題。」戴米恩說，更仔細地端詳我。

「妳想好該怎麼做了，對吧，柔？」史蒂薇．蕾問。

「應該吧。」我停頓了一會兒，然後深吸一口氣，迎向戴米恩詢問的眼神，盯著他看。「戴米恩，曾經發生過雛鬼好像死了，但後來發現其實沒死的例子嗎？」

戴米恩不愧是戴米恩，他沒嚇到，也沒問我是否瘋了，不過我可以感覺到孿生的和史蒂薇．蕾正盯著我，彷彿我剛宣布我要在素人色情影片《狂野乖乖女：吸血鬼篇》中袒胸露乳當主角。我不理會她們，繼續把心思集中在戴米恩身上。大家都知道，戴米恩一向用功念書，而且記得念過的所有東西。如果這群人當中有誰能回答我這個怪問題，肯定非他莫屬。

「雛鬼的身體一開始排斥蛻變，就無法阻止。每本書都很清楚提到這點。奈菲瑞特也是這麼告訴我們的。」我從沒聽過戴米恩口氣這麼嚴肅。「柔依，怎麼了嗎？」

「求求妳，求求妳，求求妳別告訴我，妳覺得自己不對勁了！」史蒂薇．蕾幾乎快哭出來了。

「沒有！不是妳想的那樣，」我趕緊說：「我沒事，我保證。」

「那是怎麼了？」簫妮說。

「妳要把我們嚇死啊。」依琳說。

「我不是故意的。」我告訴他們：「好吧，這聽起來很奇怪，不過我覺得我看見艾略特了。」

「啥！」「什麼！」孿生的同時驚呼。

「我不懂。」戴米恩說：「艾略特上個月死了啊。」

史蒂薇·蕾的雙眼突然睜大。「就像伊莉莎白！」她說。我還來不及阻止，她就脫口而出，不換氣地說出一串長長的句子。「上個月柔依覺得自己在東牆那裡看到伊莉莎白的鬼魂不過我們都沒說因爲我們不想嚇到你們大家。」

我張嘴，想解釋艾略特——以及奈菲瑞特的事，不過隨即把嘴巴閉上。我在對他們提及這事之前，早該想到絕對不能提到奈菲瑞特。成鬼多少都有直覺力，而女祭司長奈菲瑞特的直覺力尤其驚人，經常能準確讀出別人心裡的念頭。如果我這四個朋友知道我目擊奈菲瑞特讓噁心的活死人艾略特吸吮她的血液，他們絕不可能帶著被驚嚇的心情到處走動，而不被奈菲瑞特發現。

我今晚目睹的那一幕，我只能抱持緘默，完全緘默。

「柔依？」史蒂薇·蕾將手掌搭在我的胳臂上。「妳可以告訴我們的。」

我對她微笑，眞希望我能夠說。

「我的確認爲我上個月見到了伊莉莎白的鬼魂，而今晚，我想我見到了艾略特的鬼魂。」我終於說了出來。

戴米恩皺起眉頭。「若妳見到的是鬼魂，那幹麼問我雛鬼是否可能排斥蛻變，卻依然可以活過來呢？」

我注視著這位朋友的眼睛，決定瞎掰一通。「因爲這比見到鬼魂更容易相信啊。至少我開口問你之前是這麼覺得，不過一說出口，我自己也覺得很扯。」

「我如果見到鬼，肯定會嚇死。」簫妮說。

依琳猛點頭，表示深有同感。

「他看起來像伊莉莎白那樣嗎？」史蒂薇・蕾問。

至少這點我不必撒謊。「不一樣，他看起來更眞實，不過我是在同一個地方見到他們兩個，就在東牆那裡。另外，他們的眼睛都發出奇怪的紅光。」

簫妮開始打哆嗦。

「我絕對會離那陰森森的東牆遠遠的。」依琳說。

畢竟是學究，戴米恩用手指敲了敲自己的下巴，就像個教授。「柔依，或許妳有另一種的感應力，可以看見死去的雛鬼。」

若非我親眼見到那應該是鬼魂的艾略特竟如此眞實清晰，還吸吮我導師的血，我或許也會這麼認爲——儘管這種可能性依然很恐怖。無論如何，這個推測很棒，可以讓戴米恩的腦袋忙上好一陣子。「或許你說得沒錯。」我說。

「呃，」史蒂薇．蕾說：「我倒希望不是這樣。」

「我也不希望，不過你可以替我研究一下嗎，戴米恩？」

「當然，我會查閱所有與雛鬼鬼魂有關的資料。」

「謝謝你，萬分感激。」

「妳知道嗎？我想，我的確在一本古希臘歷史課本上，讀到吸血鬼的靈魂在古墓徘徊……」

戴米恩繼續往下講，但我已把他的聲音關閉在腦袋外面。我很高興看到史蒂薇．蕾和孿生的比我還專心聽他講鬼故事，而不再追問我更多細節。我眞不想對他們撒謊，更何況我其實很想把一切告訴他們。我見到的景象，眞的嚇到我了。現在，我到底要怎麼面對奈菲瑞特呢？

娜拉抬起臉磨蹭我的臉，然後安坐在我大腿上。我拍撫她，眼睛盯著電視，而戴米恩還繼續說著久遠以前吸血鬼鬼魂的事。突然我意識到電視上出現的畫面是什麼，猛地側身探過史蒂薇．蕾的身體，抓起她旁邊小桌上的遙控器，惹得娜拉**喵—呦—嗚**地抱怨了一聲，惱怒地從我腿上跳開。我沒時間安撫她，趕緊轉大電視的音量。

又是主播雪拉．希美子，她在重播晚間新聞的頭條。

「聯合中學第二位失蹤少年布雷德．西俊斯的屍體，今晚被菲爾布魯克藝術博物館的警衛在流經園區的小溪發現。截至目前為止，警方尚未提到死因，不過有可靠消息來源告訴福斯新聞台，該少年是因為多處撕裂傷導致流血過多而死。」

「不……」我感覺自己的頭不斷地前後搖晃，耳裡出現可怕的聲響。

「上個月，我們去菲爾布魯克博物館的庭園參加萬靈節儀式，所經過的就是那條小溪啊。」史蒂薇．蕾說。

「從這裡走過去，就在路尾欸。」簫妮說。

「黑暗女兒經常會偷溜去那裡舉行儀式。」依琳補充。

然後戴米恩說出大家心裡想的事。「有人想讓人覺得這些人類孩子是吸血鬼殺死的。」

「也許眞是吸血鬼殺的。」我其實沒打算把心裡的這個念頭說出來。我趕緊閉上嘴巴，後悔讓話語溜了出來。

「妳爲什麼這麼說，柔依？」史蒂薇．蕾的口氣顯得很震驚。

「我——我不知道。我不是有意這麼說。」我支支吾吾，不確定自己到底在說什麼，也不確定爲什麼要這麼說。

「妳不過是嚇壞了。」依琳說。

「沒錯，妳一定是嚇壞了。畢竟妳認識那兩個男生。」簫妮補充道：「而且，妳今天還見到個該死的鬼魂。」

戴米恩再次端詳我。「柔依，妳在聽到布雷德的死訊之前，是不是對他的失蹤有什麼特別感覺？」他靜靜地問我。

「是。不是。」我嘆了口氣。「我一聽到他失蹤，就立刻感覺到他死了。」我終究承認了。

「那個感覺出現時，伴隨著什麼具體細節嗎？妳還知道其他些什麼？」戴米恩追問。

他的問題彷彿挑動我記憶裡的片段畫面，奈菲瑞特的聲音在我腦海中重新播放：**……太危險了……不准再這樣……你不懂……不准質疑……**我的身體竄起可怕的寒顫，但這寒顫與外頭的暴風雪無關。「沒什麼具體的細節，我要回房去了。」我說，突然無法注視他們任何人。我討厭說謊，也懷疑自己再待久一點，是否守得住祕密。「我得把明天儀式要說的話整理一下。」我掰了個蹩腳的理由。「而且我昨晚沒怎麼睡，現在好累。」

「好吧，沒問題，我們了解。」戴米恩說。

他們顯然都很擔心我，這反而讓我更無法面對他們。「謝謝你們。」我喃喃地說，起身離開起居室。走上樓梯途中，史蒂薇．蕾趕上我。

「妳介意我跟妳一起回房間嗎？我頭好痛，好想睡一覺。不論妳讀書思考或做任何事，我都不會吵妳。」

「沒關係，我不介意。」我趕緊說，瞥了她一眼。她的臉色確實有點蒼白。史蒂薇．蕾是個很細膩的女孩，雖然不認識克里斯或布雷德，他們的死顯然也讓她很難過。再加上我說自己撞見鬼魂，肯定把這可憐的孩子嚇壞了。走到寢室門口時，我摟住她，捏捏她的肩膀，告訴她說：「喂，一切都會沒事的。」

「是啊，我知道，我只是很累。」她對我笑笑，不過那口氣聽起來不像平常那麼有活力。

我們換上睡衣，沒再多說什麼。娜拉從專門給她通行的小門竄進來，跳上我的床，跟史蒂薇．蕾一樣立刻睡著。我鬆了口氣，這樣一來，我就不必假裝埋頭寫我早已準備好要在儀式上說的話。我還有其他事得做，但我不想跟任何人解釋這件事。即便對我最好的朋友，我也不想說。

18

我的吸血鬼進階社會學課本仍放在我電腦桌上方的書架上。這是高年級，也就是這裡所謂六年級的課本。我來到這裡沒多久，奈菲瑞特發現我身上的蛻變速度不同於一般雛鬼，所以決定給我這本書。她還打算把我從三年級的初階社會學班級調去上進階社會學的課，不過我說服她別這麼做。我說，我已經夠與眾不同了，實在不需要多件事讓其他學生更覺得我是怪胎。後來我們達成協議，我自己研讀進階社會學課本，一章一章念，有問題就找她討論。

好吧，我的確想這麼做，不過事情一件接一件（接掌黑暗女兒、開始和艾瑞克交往、平常的學校功課，還有一些有的沒的），所以到現在只偶爾瞥見它擺在書架上，一直沒讀。

我嘆了一口氣，那聲音連我自己聽起來都覺得很疲憊，跟我一樣疲憊。我把這本書抓了過來，上床，靠在枕頭堆上。今天是發生了好幾件可怕的事，但我仍努力撐開眼皮，翻到索引，找出我要找的條目：嗜血。

這個詞目後面列出一大堆頁數。我在索引頁做個記號，然後有氣無力地翻到最初說明嗜血現象的那一頁，開始閱讀。這裡談的是我已經搞懂的東西：雛鬼隨著蛻變過程逐漸進展，會發展出對血液的渴望，並從厭惡變成喜愛。等蛻變深化，雛鬼從遠處就能感受到血液的氣味。另外，由於新陳代謝的改變，藥物和酒精愈來愈不會對雛鬼造成影響，但血液所帶給雛鬼的影響力則會相對增加。

「還眞不是開玩笑的。」我忍不住低聲自言自語。光是喝到攙在酒裡的雛鬼血液，我就已經有不可思議的醺醺然的感覺了，難怪一喝到西斯的血，我身體裡便像有一把熊熊烈火舒暢地爆開。書中有關血液多麼美味的描寫，我已經知道了。我繼續往後翻讀，眼睛瞥見一個標題，立刻停下來細讀。

性欲和嗜血

需求的頻率會因年齡、性別和個別吸血鬼的身體狀況而有所差異，但成鬼必須定期飲用人血，以維持身體健康，保持清醒。因此，既出於吸血鬼演化過程的合理發展，也由於我們摯愛的女神妮克絲的眷顧，吸血過程變成一種愉悅的享受。對吸血鬼和人類供血者而言都是如此。如我們已知，吸血鬼的唾液對人類血液具有抗凝血作用，在吸血的過程中也會分泌腦內啡，刺激人類和吸血鬼腦中的愉悅區，讓雙方達到性高潮。

我眨了眨眼，不敢置信地伸手抹了抹臉。哇，我的天哪，難怪我對西斯會有那麼放蕩的反應。原來我的蛻變基因已經設定好程式，吸血會讓我興奮起來。我著迷地繼續往下讀。

吸血鬼年齡愈大，在吸血過程中分泌的腦內啡就愈多，人鬼雙方的愉悅感也愈強烈。幾世紀以來，吸血鬼一直懷疑，吸血所產生的狂喜感覺正是人類詆毀我族的主要原因。吸血鬼吸食人血，在人類看來是危險、可怕的舉動，但他們發現，我們竟能藉此帶給他們如此強烈的感官愉悅，所以他們備感威脅，給我們貼上掠食者的標籤。事實上，吸血鬼可以控制自己的嗜血欲望，所以我們對人類供血者根本不會造成什麼身體傷害。眞正的危險在於吸血時經常發生的烙印現象。

我沉浸在書裡，迫不及待地閱讀下一段。

烙印

不是每次吸血，吸血鬼和人類之間就會產生烙印現象。我們已經進行過很多研究，想了解爲什麼有些人類會被烙印，有些則不會。影響因素很多，譬如情感依附程度、人類和吸血鬼蛻變前的關係、年齡、性取向，以及吸血頻率等。不過，我們無法確切地預測某個人類是否會被吸血鬼烙印。

課本接下來談到，吸血鬼在吸取活體血液時必須非常謹慎。因此，吸血鬼發展出另一個獲取人血的途徑：血庫。血庫的運作是高度機密，只有非常少數的人類知道（這些人類肯定獲得高額報酬，才願意守口如瓶）。社會學教科書的作者顯然不贊成從人類身上直接飲血，還多次警告說，對人類烙印是非常危險的。不只人類會因此在情感上依附吸血鬼，吸血鬼也會依附人類。讀到這裡，我不禁坐得更挺。雖然又覺得有些反胃了，我繼續往下讀：若人鬼之間發生烙印現象，吸血鬼就可以感應到該人類的情緒，某些狀況下甚至還能召喚該人類，或追蹤該人類的下落。在這裡，作者離題談起《吸血鬼德古拉》作者布蘭姆．史托克的事蹟。原來史托克被一位吸血鬼女祭司長烙印，但他不了解女祭司長對妮克絲的承諾，遠比她跟他之間的關係重要，於是因妒生恨，在盛怒之下，背叛了女祭司長，在他那本惡名昭彰的書裡誇大烙印所帶來的負面影響。

「啊，我還眞不知道有這一回事。」諷刺的是，打從十三歲讀到《吸血鬼德古拉》之後，它就一直是我最喜歡的書之一。這一章剩下的部分，我快速瀏覽而過。等看到下一個標題，我才咬著下唇，專注地慢慢讀。

> 雛鬼與成鬼之間的烙印
>
> 如前一章所述，鑑於人鬼之間可能產生烙印現象，雛鬼不准飲用人類供血者的血液。不過，雛鬼之間不妨彼此嘗試，體會蛻變過程。我們已經證實，雛鬼之間不會有烙印現象。然而，成鬼有可能對雛鬼烙印。一旦發生這種現象，雛鬼完成蛻變時會出現情感與身體方面的併發障礙，對雙方都不是好事。因此，雛鬼與成鬼之間的飲血行爲也被嚴格禁止。

我搖搖頭，想起奈菲瑞特與艾略特之間的吸血場面，仍不禁感到驚駭。且不管艾略特已經死掉這個事實（這一點，我仍然困惑不已），奈菲瑞特可是法力高強的女祭司長，說什麼她都不該讓雛鬼吸她的血（即便那是個死掉的雛鬼）。

有一章談到如何解除烙印，我趕緊讀下去。眞讓人沮喪，顯然這得靠法力很強的女祭司長協助才能辦到，而且解除的過程身體會很痛苦，尤其是人類那一方。就算解除了，雙方也必須小心，彼此遠離，否則又會重新烙印。

我突然覺得好疲憊。距離我上次眞正睡著有多久了？應該超過一天了吧。我瞥了鬧鐘一眼，早上六點十分。很快就要天亮了。我全身僵硬，彷彿上了年紀，虛弱地起床把書放回書架，然後將房間大窗戶上遮擋外頭所有光線的厚重窗簾拉開一點。外頭仍下著雪，破曉前躊躇幽微的光讓世界看起來既純眞又夢幻。很難想像這樣的世界會發生少年枉死、死去的雛鬼復活這些可怕的事。我閉上眼睛，頭倚在冰涼的窗戶玻璃上。我現在什麼都不願去想，我好累……好迷惘……實在想不出我需要的答案。

我倦睏的思緒四處飄蕩，我想躺下來，但額頭碰觸冰涼窗戶的感覺好棒。艾瑞克今天稍晚就會回來了，想到這裡我既快樂又愧疚，因爲，他讓我想起了西斯。

我應該是眞的對西斯烙印了吧。這念頭讓我害怕，但也很吸引我。在情感和肉體上與不再喝酒嗑藥的西斯連結在一起，有這麼糟糕嗎？在我遇見艾瑞克（或羅倫）之前，答案當然是否定的。那時，我當然不覺得糟糕。而現在，我擔心的不是這種連結糟不糟糕，而是我必須對所有人隱瞞這種關係。**當然，我可以撒謊……**這念頭像有毒的煙霧，在我壓力過重的心頭飄散開來。**奈菲瑞特和艾瑞克知道一個月前我曾吸過西斯的血，而那時我對嗜血和烙印還一無所知。我可以假裝我那次就烙印了他。反正我已經對奈菲瑞特提過有可能發生這種事。**

或許我可以想出辦法，同時和西斯及艾瑞克……

我知道這麼想不對，我知道同時和他們兩人交往，對艾瑞克和西斯都是不誠實的行爲，可是我眞的好掙扎！我眞的開始在乎艾瑞克，加上他和我身在同一個世界，他了解蛻變和擁抱全新生活的種種問題。想到要和他分手，我的心就好痛。

不過，想到永遠不見西斯，永遠不能再嘗到他的血……又覺得好恐慌。我再次嘆氣。見不到他，我很痛苦，而他見不到我，那痛苦或許會劇烈百萬倍。那次見面之後的這一個月，他口袋裡隨身帶著刀片，就爲了一絲微渺的機會，希望哪天能遇見我。我們之間發生的事讓他戒酒、戒大麻，而且一見到我，就迫不及待地割傷自己，好讓我吸吮他的血。想到這裡，我開始發抖，不是因爲我額頭倚著的玻璃傳來寒氣，而是那股嗜血的欲望讓我打顫。社會學教科書以理性、邏輯的辭彙描述嗜血背後的原因，但現在這些描述在我看來根本無法代表眞實狀況。

吸吮西斯的血讓我亢奮，讓我想一次又一次地這麼做。我渴望很快就能再吸他的血，現在就好想要。我咬住嘴唇，不讓自己因爲想念西斯而發出呻吟——我想著他身體的那種硬挺，想著他血液的那種不可思議的甜美。

突然，我的心彷彿飄起，就像一團大毛線球的一條線抛了出去。我感覺到我在搜索……

獵尋……追蹤……直到竄入一個黑暗的房間，飄浮在一張床上面。我嗅一嗅，是西斯！

他平躺在床上，那頭金髮亂七八糟，整個人看起來像個小男孩，而且是任何人都會覺得很可愛的男孩。我的意思是，吸血鬼素以美麗和俊俏著稱，但即便以吸血鬼的標準來看，也得承認西斯在水準之上。

他彷彿感覺到我的存在，開始在睡夢中輾轉反側。他不斷轉頭，煩躁不安地踢掉被子。我看見他上半身赤裸，下半身只穿著一條有著綠色青蛙圖案的藍色四角褲。看到這條內褲，我忍不住微笑，不過一看見他頸側那條細細的粉紅色傷痕，笑容瞬間凍結在臉上。

那裡就是他用刀片割傷自己，讓我吸吮血液的地方。我彷彿又嘗到了那種滋味——溫熱、黑暗、濃稠，就像融化的巧克力，但比巧克力甜美無數倍。

我無法克制自己，開始呻吟。就在這時，睡夢中的西斯也發出呻吟。

「柔依……」他迷迷糊糊地喃喃細語，再次不安地轉動身體。

「喔，西斯。」我低語。「我不知道我們該怎麼辦。」我很清楚自己**想要**什麼。我想不顧一身的疲憊，衝上車，直接開到西斯家，從他臥房窗戶溜進去（我以前可沒這麼做過），劃開他脖子上才剛癒合的傷口，讓他甜美的血液湧進我嘴裡，我的身體緊貼著他的身體，把我的第一次獻給他。

「柔依！」西斯眼皮抖動，睜開。他再次呻吟，手往下游移到內褲裡的堅硬隆起物，然後開始——

我的眼皮彈開，人又回到宿舍裡，前額貼著窗戶玻璃，大口喘著氣。

我的手機發出嗶的一聲響，有簡訊進來。我雙手顫抖地打開手機，看到：**我感覺到妳在這裡。答應我，週五跟我見面。**

我深吸一口氣，興奮地以三個字回覆他：一定去。

我闔上手機，關閉電源，強迫自己揮開西斯的影像：他脖子上帶著尚未完全癒合的傷口，溫暖的身體，讓人渴望，而且他顯然也強烈地渴望著我，一如我渴望他。我離開窗邊，爬上床。真難以相信，時鐘顯示此刻已是早上八點二十七分。原來我在窗邊站了兩個多小時！難怪全身僵硬、不舒服。我心裡暗暗記下，下次去視聽圖書館時（最好盡快去），要找出更多烙印和人鬼連結的有關資料。我關上小檯燈前瞥了史蒂薇．蕾一眼，她蜷縮側躺著，背對著我。從她深沉的呼吸聲聽來，她應該還睡得很熟。嗯，至少我的朋友並不知道我已經變成一個充滿嗜血欲望的好色怪胎。

我想要西斯。

我需要艾瑞克。

我為羅倫著迷。

眞是要命，我實在不知道該怎麼處理這般混亂的生活。

我抱著枕頭，整個人縮成一團。我好累，累到像被人下了藥，但我的心思仍不肯休息。我醒來時應該就會見到艾瑞克，或許還有羅倫。我也得面對奈菲瑞特，並在眾人面前主持我的第一場儀式，而或許這些人正等著看我搞砸，或者至少出糗丟臉。事實上，我很可能既搞砸又出糗丟臉。然後，我想到今天見到那個可能是艾略特鬼魂的身影做出了不像鬼魂會做的事情，更遑論又有另一個人類少年被害死，而且整件事愈來愈像與吸血鬼有關。

我閉上眼睛，告訴我的身體放輕鬆，思緒集中在某些愉快的事情上，像是……像是……雪有多美麗……

慢慢地，疲憊佔領我，然後，眞好，我終於沉沉睡去。

19

我夢見雪花形狀如貓咪。突然，有人砰砰敲門，把我從夢中吵醒。

「柔依！史蒂薇．蕾！妳們要遲到了。」簫妮的聲音聽起來模糊遙遠，卻很急迫，好似被毛巾蓋住的惱人鬧鐘。

「好，好，這就來了。」我邊喊邊掙扎著從被窩裡爬出來，娜拉則大聲發牢騷。我瞥了一眼睡前懶得設定時間的鬧鐘。我的意思是，今天又不上課，而且我通常不會睡超過八、九個小時，所以……

「完蛋了！」我眨眨眼，確定時鐘顯示此刻是晚上九點五十九分。我竟睡超過十二個鐘頭？我踉蹌地往門邊走去，途中停了一下，搖了搖史蒂薇．蕾的腳。

「嗯。」她惺忪地嘟噥著。

我打開門，簫妮怒目看著我。

「拜託，妳們打算睡一整天啊！起不來就別那麼晚睡嘛。再半個小時艾瑞克就要表演了啦。」

「啊，該死！」我搓搓臉，強迫自己清醒。「我完全忘了。」

簫妮翻了翻白眼。「妳們最好動作快一點，把衣服穿好，好好撲些粉，蓋住蒼白的臉。還有，那一頭亂髮也整理一下。妳男友一直在找妳啊。」

「好啦，好啦。真糟糕！我這就來，妳和依琳——」

簫妮舉起手，打斷我的話。「拜託，我們替妳掩護好了。而且在我們說話這當頭，依琳已經在禮堂佔好前排位置。」

「是妳嗎，媽媽？我今天不用上學……」史蒂薇・蕾嘟噥著說夢話，顯然還沒醒來。

簫妮哼了一聲。

「我們會盡快的，你們只管幫我們保住位置吧。」我把門甩上，衝去叫史蒂薇・蕾。

「起床！」我搖她的肩膀。她瞇眼看我，還對我皺眉。

「什麼啦？」

「史蒂薇・蕾，已經十點了，晚上十點。我們睡得跟豬一樣，現在遲到了啦。真是睡得太誇張了。」

「什麼？」

「拜託妳給我醒來！」我氣急敗壞地說，把我睡過頭的沮喪發洩到她身上。

「什麼——」她睡眼惺忪地瞄了時鐘一眼，這才眞正清醒過來。「喔，我的天哪！我們遲到了。」

我翻翻白眼。「我就是這麼告訴妳的。我得趕緊換衣服、整理頭髮和化妝。妳趕緊去沖個澡吧，妳看起來糟透了。」

「好。」她搖搖晃晃地走入浴室。

我從抽屜翻出牛仔褲和黑毛衣，開始弄頭髮、化妝。眞不敢相信，我竟然忘了艾瑞克返校後要表演他比賽時所念的莎士比亞劇獨白。其實這幾天我根本沒擔心他會得第幾名，當人家女朋友似乎不應該這樣。沒錯，我的心思被其他事占據了，但還是不應該。所有人都覺得我很幸運，在艾瑞克逃脫愛芙羅黛蒂的可怕蜘蛛網後，能擄獲他的心。我也覺得自己很幸運，只不過我在吸吮西斯的血，或者和羅倫調情時，實在很難記得這一點。

「對不起，柔，我睡過頭了。」史蒂薇．蕾帶著一陣蒸氣從浴室走出來，邊拿著毛巾擦乾她的金色短鬈髮。她一身穿著跟我很像，不過她一定還半睡半醒，因爲她臉色蒼白，一臉疲憊，還打了個大呵欠，像貓一樣伸懶腰。

「沒有，是我的錯。」我剛剛眞不該對她發脾氣。「我早該知道最近睡眠不夠，應該設定鬧鐘的。」我想，我不該驚訝史蒂薇．蕾最近也沒睡好。我們兩個這麼要好，我壓力過大時她一定會感覺到。或許我們都需要好好昏睡一場。

「我再一分鐘就好了，只要上點睫毛膏和唇蜜，反正頭髮兩分鐘就乾了。」她說。

五分鐘後，我們離開房間。沒時間吃早餐了，我們衝出宿舍，奔向禮堂。就在燈光忽明忽滅，宣布兩分鐘後節目開始，催促大家就座之際，我們終於抵達依琳爲我們留的位置。

「一分鐘前，艾瑞克還在這裡等妳呢。」戴米恩說。我很高興見到他跟傑克坐在一塊兒，眞是一對可愛的戀人啊。

「他生氣了嗎？」我問。

「我認爲，說他困惑應該比較貼切。」簫妮說。

「或者擔憂。他看起來是一臉憂慮。」依琳補充。

我嘆一口氣。「你們沒告訴他，我睡過頭嗎？」

「所以我的孿生的才會說他一臉憂慮啊。」簫妮說。

「我把妳兩個人類朋友被害死的事情告訴他，艾瑞克知道妳一定很難過，所以才一臉憂慮。」戴米恩說，對著簫妮和依琳皺眉。

「柔，我只不過想提醒妳，艾瑞克眞的帥到讓人受不了。」依琳說。

「我也是這個意思，孿生的。」簫妮說。

「我又沒——」我氣急敗壞地辯解，不過這時燈光熄滅，打斷我的話。

戲劇課老師諾蘭走上舞台，花了點時間解釋，演員透過經典作品來磨練是很重要的，而年度莎士比亞獨白劇競賽深受全世界吸血鬼的重視。她還提醒我們，全世界二十五所夜之屋各派出該校最優秀的五名選手，也就是說，共有一百二十五名才華洋溢的雛鬼相互競爭。

「哇，我不知道艾瑞克得跟這麼多人角逐。」我小聲告訴史蒂薇·蕾。

「艾瑞克應該會大獲全勝。他眞的很棒。」她低聲回答，然後又開始打哈欠和咳嗽。

我皺眉看著她，她氣色眞差。睡了這麼久，怎麼還這麼累啊？

「對不起，」她怯怯地笑著說：「喉嚨太乾了。」

「噓！」孿生的異口同聲噓我們。

我把注意力放回諾蘭老師身上。

「比賽結果等到今天所有學生返校後才公布。待會兒介紹我們五位決賽者出場表演時，我就會宣布他們的名次。不過，現在我忍不住想告訴各位，我們的隊伍有多讓我們引以爲榮，他們每一位都表現得可圈可點。」諾蘭老師笑容滿面，然後她介紹第一位出場。這女孩名叫卡希·可蘭波，四年級生，我跟她不太熟，她在宿舍裡比較安靜、害羞。但她看起來人很好。我想，她之前應該不是黑暗女兒的成員。我在心裡暗自想著，要記得邀請她加入。諾蘭老師宣布，卡希以《無事生非》裡頭碧翠絲的獨白贏得第五十二名。

我覺得她很棒，不過下一位出場後立刻相形失色。這位是五年級的凱西．克拉梅，得到第二十五名。她表演的是《威尼斯商人》中波黠的著名獨白，開場是「慈悲並非出於勉強……」。我記得這首，因爲我在「南中」念高一時曾挑選這首來背誦。呃，凱西的表演當然把我狠狠比下去。我想，她也不是黑暗女兒的成員。哈，看來愛芙羅黛蒂不想讓自己身邊有太多戲劇天后來跟她較勁。這點還眞不令人訝異。

下一個表演者我認識，他是艾瑞克的朋友。克爾．科里夫頓的個頭很高，一頭金髮，長得挺可愛。他以羅密歐那首「輕聲啊，那邊窗兒亮起來的是什麼光？」得到第二十二名。他眞的、眞的很厲害。我聽見簫妮和依琳（尤其是簫妮）不斷讚嘆，他表演完後更是拚命鼓掌。嗯……我得跟艾瑞克談談，也許來把簫妮和克爾湊成一對。依我之見，白人男孩應該更常和其他膚色的女孩交往，才能擴展視野（對奧克拉荷馬州的白人男孩來說，尤其如此）。

說到膚色，接著上場的是黛諾。她是混血兒，美到不行，一頭讓人羨慕的秀髮，膚色像香草拿鐵。她是愛芙羅黛蒂那個小圈子裡的人，上次我參加黑暗女兒的月圓儀式，已經和她認識。愛芙羅黛蒂有三個最要好的朋友，以希臘神話中三個姊妹的名字給自己命名：黛諾、依奈莠和彭菲瑞多，意思分別是「可怕」、「好戰」和「大黃蜂」。

這些名字的確名符其實。她們三個既可惡又自私，在萬靈節儀式中見苗頭不對，竟然拋下愛芙羅黛蒂，自己落跑，而且根據我的觀察，從此之後就沒跟愛芙羅黛蒂說過話。好吧，愛芙羅黛蒂的確把事情搞砸了，而且是個不折不扣的母夜叉，但如果我搞砸事情，而且是個不折不扣的母夜叉，我很確定史蒂薇·蕾、孿生的和戴米恩絕不會背棄我。他們或許會生我的氣——對，肯定會，還會罵我神經病，但丟下我自己落跑——絕對不可能。

諾蘭老師介紹黛諾出場，宣布她得到第十一名的優異成績。然後黛諾開始念出埃及豔后死亡那一幕的獨白。我得承認，她眞的很棒，非常棒。看著她，我震懾於她的才華，忍不住開始納悶，她那種令人厭惡的母夜叉德性有多少是受到愛芙羅黛蒂的影響。自從我接掌黑暗女兒以來，愛芙羅黛蒂以前的密友沒一個惹過任何麻煩。事實上，現在我一想，才發現其實「可怕」、「好戰」和「大黃蜂」三個這陣子一直很低調。哈，我說過，我希望把愛芙羅黛蒂那個小圈子裡的成員納入新成立的領袖生委員會。或許黛諾是個合適的人選。我可以跟艾瑞克打聽她。既然愛芙羅黛蒂不再掌權，或許我可以給黛諾一個機會。我眞心希望，她的人不像名字那麼令人不安。

我還在思忖該怎麼告訴我的朋友，我想邀請「可怕」加入委員會，這時諾蘭老師回到舞台上等著觀眾安靜下來。她開始說話時，眼睛閃爍著興奮之情，彷彿整個人激動到隨時要爆開。我感覺到自己也跟著悸動起來。艾瑞克確定在前十名之內！

「艾瑞克．奈特，我們的壓軸表演者，自從三年前被標記之後，就展露無比的才華，我非常驕傲能教到他，成爲他的導師。」她說，得意地笑著。「請大家給他英雄式的熱烈掌聲，因爲他贏得了莎士比亞獨白劇國際競賽的**第一名！**」

艾瑞克面帶微笑，昂首闊步走上舞台，整個禮堂歡聲雷動。我激動得無法呼吸。我怎麼會忘了他是如此出眾超群呢？他身材挺拔——個頭兒比克爾還高——一頭黑色鬈髮像超人那麼可愛，那雙湛藍的眼睛是如此明亮，彷彿正凝視著夏日晴空。他和其他表演者一樣穿著黑色衣服，唯一跳脫黑色基底的東西就是左胸那個五年級標誌：妮克絲的金色馬車，後面拖曳著長條星河。還有，我告訴你，他穿起黑色就是比別人好看。

他走到舞台正中央，停步，直視著我（太明顯了），對我微笑，還眨眨眼。他眞的性感到要迷死我了。然後他低頭鞠躬，抬頭後彷彿變了個人，不再是十八歲的艾瑞克．奈特，不再是夜之屋的五年級雛鬼。不知怎麼辦到的，他竟然能當著所有人的面，瞬間脫胎換骨，變成北非摩爾族的戰士，對著滿屋子心存懷疑的人娓娓道出威尼斯公主是如何愛上他，而他又如何跟她墜入愛河。

她父親愛我，屢屢邀請我，
但仍質疑我的人生
一年復一年，戰役、圍城、命運，
這些我經歷過的事蹟。

化身爲奧塞羅的他讓我的視線離不開，在場的其他人也目不轉睛地看著他。我忍不住拿他和西斯相比。方式不同，但西斯跟艾瑞克一樣傑出優秀。他是斷箭中學的明星四分衛，眼前有似錦的大學生涯等著，或許還有機會成爲職業足球選手。此外，西斯也是朋友當中的領袖，跟艾瑞克一樣。我看著西斯踢球長大，曾以他爲榮，曾爲他加油喝采，只是他的才華從未像艾瑞克那樣讓我震懾。西斯唯一讓我覺得不能呼吸的時刻，就是他劃開自己的肌膚，供血給我吸吮的那一次。

艾瑞克中斷獨白，移步向前，直到舞台邊緣，離我好近，近到我站起來伸出手就能摸到。然後，他凝視我的雙眼，**對我**念完奧塞羅的句子，彷彿我就是那位不在場的德絲蒙娜。

她希望她未曾聽到這段，卻又希望
上天為她打造如此一個男子。她向我致謝，
對我表示，若我有朋友愛上她，
只須教他述說我的故事，
就能贏得她的芳心。一聽這暗示，我對她傾吐愛意。
她因我涉過的險而愛我，
我因她的憐憫而愛她。

艾瑞克以手指觸唇，然後朝我一揮，彷彿正式對我致上一吻。接著，他把手放在自己胸口，低頭鞠躬。觀眾爆出熱烈歡呼，起立鼓掌叫好。史蒂薇·蕾站在我旁邊，又哭又笑，高興地抹著淚水。

「這實在太浪漫了，我激動到差點尿褲子。」她喊著說。

「我也是。」我大笑。

然後諾蘭老師走上舞台，結束今天的表演，要大家到大廳去參加歡迎會，喝酒吃起司。

「走吧，柔。」依琳說，抓起我一隻手。

「是啊，我們要陪著妳，因爲艾瑞克那個朋友，就是飾演羅密歐的那個，實在有夠帥。」簫妮說，抓起我另外一隻手。孿生的像拖船一般，拖著我穿過人群，以肩膀擠開那些慢吞吞的學生。我莫可奈何地回頭看戴米恩和史蒂薇・蕾，發現他們顯然準備去找自己的意中人。孿生的的力道實在非我所能掌控。

我們從擁擠不堪的人群擠到禮堂外面，就像三個軟木塞，啪地從塞緊的酒瓶口彈出來。突然間，艾瑞克出現在眼前，他正從演員出入的側門走進大廳。我們四目相接，他立刻停止跟克爾交談，朝我走過來。

「嗯～～嗯～～他實在太讚～～啦。」簫妮喃喃自語。

「照例，我們英雌所見略同，孿生的。」依琳如夢如癡地嘆息。

我什麼都無法做，只能呆呆站在那裡像個白癡傻笑，等著艾瑞克走來。他眼中閃爍著淘氣的眼神，抓起我的手親吻，然後雙手攤開一鞠躬，以傳遍大廳的演員聲調說：「哈囉，我甜蜜的德絲蒙娜。」

我感覺自己臉頰發燙，還笑得花枝亂顫。他把我拉過去，給我一個溫暖但能在公眾場合給人看的擁抱。這時，我聽見令人厭惡的熟悉笑聲。愛芙羅黛蒂穿著黑色短裙、細跟長筒靴、緊身毛衣，邊笑邊走過我們身邊（事實上她比較像扭過而不是走過，我的意思是，這女孩眞的很會扭屁股）。越過艾瑞克肩頭，我看到她雙眼看著我。如果不知道那是她講的話，你會覺得那悅耳的聲音是友善的。她說：「如果他叫妳德絲蒙娜，那我建議妳可要小心嘍。只要他覺得妳可能像劇中女主角那樣欺騙他，他可會親手在床上掐死妳。不過，妳應該沒背叛過他，對吧？」說完，她甩甩那頭完美無瑕的金色長髮，扭腰擺臀離去。

半晌沒人說話。然後，孿生的幾乎同時開口說：「難題，她眞的遇上難題了。」把大家逗得哈哈大笑。

所有人都在笑，除了我以外。我現在滿腦子全是她在視聽圖書館撞見我和羅倫的場面。那情景看起來還眞像我背地裡對不起艾瑞克。她是在警告我，她會跟艾瑞克打小報告嗎？沒錯，我是不擔心他會到我床上把我掐死，不過，他會相信她嗎？還有，愛芙羅黛蒂那身從頭完美到腳的裝扮，讓我想起自己的邋遢德性：皺巴巴的牛仔褲，還有匆忙抓起來套上的毛衣。或許頭髮和臉上的妝稍微好一點，但搞不好臉頰上還有睡覺壓出來的枕頭痕跡。

「別讓她影響妳。」艾瑞克溫柔地說。

我抬頭看他。他握住我的手，低頭微笑看我。我在心裡把自己搖醒，甩開她那些話語，開朗地告訴艾瑞克：「別擔心，她影響不了我的。反正也沒人在乎她，對吧？你是冠軍欸！眞是太了不起了，艾瑞克，我好以你爲榮！」我再次擁抱他，眞愛他身上的清新氣味，也愛他的高大挺拔——這讓我覺得自己小鳥依人。隨著愈來愈多人湧出禮堂，我們這點小小的親密空間也跟著消失。

「艾瑞克，你贏得冠軍，眞是太酷了！」依琳說：「不過我們也沒太驚訝啦，你在台上本來就所向無敵。」

「完全正確。不過，那邊那個男的也很厲害。」籲妮抬起下巴對著克爾的方向點了點。

「他是個很棒的羅密歐。」

依琳笑著說：「我會把妳這番話告訴他。」

「妳還可以讓他知道，若他想找個可愛的褐色小甜心當他的茱莉葉，那麼，遠在天邊近在眼前。」籲妮指指自己，還輕輕抖一下屁股。

「孿生的，如果茱莉葉是個黑妞，我想她和羅密歐之間的結局就不會那麼慘了。我的意思是，我們有腦筋多了，才不會因爲什麼父母因素而喝毒藥，尋死尋活的。」

「就是嘛。」籲妮說。

我們沒人點出這個明顯的事實：金髮、藍色眼眸的依琳根本**不是黑妞**。不過，我們都太習慣她和籲妮是一對孿生姊妹，根本不覺得這有什麼怪異的。

「艾瑞克，你實在太棒了！」戴米恩衝過來，傑克緊跟在後。

「恭喜你。」傑克害羞地說，不過語氣絕對帶著熱情。

艾瑞克對他們笑笑。「謝謝你們。嗨，傑克，表演前我太緊張，沒來得及歡迎你來到夜之屋。眞的很高興有你當室友。」

傑克可愛的臉蛋亮起來。我讚賞地捏捏艾瑞克的手。這就是我這麼喜歡他的理由之一。艾瑞克除了外表出眾，才華洋溢，還是個眞誠善良的人。很多像他這樣的人（人氣高到不像話），要不是不正眼看這種三年級的小室友，就是更惡劣，公然對自己竟要跟個男同志住同一間寢室表示不悅。但艾瑞克完全不會這樣。想到這裡，我又忍不住拿他跟西斯比較。西斯若發現自己必須和同志男孩當室友，很可能會嚇得半死。我不是說西斯做人可惡，但他是典型的奧克仔男孩，視野狹隘，對同性戀懷有偏見。想到這裡，我突然想起我從未問過艾瑞克來自哪裡。天哪，我眞是個不夠格的女朋友。

「妳聽見我說話了嗎，柔依？」

「什麼？」戴米恩的問題讓我內心的叨叨絮絮戛然而止。不過，我的確沒聽見他說話。

「哈囉！回神了，柔依！我在問妳知不知道現在幾點了。還記得午夜要舉行月圓儀式吧？」

我瞥了一眼牆上的鐘。「啊，慘了！」已經十一點零五分，我還得換衣服，去活動中心，點燃守護圈蠟燭，確定五元素蠟燭就定位，並準備女神的供桌。「艾瑞克，對不起，我得走了。儀式開始之前有一堆事得處理。」我跟四位朋友對看一眼。「你們跟我來。」他們像彈簧頭娃娃一樣猛點頭。我轉身問艾瑞克：「你會來參加儀式吧？」

「當然。說到這我倒想起來了，我在紐約買了東西要送妳。等等，我馬上去拿來。」

他匆匆從演員出入口跑回禮堂。

「他這個人完美到令人不敢相信。」依琳說。

「希望他朋友跟他一樣棒。」簫妮說，對著大廳另一側的克爾傳送秋波，我發現他報以同樣的笑容。

「戴米恩，你幫我弄到尤加利和鼠尾草了嗎？」我開始緊張起來。該死！眞該先吃點東西的。現在胃成了個空洞，等著折磨我。

「別擔心，柔。我已經弄到尤加利，而且替妳把它和鼠尾草編在一起了。」戴米恩說。

「妳會發現一切都很順利的。」史蒂薇・蕾要我安心。

「是啊，妳不必那麼緊張嘛。」簫妮說。

「我們會陪著妳的。」依琳總結這些鼓勵的話語。

我微笑著看他們，好高興有他們這群朋友。艾瑞克回來，將手裡的白色大盒子遞給我。

我猶豫著到底要不要當場拆開，簫妮說：「柔，如果妳不拆，那我就替妳動手嘍。」

「是啊。」依琳說。

我滿心期待地拉開綁住禮盒的飾帶，打開蓋子，驚訝地倒抽一口氣。站在我身邊的其他人看見盒子裡的禮物時，也都跟我一樣，當場楞住。盒子裡是一件我前所未見的漂亮禮服。布料是黑色的，但上面綴著銀色金屬亮片，燈光一照，就閃爍耀眼，彷彿漆黑天幕上的一道道流星。

「艾瑞克，太美了。」我聲音哽咽，得努力克制，才沒高興到流淚，在人前出糗。

「我希望妳第一次以黑暗女兒領導人的身分主持儀式時，能穿上很特別的禮服。」

我們再次擁抱，然後我跟朋友離開，衝往活動中心。我將禮服抓在胸前，不去想艾瑞克幫我買這件令人讚嘆的禮服之際，我卻在吸吮西斯的血液，或跟羅倫調情。我努力不去想這些，也努力不去理會腦袋裡一個愧疚的聲音不斷迴盪：**妳不配擁有他……妳不配擁有他……妳不配擁有他……**

20

「簫妮、依琳、史蒂薇・蕾，請妳們把白蠟燭點燃。戴米恩，請你把代表元素的彩色蠟燭擺在定位。我來把妮克絲的供桌準備妥當。」

「小事——」簫妮說。

「一樁。」依琳接話。

「裝模作樣。」史蒂薇・蕾補了這句無聊的話，還押韻，惹得孿生的同步翻白眼。

「代表元素的彩色蠟燭還在儲藏室裡嗎？」戴米恩問。

「對。」我邊說邊走向廚房，很高興自己已把要放在妮克絲供桌上的鮮果、起司和火腿全擺在大盤子裡，現在只需從冰箱拿出盤子和酒，然後將這些供品整齊擺放在供桌上就成了。供桌就擺在一圈白蠟燭所圍起來的大圓圈正中央，上頭已放了一只華麗的酒盅，還有女神的美麗小雕像、一根精緻的長條狀點火器，以及代表靈的紫蠟燭。供桌象徵妮克絲賜給她的孩子——吸血鬼和雛鬼——的豐盛祝福。我喜歡擺設女神的供桌，因爲可以從中感覺到平靜，而這正是我今晚最需要的心情。我將食物和美酒擺妥，在心裡不斷複誦我在儀式過程中要說的話。瞥了一眼時鐘，我的胃開始揪緊。只剩十五分鐘。雛鬼已經開始逐批進入活動中心，不過他們有點拘謹，一群群站在角落，看著孿生的和史蒂薇·蕾點燃構成守護圈圓周的白蠟燭。或許今晚感到緊張的人不只是我。對其他人來說，由我領導黑暗女兒也是個大轉變。過去兩年來，黑暗女兒的領導人都是愛芙羅黛蒂。這段期間內，這個團體已經變成一個搞派系、勢利眼的組織，只會利用和捉弄核心圈子之外的雛鬼。

從今晚開始，一切都將不同。

我瞥了一眼我的四個朋友。大家進入活動中心之前，全都匆忙換過衣服了。大家都挑了全黑的衣物，以配合艾瑞克送給我的這件美麗禮服。我已經低頭看這身衣服無數次。它式樣簡單，卻無懈可擊。圓形領口，長袖，腰際以上採緊身設計，腰際以下是優雅的打旋長裙，飄垂到地面。領口偏低，卻沒低到像愛芙羅黛蒂上次儀式中那件那麼暴露。我一走動，衣服上面的銀色亮片就會在燭光中熠熠閃爍，而我脖子上那條銀項鍊也同時發出璀璨光芒。每位黑暗女兒和黑暗男兒都戴著類似的項鍊，但我和他們的項鍊有兩點不同：我的項鍊在三重月亮的圖案外圍有石榴石珠寶鑲飾。此外，只有我的項鍊跟人類少年屍體旁邊發現的那條一模一樣。沒錯，他們發現的那條確實不是**我的**，只是跟我的很像，像得一模一樣。

不行，今晚我不該想負面的東西。我只能專注於正面的事物，好好準備進行我第一場公開的守護圈設立儀式。戴米恩端著一個大盤子回來，盤子裡放著四支代表四元素的蠟燭。黃色代表風，紅色是火，藍色是水，綠色是土。至於代表靈的紫蠟燭已經擺在妮克絲的供桌上了。我想到這些朋友穿著一身黑，戴著代表黑暗女兒的銀色項鍊，看起來這麼迷人，就忍不住微笑。史蒂薇·蕾已經在白蠟燭圍成的圓圈的最北端站定，那是土的方位。戴米恩將綠蠟燭遞給她時，我正好轉頭過去，所以我親眼目睹他們之間發生的事情，也確定自己沒看錯。就在史蒂薇·蕾碰觸到蠟燭的剎那，她雙眼圓睜，發出奇怪的聲音，介於尖叫和愕然喘息之間。戴米恩嚇得踉蹌後退，幸好及時抓穩盤子，才沒讓盤子上其他蠟燭掉落。

「你感覺到了嗎？」史蒂薇·蕾的聲音好奇怪。她壓低聲音，聽起來卻像音量放大。

戴米恩似乎嚇得發抖，點頭說：「對，我也聞到了。」

然後他們兩人轉頭看我。

「呃，柔依，妳可以過來一下嗎？」戴米恩問，聲音聽起來又恢復正常了。若非我剛剛親眼見到他們發生的事，或許會以爲他們只是需要我去幫忙弄蠟燭。

然而，我親眼見到了，所以我才沒繼續留在圈子中央，大聲問他們有什麼事，而是趕緊跑過去，壓低聲音問：「怎麼了？」

「告訴她。」戴米恩對史蒂薇・蕾說。

史蒂薇・蕾仍雙眼圓睜，驚魂未定，一臉蒼白。她說：「妳沒聞到嗎？」

我皺起眉頭。「聞到？聞到什麼——」就在那一瞬間，我聞到了，一種青草和忍冬植物新刈的味道，以及某種別的氣味。我發誓，那氣味真的讓我想起阿嬤薰衣草田裡剛翻過的泥土。「我聞到了。」我遲疑地說，滿腹狐疑。「但我還沒把土元素召喚到圈子裡啊。」妮克絲賜給我的感應力或法力，就是讓五元素具體顯靈。即使過了一個月，我仍未搞懂我的力量究竟包含哪些成分，不過有件事我很確定：當我設立守護圈，召喚五元素，它們就會具體顯現。我召喚風的時候，會有一股風在我四周吹拂。召喚火，我的肌膚會開始發熱紅燙（老實說，還會流汗）。召喚水，會感覺到冰涼的海水湧動。召喚土，會聞到大地土味，甚至感覺腳底踩著青草地（即使穿著鞋也一樣，真的很怪）。

不過，就像我說的，我還沒開始設立守護圈，所以也還沒召喚任何元素。但史蒂薇・蕾、戴米恩和我確實清楚聞到土的氣味了。

戴米恩深吸一口氣，綻出燦爛的笑容，然後說：「史蒂薇・蕾對土有感應力！」

「什麼？」我的反應可真機靈。

「不可能。」史蒂薇・蕾說。

「試試看啊。」戴米恩說，整個人瞬間興奮起來。「史蒂薇．蕾，妳閉上眼睛，想著泥土。」然後，他看著我說：「但**妳**不可以想。」

「好。」我立刻贊同。他的興奮感染到我。若史蒂薇．蕾眞的對土有感應力，那就太棒了。對宇宙元素具感應力是妮克絲賜予的神聖禮物，我當然希望我最要好的朋友眞的擁有女神的這種恩賜。

「好。」史蒂薇．蕾的聲音聽起來很緊張，不過她還是閉上眼睛。

「怎麼了？」依琳走過來。

「她爲什麼要閉眼睛啊？」簫妮問，然後嗅嗅空氣。「這裡怎麼會有這種氣味？史蒂薇．蕾，我發誓，若妳再用南瓜味道的什麼香水，我一定把妳海扁一頓。」

「噓！」戴米恩把手指放在嘴唇上，要簫妮安靜。「我們認爲，史蒂薇．蕾對土可能有感應力。」

簫妮不敢置信地眨眨眼。「不會吧！」

「什麼？」依琳問。

「妳們這樣說話，我沒辦法專心啦。」史蒂薇．蕾說，睜眼怒視孿生的。

「對不起。」她們喃喃道歉。

「再試一次。」我鼓勵史蒂薇．蕾。

她點點頭，閉上眼睛，皺著眉頭，專心想著土。我刻意**不去**想，不過要不想也難，因爲不到幾秒鐘，空氣中就瀰漫著新刈青草和花朵的氣味，我甚至聽見鳥兒興奮啁啾，還有——

「喔，我的天哪！史蒂薇．蕾對土有感應力！」我衝口而出。

史蒂薇．蕾的眼睛睜開，雙手摀住嘴，既震驚又興奮。

「史蒂薇．蕾，眞是太不可思議了！」戴米恩說。我們恭喜擁抱她，她高興到流淚，還咯咯笑個不停。

然後，又來了，我又開始有**感覺**了。幸好這次是好的感覺。

「戴米恩、簫妮、依琳，我要你們現在進入圓圈就定位。」他們疑惑地看我一眼，不過應該已經感受到我的嚴肅口吻，因爲他們立刻遵照我的吩咐行動，朝各自的位置走去。我不是在命令他們，但他們都敬重我是見習女祭司長。

他們就定位後，我環顧已經進入活動中心的學生。現在勢必需要其他人的協助。這時艾瑞克和傑克走進來，我開心地咧嘴微笑，招手要他們過來。

「怎麼了，柔？妳看起來激動得快要爆開了。」艾瑞克說，然後他壓低聲音，以只有我聽得見的音量補了一句：「妳穿上這件禮服就跟我想像中一樣漂亮。」

「謝謝你，我好喜歡！」我快速地小小轉了一圈，一方面是在跟艾瑞克調情，另一方面是因爲我確定會發生的事情讓我無比雀躍。「傑克，你可以去戴米恩那裡，接下他手上那一盤蠟燭，然後拿回來圓圈中央嗎？」

「好啊。」傑克說，蹦蹦跳跳地跑去執行我的吩咐。好吧，他不是眞的蹦蹦跳跳，不過確實樂得很。

「怎麼了？」艾瑞克問。

「你待會兒就知道了。」我笑咧了嘴，難掩興奮的情緒。

傑克將蠟燭拿回來後，我把盤子擺在妮克絲的供桌上，集中精神，確定直覺告訴我，火是正確選擇。於是我拿起紅蠟燭，遞給艾瑞克。「好，我要你把這根蠟燭拿過去給簫妮。」

艾瑞克蹙額不解。「就只是把這個拿給她？」

「對，拿給她，然後注意。」

「注意什麼？」

「我先不說。」

他聳聳肩，投射過來的眼神顯示，雖然他認爲我很美，不過他也覺得我可能瘋了。儘管如此，他還是聽從我的吩咐，走到圓圈最南端，簫妮所立之處，那裡就是召喚火元素的方位。他在她面前站定，簫妮斜著身子，從他旁邊望著我。

「接過他手中的蠟燭。」我從圓圈中央對她喊道，然後專心想著艾瑞克好可愛，不讓自己想到火。

簫妮聳聳肩說：「好吧。」

她從艾瑞克手中接過蠟燭，我仔細觀察她的反應，但其實根本不需要，因爲發生的事情太顯目了，就連站在圓圈外的幾個學生也跟著簫妮一起倒抽一口氣。她的手一碰觸蠟燭，立刻冒出**嘶嘶**的聲音，她的黑色長髮飛揚起來，爆出響聲，彷彿充滿靜電，而那美麗的巧克力膚色開始發亮，彷彿身體裡面點了燈光。

「我就知道！」我大喊，興奮得眞的雀躍不止。

簫妮看著自己身體紅亮發光，慢慢抬起頭，凝視我的雙眼。「我有，對不對？」

「對，妳有！」

「我對火有感應力！」

「沒錯，妳是有！」我開心地大喊。

我聽見逐漸聚集的人群傳出「哇」和「啊」的驚嘆聲，但我沒時間去注意他們。我聽從自己的直覺，示意艾瑞克回到圓圈中間。他帶著燦爛笑容走過來。

「這眞是我見過最酷的事情。」他說。

「等等，如果我的直覺沒錯，嗯，我想應該沒錯，那就還不只是這樣。」我將藍蠟燭遞給他。「現在拿著這根蠟燭去給依琳。」

「隨君吩咐，使命必達。」他說，並用老派的誇張姿勢回應我。如果有誰在公開場合像他那樣鞠躬，肯定被當作呆瓜一個，但艾瑞克做起來就是一整個帥，半似紳士，半似海盜壞男孩。我繼續想著艾瑞克是多麼讓人垂涎，依琳和簫妮幾乎同時發出興奮的尖叫聲。

「看地上！」依琳指著活動中心的地板。她周圍那圈瓷磚地面出現波浪，拍打她的雙腳。事實上沒有任何東西沾濕，但依琳的確像站在海岸的幻影裡。她抬起閃爍的藍色眼眸望向我。「喔，柔！我對水有感應力！」

我對她微笑。「對，的確是。」

艾瑞克跑回我身邊。這次不用我催促，他直接拿起黃蠟燭。

「現在是戴米恩，對不對？」他說。

「完全正確。」

他走向戴米恩。戴米恩侷促不安地站在圓圈的最東端，等一下在那裡顯靈的應該是風。

艾瑞克將黃蠟燭遞給戴米恩，戴米恩沒接下，反而側身從艾瑞克旁邊望向我，滿臉驚恐。

「沒關係，接下蠟燭。」我告訴他。

「妳確定這樣可以嗎？」他緊張地環顧那群正滿心期待地注視著他的雛鬼。

我知道問題出在哪裡。戴米恩害怕他會失敗，無法顯現剛才發生在女孩子身上的神奇現象。我在社會學課堂上學過，男性很少獲得宇宙元素感應力的神聖恩賜。妮克絲會賜給男性卓越的力量，不過男性的感應力多半與身體有關。以擊劍教練龍老師來說，他就具有女神賜予的超凡敏捷力和精準視力。風當然是女性的感應力，若妮克絲眞的賜給戴米恩風的感應力，那就太不可思議了。不過我非常篤定，內心深處有一種平靜愉快的感覺。我對戴米恩點點頭，試著透過心電感應強化他的信心。「我確定你可以，行動吧。在你召喚風的時候，我會忙著想艾瑞克有多可愛。」我說。

艾瑞克轉頭對我咧嘴一笑。這時戴米恩深吸一口氣，以接下未爆彈的表情，戰戰兢兢地從艾瑞克手中接過蠟燭。

「鬼斧之境！咄咄怪事！神乎其神啊！」戴米恩動用他豐富的詞藻，驚嘆自己四周乍起一陣風，吹得他頭髮飛揚，衣服劇烈飄動。他再次看著我時，臉龐已淌下歡喜的淚水。「妮克絲給我恩賜，給**我**欸。」他鄭重地說出這幾個字。我知道他強調那個「我」，是因為他明白妮克絲認爲他是有用的人，即使他父母不這麼認爲，而且他這輩子老是被嘲笑，只因爲他是同性戀。我得用力眨眼克制情緒，才不至於感動得像嬰孩哇哇大哭。

「對，就是你。」我語氣堅定地說。

「妳這群朋友真讓人讚嘆啊，柔依。」四周的學生現在都圍在四名新產生的異能雛鬼旁邊，發出興奮的歡呼聲，但奈菲瑞特的聲音仍越過噪音，清晰地傳送過來。

女祭司長就站在活動中心入口處，我不知道她在那裡站了多久。她旁邊還有幾位老師，但他們都站在陰暗處，看不清是哪幾位。**好，妳辦得到的，妳有能力面對她**。我在心裡告訴自己，用力嚥了嚥口水，強迫自己將思緒專注在我朋友和剛才他們身上所出現的奇蹟上。

「是的，我的朋友讓人讚嘆！」我熱切地附和她的話。

奈菲瑞特點點頭。「大智慧的妮克絲恩賜妳法力，果然正確。妳是擁有罕見能力的雛鬼，就連妳身邊這群朋友也得到祝福，分別擁有不同的法力。」她以誇張的姿態張開雙手。「有史以來，從未有這麼多雛鬼在同一個時間同一個地點獲得妮克絲的恩賜。我預見，這群雛鬼將創造歷史。」她對我們所有人微笑，那笑容看起來真像慈愛的母親。若非我瞥到她前臂那條新癒的紅色傷痕，我應該會像其他人一樣，被她的溫暖與美麗所擄獲。我打了個寒顫，強迫自己將眼睛和思緒從這個確切無疑的鐵證上移開。事情已經證明，我親眼目睹的那一幕確實發生過，不是我幻想的。

太好了，這時奈菲瑞特把注意力轉回到我身上。

「柔依，我相信現在正是宣布妳對黑暗女兒和黑暗男兒改革藍圖的最好時機。」我張嘴想開始解釋我的想法（雖然我原本打算設立完守護圈，向「舊」成員證明我的確擁有妮克絲的恩賜之後，才宣布我要進行的改革），但沒人注意我。大家的注意力全被跨步走入圓圈裡的奈菲瑞特牢牢吸引。她站在離簫妮不遠處，所以簫妮身上顯現的火元素就像火焰組成的聚光燈投射在女祭司長身上。她帶著她主持儀式時那種誘人、充滿力道的口吻說話，但這一次她講出來的卻是**我的**話語、**我的**想法。

「現在該是黑暗女兒建立根基的時候了。事情已決定，柔依．紅鳥將透過她的領導，開創新時代，建立新傳統。她會組成『領袖生委員會』，裡面將包括七位雛鬼，而她則擔任『領袖生長』。委員會的其他成員分別是簫妮．科爾、依琳．貝茲、史蒂薇．蕾．強生、戴米恩．瑪斯林，以及艾瑞克．奈特。還有一個領袖生名額要從愛芙羅黛蒂以前的核心圈子裡挑選，我希望藉由這種安排，雛鬼可以團結一致。」

她希望？我咬緊牙關，努力尋思可以讓自己高興的理由。這時奈菲瑞特打住話語，等著歡呼聲平息下來（孿生的、史蒂薇．蕾、戴米恩、艾瑞克和傑克竟然也跟著大聲歡呼）。拜託，她竟然把我辛苦幾個星期的心血結晶說成**她的**點子。

「領袖生委員會將負責新的黑暗女兒和黑暗男兒的運作，其中一項就是，從今天開始，所有成員的言行都必須彰顯下列價值：風所代表的眞誠、火所代表的忠心、水所代表的智慧、土所代表的熱心，以及靈所代表的正直。若有黑暗女兒或黑暗男兒違背這些新價值，領袖生委員會就必須決定各種懲處方式，包括將該成員逐出這個團體。」她又停頓一下，我注意到在場所有人是多麼專注、嚴肅。這種神情正是我希望自己在月圓儀式宣布此事時見到的反應。「我也決定了，雛鬼應該參與社區活動。畢竟陌生會帶來恐懼與仇恨，所以我希望黑暗女兒和黑暗男兒能開始參與本地的慈善活動。多方考慮後，我認爲最合適參與的社團是流浪貓之家，這是拯救流浪貓的慈善團體。」

這番話引起歡樂、爽朗的笑聲，而這正是我告訴奈菲瑞特**我的**這個想法時，她給我的反應。我眞不敢相信，奈菲瑞特竟然把那天晚餐時我告訴她的所有想法據爲己有。

「我現在要離開，因爲這是柔依的儀式，我只是過來這裡對我這位深具天賦的雛鬼表達衷心的支持。」她給了我一個慈祥的微笑，我也對她報以笑臉。「不過，我有個禮物要先送給領袖生委員會。」她拍拍手掌，五位我從未見過的男性成鬼從門口陰暗處現身，手中拿著看似長方形厚重地磚的東西。他們把長寬約一呎見方，厚約兩吋的這幾塊東西放在她腳邊的地板上，然後退出門外。我盯著這些看起來濕答答的乳黃色東西，實在想不出到底是什麼。

奈菲瑞特的笑聲在屋內迴盪，聽得我咬緊牙關。難道沒人覺得她的聲音聽起來一副要人領情的高傲姿態嗎？

「柔依，我很驚訝妳竟然沒認出自己的點子！」

「我——我不知道這是什麼。」我說。

「這是還沒乾的水泥磚啊。我記得妳說過，妳希望領袖生委員會的成員都能留下手印，永遠保存。今晚，七位委員會成員中的六位就可以這麼做了。」

我不敢置信地看著她眨眼。太棒了，她終於至少把某樣東西歸功於我了，不過這其實是戴米恩的點子。「謝謝妳這份禮物。」我說，然後快速補上一句：「留下手印這個主意是戴米恩想出來的，不是我。」

她的笑容燦爛得令人目眩神迷。她轉身對戴米恩露出「原來如此」的笑容時，我不用看也知道他高興又害羞得扭動著身體。「這個主意眞棒啊，戴米恩。」然後她再次對全場說話。「我眞高興妮克絲對這群雛鬼的恩賜是如此豐厚。我在此要向各位說聲『祝福滿滿』，晚安！」她以優雅的屈膝禮跟所有人致意，然後在雛鬼的歡呼聲中起身，裙襬搖曳，翩然離去。

留下我站在還沒設立守護圈的燭圈正中央，感覺自己盛裝打扮，卻無處可去。

21

彷彿過了一輩子那麼久，大家才終於安靜下來，準備進行儀式。會有這種感覺，主要是因爲我不能顯露我此刻的眞正情緒——忿忿不平。沒有人會了解，也沒有人會相信我逐漸明白的這項事實：奈菲瑞特有黑暗面，她有些事情不對勁。不過話說回來，他們爲什麼要了解或相信我？畢竟我只是個學生，不管妮克絲賜給我什麼樣的法力，我還是無法跟女祭司長平起平坐。此外，儘管我所看到的片段跡象拼湊起來是如此駭人，目睹的人只有我一個。

愛芙羅黛蒂會了解的，而且她會相信我。我知道我這個想法是事實，眞恨。

「柔依，妳準備好就告訴我，我來放音樂。」傑克在活動中心後面放置音響的角落朝著我叫喊。這位新同學顯然具有電子器材方面的天分，所以我立刻將儀式的音樂交由他負責。

「好，再等一下。我準備好時，就朝你點頭，這樣可以嗎？」

「沒問題！」他笑著說。

我往後退幾步，驀然發現自己就站在奈菲瑞特剛剛站立的位置，眞是諷刺。我努力將腦袋裡那些不斷打轉的混亂與負面思緒揮開，視線掃過一整圈的人。到場的學生好多，比我預期的多。空氣仍瀰漫著興奮的情緒，但大家已安靜下來。玻璃容器裡的白色蠟燭發出純淨明亮的光芒，照亮整圈人，我看見我的四位朋友站在各自的位置，雀躍地等著我開始進行儀式。我把注意力放在他們以及他們被賜與的神奇感應力上，然後準備對傑克點頭。

「容我為妳效勞。」

羅倫低沉的聲音嚇了我一跳，害我發出難聽的小小尖叫聲。他就站在我身後的入口處。

「天哪，羅倫！你要把我嚇死了！」我來不及控制這張笨嘴，就脫口而出。不過我說的也是實話，羅倫的確把我嚇得心臟亂跳。

他顯然不在乎我說話不經過大腦，控制不了自己嘴巴，對我露出一個性感的微笑，一個久久掛在臉上的笑容。他說：「我以為妳知道我在這裡。」

「我不知道。我有點心神不寧。」

「壓力很大吧，我相信。」他撫拍我的手臂。那舉止看起來好像沒什麼特別意思。你知道的，不過是朋友或師長鼓勵你的動作。不過在我感覺起來，還真像愛撫，溫暖的愛撫。看著他燦爛的笑容，我不禁想到，他身為成鬼的直覺力能否讀出我此刻的絲毫心思。若真如此，那可真要羞死了。「我來這裡就是想幫妳紓解壓力。」

他在說笑吧？光是見到他我就快瘋了。有羅倫．布雷克在旁邊，我怎麼可能沒壓力？恐怕很難。

「是嗎？那你打算怎麼做？」我問，臉上的微笑只敢傳送一絲絲調情的意味。我知道滿屋子的人正看著我們，其中包括我的男朋友。

「我爲奈菲瑞特做的事，我也會爲妳做。」

沉默在我們之間延展，因爲我已經想入非非，想著他到底爲奈菲瑞特做過什麼事。幸好，他沒讓我胡亂臆測太久。

「每位女祭司長開始進行儀式時，都會有位詩人替她朗誦古詩，以召喚掌管藝術的繆思女神降臨。我來這裡，就是要爲一位特別的見習女祭司長吟誦一首詩。另外，我想，這裡也有些誤解需要加以澄清。」

他握起拳頭放在心臟的位置。這是大家對奈菲瑞特表示敬意的姿勢。我呆站在原地看著他，一點都不像自信、從容的女祭司長。我是說，我根本聽不懂他在說什麼。誤解？說得好像大家認爲我知道自己在幹什麼？

「不過我得先經過妳的允許。」他繼續說：「我可不想打擾妳的儀式。」

「喔，不！」才說完，我發現他一定以爲我的沉默和突然冒出的「喔，不！」代表拒絕。我鎮定下來，把話說清楚：「我的意思是，不，你不會打擾到我；還有，好，我接受你的提議，敬謹地接受。」我不禁納悶，在這個男人面前，我居然曾經覺得自己成熟又性感。

他的笑容讓我好想融化成他腳邊的一攤水。「太好了。妳準備好後，告訴我一聲，我就開始介紹妳出場。」他瞥了一眼瞠目結舌看著我們的傑克。「介意我告訴妳的助理，儀式過程有些改變嗎？」

「沒問題。」我說，感覺一整個超現實。羅倫從我身邊走過，他的手臂親暱地掠到我的手臂。我們之間這種調情的感覺是我自己想像出來的嗎？我環顧一整圈旁觀的人，發現每個人都盯著我瞧。我勉強自己朝站在史蒂薇．蕾旁邊的艾瑞克看，他對我微笑，還眨了眨眼，顯然沒察覺羅倫對我的舉動有什麼不對勁。我瞥了一眼簫妮和依琳，她們飢渴的目光緊追著羅倫。她們一定感覺到我在看她們，因為兩人都費力地將視線從羅倫的臀部移開，然後對我挑挑眉，還咧嘴笑。她們的舉止顯然跟平時一樣，沒有絲毫異常之處。

看來只有我自己因為羅倫的出現而感覺怪異。

「克制點！」我壓低聲音提醒自己。**集中精神……集中精神……集中精神……**

「柔依，我準備好了，現在就等妳了。」羅倫已回來站在我身邊。

我深吸一口氣，鎮定下來，然後抬起頭。「我準備好了。」

他黝黑的雙眸緊盯著我的眼睛。「記住，信任妳的直覺。妮克絲會跟女祭司的心說話。」然後他往前跨出幾步。

「這是喜樂之夜！」羅倫的聲音不僅低沉、表情豐富，而且帶有懾服人的威嚴。他和艾瑞克一樣，能只靠聲音就擄獲滿屋子的人。大家霎時一片靜默，熱切地期待著他的下一句話。「不過，你們應該要知道，今晚的喜樂不只是因爲妮克絲所恩賜的法力在此顯現。事實上，今晚的喜樂還來自於兩個夜晚之前，你們這位新領導人決定要帶給黑暗女兒和男兒一個嶄新的未來。」

他這句話讓我有點錯愕。我不知道其他人是否聽懂他話中的意思：想出黑暗女兒新準則的人是**我**，不是奈菲瑞特。不過我還是很感激他試圖匡正錯誤。

「爲了祝賀柔依‧紅鳥，以及她對黑暗女兒所構思的新願景，我非常榮幸，想以一首古典詩，來替你們的領袖生長暨見習女祭司長的第一場儀式做開場。這首詩講的是新生命誕生的喜樂，出自與我同姓的著名吸血鬼詩人威廉‧布雷克的手筆。」羅倫回頭看我，以唇語告訴我，**準備上場**！然後他對傑克點點頭。傑克趕緊轉身打開音響。

神奇音符飛揚整間屋子，這是恩雅那首以管弦樂伴奏的〈金牛座之星〉。我把最後的緊張情緒用力嚥下肚，開始往前走，循著圓圈外圍移動，就像奈菲瑞特和愛芙羅黛蒂主持儀式時那樣。我也和她們一樣，跟著音樂節奏，隨興轉圈或搖擺。我眞的很怕儀式中的這個部分，我的意思是，我雖然不至於笨手笨腳，卻也不是啦啦隊女孩或熱舞社成員。幸好，實際做起來比我想像中容易得多。我特別挑選這首歌曲，因爲它的節奏優美輕柔，而且我上網查過，發現金牛座之星是一顆很大的星星，所以我想，這首歌頌夜空的曲子應該很適合今晚。果然選對了，因爲我發現自己輕易就融入音樂中，讓音樂帶著我婆娑起舞，克服了起初的緊張和笨拙。羅倫開始吟誦，也呼應著音樂節奏，抑揚頓挫，一如我起舞的肢體，彷彿我們一起攜手施行魔法。

「我沒有名字，
我只有兩天大。」
我該怎麼稱呼你？
「我很快樂，
就叫喜樂吧。」
願甜美喜樂降臨你！

詩句令我振奮。我朝圓圈中心移動，感覺自己眞的已成爲詩中情感的化身。

你展顏微笑……
我稱你為甜美的喜樂。
甜美的喜樂不過兩天大，
美麗的喜樂！

我呼應詩句，露出微笑，陶醉在滿屋子伴隨音樂和羅倫聲音而來的神奇與神祕感覺中。

我唱歌的當兒——
甜美的喜樂降臨你。

不知怎麼辦到的，羅倫將時間抓得剛剛好，就在我走到圓圈正中央的妮克絲供桌時，整首詩也恰好吟誦完畢。我略微喘著氣，微笑著環顧一整圈的人，說：「歡迎來到新黑暗女兒和黑暗男兒的首次月圓儀式！」

「歡喜相聚！」眾人自動齊聲回應。

我沒讓自己有機會猶豫，直接拿起精緻的儀式專用點火器，堅定地走到戴米恩面前。設立守護圈時首先要召喚的是風，而結束守護圈時最後送走的元素也是風。戴米恩的興奮與期待彷彿一股具體的力量，清楚傳達到我身上。我微笑著看他，用力嚥了嚥口水，清清乾澀的喉嚨。開口說話時，我試著仿效奈菲瑞特將聲音送出去的感覺。我不確定自己做得好不好。這麼說吧，我覺得很慶幸，因爲出席者所圍起來的圓圈還算小，而且屋裡很安靜。

「我先召喚風來到我們的守護圈，我祈請它以智慧的力量守護我們。到我這裡來吧，風！」

我舉起點火器，碰觸戴米恩的蠟燭，蠟燭瞬間爆出火焰，活了起來。我和戴米恩霎時被一團具體可見的旋風圍繞，頭髮飛揚，我美麗衣裳的裙襬被風兒嬉鬧扯動。戴米恩笑出聲音，然後輕聲說：「對不起，對我來說，這種經驗還太新鮮，我很難不興奮過頭。」

「我完全了解。」我低聲對他說，然後向右轉，繼續沿著圓圈走向簫妮。她看起來異常嚴肅，彷彿正要參加數學考試。「放輕鬆。」我壓低聲音，盡可能不掀動嘴唇地告訴她。她猛點頭，但表情看起來仍萬分緊張。

「我要召喚火來到我們的守護圈，我祈請它帶著威力與熱情的光在這裡熊熊燃燒，守護並幫助我們。到我這裡來吧，火！」

我準備以點火器尾端碰觸簫妮手持的紅蠟燭，但還沒碰觸到，燭芯就爆出一團閃爍白焰，躍出玻璃罐燭台的邊緣。「哇塞！」簫妮低聲驚呼。

我必須閉緊嘴巴，才沒笑出聲音。接著，我快速往右走向依琳。她將藍蠟燭緊緊握在胸前等待的姿勢，眞像抓住小鳥，彷彿深怕沒抓好，鳥兒就會飛走。

「我要召喚水來到我們的守護圈，我祈請它以海洋的神祕與壯闊守護我們，並如雨水滋潤青草和樹木般地滋養我們。到我這裡來吧，水！」

我點燃依琳的藍蠟燭，接著奇怪無比的事發生了。我發誓我眞的覺得自己移動到了某處湖邊，嗅到水的氣味，而且肌膚有觸及水的冰涼感覺，雖然我清楚知道自己就站在房間正中央，絕不可能是在水邊。「我想，我應該讓水的力量變柔和一些。」依琳輕聲說。

「不用。」我低聲回答，然後走向史蒂薇·蕾。我覺得她臉色有點蒼白，不過我一走到她面前，她就露出一個大笑臉。

「我準備好了。」她冒出的巨大音量惹得四周的學生低聲竊笑。

「很好。」我說：「我要召喚土來到我們的守護圈，我祈請它帶著岩石的力量與麥田的豐盛來守護我們。到我這裡來吧，土！」我點燃綠色蠟燭，立刻被草原的氣味籠罩，四周盡是鳥語花香。

「眞是太酷了！」史蒂薇．蕾說。

「這也好酷。」艾瑞克的聲音嚇到我，我轉頭看見他指著圓圈。我大惑不解，循著他的手望過去，發現有一條美麗的銀色光圈串起我這四位朋友——四種元素的具體化身——沿著白色蠟燭照亮的圓周，構成一道力量的邊界。

「就像上次只有我們五個人時那樣，只不過現在這道光圈的力量更強。」史蒂薇．蕾悄聲說道。但從艾瑞克驚愕的表情，我知道他聽見了。看來待會兒我得對他做一番解釋了，不過這會兒當然不是擔心這個的時候。

我快速走回圓圈中央的妮克絲供桌邊，準備完成守護圈的設立。我面向供桌上的紫蠟燭。

「最後，我要召喚神靈來到我們的守護圈，我祈請它帶著洞識與眞理來到我們之間，讓黑暗女兒和黑暗男兒受到正直良善的庇護。到我這裡來吧，靈！」我點燃紫蠟燭，它燃起的火焰甚至比簫妮手中代表火元素的蠟燭更光亮，而我四周充盈著另外四元素的氣味和聲音。它們同時充盈了我，讓我感覺更強壯，更鎮定沉著，並充滿能量。我的手穩穩拿起一截由尤加利和鼠尾草編結的草束，以紫蠟燭的火焰引燃。我讓草束燃燒片刻後才吹熄，於是芬芳的煙氣像波浪一般在我周遭湧動。然後我面向圓圈，開始發表談話。稍早我一直擔心自己會沒話可說，因爲奈菲瑞特把我原本要說的話幾乎全說光了。但此刻，站在自己設立的守護圈中間，胸臆盈滿五元素的力量，我重拾信心，快速在腦袋裡重新整理話語。

我沿著圓圈繞行，邊揮舞著薰沐草束，好讓煙氣飄散。我凝視每位學生的眼睛，希望讓所有人都覺得自己備受歡迎。

「今晚，我要做的改變很多，從焚香的種類，到對待同學的方式。」我慢慢地說，讓我的話語攙和著煙氣滲進聆聽者的心裡。他們都知道，在愛芙羅黛蒂的領導下，黑暗女兒進行儀式時薰香裡攙進大量大麻。他們也知道，愛芙羅黛蒂喜歡找可憐的學生當所謂的「冰箱」或「點心櫃」，把他們的血混入大家要喝的酒裡面。但現在，只要這個團體和我有關，我就不會再讓這些事情發生。「我今晚選擇燃燒尤加利和鼠尾草，是因爲這些香草具有特殊性質。幾世紀以來，尤加利被印第安人當作治療、保護和淨化的香草使用，而白色鼠尾草則被用來祛除惡靈和負面能量。今晚，我請求五元素賜給這些香草力量，提升它們的能量。」

頓時，我四周的空氣竄動，將薰沐草束釋出的煙氣一縷縷捲起，盈滿守護圈的圓周，彷彿有一個無形巨人的手牽引著氣流。站在圓周的雛鬼各個露出敬畏的神色，竊竊細語起來。我則默默在心裡祝禱，感謝妮克絲容我如此彰顯我召喚元素的力量，讓眾人都能看見。

等眾人靜默下來，我繼續說：「月圓之時萬分神奇，這正是已知與未知世界的界限最爲稀薄，甚至消失的時刻，充滿神祕與驚奇。不過，今晚，我要特別強調月圓的另一個面向——月圓也是完成或結束某些事情的最佳時刻。今晚我要結束的是黑暗女兒和黑暗男兒過去的壞名聲。在這月圓之夜，某部分的我們已經結束，新契機正要開始。」

我以順時針方向繞著圈子走，謹愼地選擇自己的遣詞用字。「從現在開始，黑暗女兒和黑暗男兒將是個正直良善的團體，而我相信，蒙妮克絲挑選，賜予元素感應力的雛鬼，最能代表我們這個新組織所推崇的價值。」我微笑地看著戴米恩。「我的朋友戴米恩是我認識的人當中最眞誠的人。即便眞誠面對自己並不是那麼容易，他總能堅守原則。他充分彰顯了風的意義。」戴米恩的周圍揚起風，他害羞地對我微笑。

接著，我面向簫妮。「我的朋友簫妮是我見過最忠心的人。如果她決定站在你這邊，她就會永遠陪伴你，不論你做對或做錯。若你錯了，她會告訴你，但絕不會背棄你。她充分彰顯了火的意義。」簫妮的身體當然沒有燃燒，卻如火焰般灼灼發亮，摩卡咖啡色的肌膚閃爍著光芒。

我走向依琳。「我的朋友依琳的美貌有時會讓人以爲她只有頭皮以上的美麗秀髮，沒有頭皮底下的大腦。這完全不正確。她是我見過最有智慧的人。妮克絲挑選依琳，代表妮克絲看到的是她的內在而非外貌。依琳充分彰顯了水的意義。」我從她身邊走過，眞的聽到波濤拍岸的聲音。

我在史蒂薇・蕾面前站定。她似乎好疲憊，面容蒼白，掛著黑眼圈。顯然，如同往常，她過度爲我擔心。「我的朋友史蒂薇・蕾永遠知道我現在快樂或悲傷，壓力沉重或輕鬆。她爲我擔憂，爲所有的朋友掛慮。她的熱心有時候讓她過度感受別人的情緒，我很高興她現在可以感應土元素，能從大地獲得力量。史蒂薇・蕾充分彰顯了土的意義。」

我對史蒂薇・蕾微笑，她也報我以微笑，還快速眨眼，免得掉淚。然後我走到圓圈中央，放下薰沐草束，拿起紫蠟燭。「我不完美，也不想假裝自己完美，但我可以跟大家保證，我眞的誠心希望自己能爲黑暗女兒、黑暗男兒和夜之屋的所有雛鬼帶來最好的事物。」

正當我準備說我**希望**自己能彰顯靈的意義，只聽得艾瑞克的聲音揚起，從圓圈的一端傳來。「她充分彰顯了靈的意義！」

「她充分彰顯了靈的意義！」我的四個朋友高聲附和，我眞高興（也很驚訝）聽到其他幾位雛鬼也跟著這麼呼喊。

22

當我再度開始說話，眾人立刻靜默。「任何人若相信自己能尊崇黑暗女兒和黑暗男兒的價值，願意竭盡所能成爲一個眞誠、忠心、智慧、熱心及正直的人，就可以繼續留在這個團體。不過我要大家知道，我們也歡迎新的雛鬼加入，而且我們不會以他們的外貌或交遊來評斷他們。請自己做決定，來找我或其他任何一位領袖生，讓我們知道你是否願意留下來。」我看了愛芙羅黛蒂那些老朋友一眼，補上一句：「我們不會在乎你的過去，從現在起的行爲才算數。」有幾個女孩愧疚地不敢看我，另有幾個看起來好像正努力克制淚水。我尤其高興見到黛諾鎮定地迎向我的目光，坦蕩地點點頭。或許她根本一點都不「可怕」。

我放下紫蠟燭，拿起儀式用的大酒盅，裡面已經裝了甜紅酒。「現在，讓我們喝酒來慶祝月圓之夜，慶祝舊的結束，新的開始。」我繞著圓圈供酒給每位雛鬼，同時念誦一首月圓祈禱詞——這是我在一八〇〇年代初期吸血鬼桂冠詩人費歐娜所著的《水晶之月的神祕儀式》裡找到的。

月亮的輕幻光芒
深沉大地的神祕
流水的力量
灼焰的溫暖
以妮克絲之名，我們召喚你！

我專注想著古詩的優美字句，衷心希望今晚眞的成爲某些特別事物的開端。

疾病得醫治
錯誤被匡正
不淨給清除
渴望真理
以妮克絲之名，我們召喚你！

我快速繞行圓圈，眞高興多數的雛鬼都對我微笑，並在啜飲一口紅酒後，低聲說：「祝福滿滿。」我想，應該沒人在意今晚的酒裡沒有攙血，沒有攙上受欺壓的雛鬼的血。（我刻意不去想自己有多喜歡那摻和雛鬼血液的酒味。）

貓的視力
海豚的聽覺
蛇的速度
鳳凰的神祕
以妮克絲之名，我們召喚你
願你與我們同在得祝福！

我喝下最後剩下的酒，將酒盅放回供桌上。然後，我以相反順序感謝每個元素，並送走它們，而史蒂薇·蕾、依琳、簫妮，乃至於最後戴米恩，則依序吹熄他們的蠟燭。接著我說出最後結語，結束今晚的儀式。「月圓儀式到此結束。歡喜相聚，歡喜散場，期待歡喜再聚。」

眾雛鬼回應：「歡喜相聚，歡喜散場，期待歡喜再聚。」

這樣，事就成了。我身為黑暗女兒領導人的首次儀式到此結束。

儀式結束後，我感覺有點空虛和難過——你知道的，就像期待了很久的暑假終於來到，卻發現不用上課，沒事可做，而產生一種失落感。還好，我的心情沒低落太久，因為我那群朋友全圍了過來，七嘴八舌，嚷著水泥快乾了，得趕緊捺手印。

「拜託，我們還沒捺手印欸。水泥要是膽敢乾掉，就叫我那孿生的召喚水來澆灌。」簫妮說。

依琳點點頭。「這就是我在這裡的用途啊，孿生的。除此之外，我在這裡也是為了讓大家看看，什麼叫作時尚品味。」

「這兩樣的確都很重要，孿生的。」

戴米恩誇張地翻了翻白眼。

「你們大家，快點捺完手印，離開這裡吧。我的胃開始不舒服，而且頭痛得要命。」史蒂薇．蕾說。

我點點頭，完全了解史蒂薇．蕾的感覺。我們睡得太晚，沒時間進食，我也餓壞了。況且我若不趕快吃點或喝點東西，恐怕就會因爲缺乏咖啡因而開始頭痛。「我同意。我們動作快點，捺上手印，然後就可以跟其他人一起去吃東西了。」

「奈菲瑞特要廚子準備了特別的煎玉米粉捲。我剛才探頭進去偷瞄過，看起來好好吃。」戴米恩說。

「那就快點，別拖拖拉拉。」史蒂薇·蕾不悅地嘟噥著，還一腳差點踩上一塊水泥磚。

「她怎麼了？」戴米恩悄聲問。

「顯然是經前症候群作祟。」簫妮說。

「是啊，我剛剛就注意到她臉色蒼白，還像漲滿了氣，不過我可不想當壞人，說些有的沒的。」依琳說。

「反正我們就快點捺手印，去吃東西吧。」我說，挑了一塊水泥磚，眞高興看到艾瑞克挑了我旁邊那塊。

「我剛剛去廚房把一些毛巾打濕，這樣你們捺完後就可以擦手。」傑克說，手臂上掛滿了白色濕毛巾走過來，看起來很可愛，但也有些緊張。

我對他微笑。「你人眞好，傑克。好，我們快行動吧。」

近看時，我才發現水泥被倒在類似硬紙板的模子裡。我想，等水泥乾了以後，應該很容易把硬紙板撕掉吧。不過，我還是喜歡我們原來的主意：將手印放在用膳堂外的中庭，當成特殊的踏腳石。

水泥仍是濕的，我們嘻嘻哈哈地捺了手印，還用傑克幫我們找來的小樹枝簽上名字。這孩子還眞好使喚。

當我們邊用毛巾擦手，邊端詳自己的作品，艾瑞克靠過來對我說：「我眞的很高興奈菲瑞特挑選我加入領袖生委員會。」

我沒說話，點點頭。倘若我告訴他，其實是我挑選了他，而且獲得戴米恩、史蒂薇．蕾和孿生的的同意，大概會讓他覺得很掃興吧。奈菲瑞特可是大人物欸，況且，讓他以爲是奈菲瑞特親自挑選的，也沒什麼不好（除了我覺得有點受傷）。我正準備改變話題，叫大家進擺放食物的房間吃東西，突然聽到右手邊傳來奇怪的聲音。一明白這個怪聲音是什麼，我的心立刻揪緊。

史蒂薇．蕾在咳嗽。

我的右手邊是戴米恩，然後是孿生的。史蒂薇．蕾選了右側最遠端的水泥磚，那裡也最靠近擺放食物的房間的入口。已經有人在吃東西，不過約有一半的人留下來看我們捺手印，所以在史蒂薇．蕾和我之間隔了不少人，但我仍看得見她雙膝跪在水泥磚前。她一定感覺到我在看她，因爲這時她身體往後坐在自己的腳踝上，轉頭看我。我聽見她在清喉嚨。她對我露出一個疲憊的笑容，我看見她聳聳肩，以唇語告訴我：**喉嚨太乾了**。我想起獨白劇表演時她也是這麼說。那時她就在咳了。

我看也沒看艾瑞克一眼，直接告訴他：「去找奈菲瑞特，快！」

我站起來，走向史蒂薇·蕾。她已經捺好手印，也簽了名，正在用毛巾擦手。我還沒走到她那裡，她就又開始劇咳，咳到肩膀顫抖。她將毛巾壓住嘴巴。

然後，我聞到了，感覺像撞上一道隱形的牆，血液的味道撲湧上來，迷人、誘惑，但也可怕。我停下腳步，閉上眼睛，彷彿想告訴自己，只要我一動也不動，不睜開眼睛，這就不過是一場噩夢，等幾個小時後醒來，我會是在擔心月圓儀式的事情，而娜拉會趴在我枕頭上，史蒂薇·蕾則在我旁邊的床上，兩個一起安詳地打呼。

我感覺有一隻手摟著我，但我仍然一動也不動。

「她需要妳，柔依。」戴米恩的聲音聽來有點顫抖。

我睜眼看他，發現他已經哭了。「我辦不到。」

他抓住我肩膀的手更用力抓緊。「不，妳辦得到的，妳必須辦到。」

「柔依！」史蒂薇·蕾啜泣著。

我不再多想，立刻掙脫戴米恩的手，奔向我最要好的朋友。她雙膝跪地，被血浸濕的毛巾抓在胸前。她再次咳嗽作嘔，口鼻噴湧出更多的血。

「拿更多毛巾來！」我叫喚依琳。她臉色蒼白，不發一語，這會兒仍坐在史蒂薇．蕾旁邊。然後，我蹲在史蒂薇．蕾面前，安慰她：「沒事的，我保證，不會有事的。」

史蒂薇．蕾在哭，眼淚已染紅。她搖頭。「不可能沒事，不可能。我快死了。」她聲音微弱，喉嚨咕嚕咕嚕響。我知道她的肺部和喉嚨已湧滿大量的血。

「我會陪著妳，不會丟下妳的。」我說。

她抓住我的手，那手冰冷到讓我嚇一跳。「我好怕，柔。」

「我知道，我也害怕。不過，我們會一起熬過去的，我保證。」

依琳將一疊毛巾遞給我。我從史蒂薇．蕾手中拿走那條被血浸透的毛巾，用乾淨的毛巾擦拭她的臉和嘴巴。但她又開始咳，咳出好多血，我根本來不及擦拭。現在，史蒂薇．蕾顫抖得好厲害，自己拿不住毛巾。我哭著將她抱到大腿上，雙手摟著她。她彷彿變成了小孩，我開始輕輕搖晃，一遍一遍告訴她，一切都會沒事的，我不會丟下她。

「柔依，這或許有用。」我已經忘了旁邊還有其他人，所以戴米恩一出聲就嚇到我。我抬頭，看見他拿著重新點燃的綠蠟燭。它代表土。接著，不知爲什麼，我內在的直覺醒來，原本害怕、絕望的我突然覺得很平靜。

「來，戴米恩，將蠟燭拿靠近她。」

戴米恩屈膝跪下，無視於我們周圍那攤血逐漸擴大，濡濕我們。他緊靠著史蒂薇．蕾，將蠟燭舉在她面前。我沒看，但我感覺到依琳和簫妮跪在我兩側。有她們在，我開始從她們身上汲取力量。

「史蒂薇．蕾，寶貝，睜開眼睛。」我輕聲說。

史蒂薇．蕾咕嚕咕嚕地發出難聽的呼吸聲，眼皮抖動，睜開。她的眼白已完全變成紅色，粉紅淚珠不斷從慘白的臉頰滑落。但她眼睛看到了蠟燭，緊盯著不放。

「我召喚土元素現在到我們中間來。」我的聲音變得有力，而且愈來愈大聲。「我請求土降臨，與這位特別的雛鬼同在。她是史蒂薇．蕾．強生，剛獲賜對土元素的感應力。大地是我們的家，我們的供養者，我們終將返回的地方。今晚，我請求土來扶持、安慰史蒂薇．蕾，讓她的返家旅程順利安詳。」

瞬間，甜美的空氣襲來，果園的氣味與聲息籠罩著我們。我聞到了蘋果和乾草的味道，聽到鳥兒啁啾，蟲鳴唧唧。

史蒂薇．蕾血紅的雙唇在嘴角微微上揚，眼睛始終盯著綠蠟燭，低聲說：「我現在不怕了，柔。」

接著，我聽見前門被撞開，奈菲瑞特進來，蹲到我旁邊。她示意要孿生的和戴米恩退開，並打算從我懷中將史蒂薇．蕾抱過去。

「不！我們陪她。她需要她的元素，她需要我們。」我爆出的聲音力道驚人，我看見連奈菲瑞特也驚詫地往後退。

「很好。」奈菲瑞特說：「反正快結束了。拿這個給她喝下，這樣她會走得不痛苦。」

我正想從她手中接過那裝著奶狀液體的小玻璃瓶，卻聽見史蒂薇．蕾以令人驚訝的清晰聲音說：「我不需要。土元素降臨後，我就不痛苦了。」

「孩子，當然不痛苦了。」奈菲瑞特摸摸史蒂薇．蕾沾滿血的臉頰，我感覺到她的身體開始放鬆，完全不顫抖了。女祭司長抬起頭，對其他人說：「幫柔依把她抬上擔架，讓她們兩個在一起。」接著，奈菲瑞特對我說：「我們把她送到醫護室吧。」

我點點頭。幾雙有力的手抓住史蒂薇．蕾和我，沒兩下我們兩個就被抬上擔架，而史蒂薇．蕾仍躺在我的懷裡。戴米恩、簫妮、依琳和艾瑞克一路相陪，我們很快被抬到外頭黑夜中。稍後我才想起，從活動中心到醫護室這短短一段路，竟出現這麼多怪事——雪下得好大，但似乎沒有一片雪花落在我們身上。四周安靜得很不尋常，彷彿大地正在哀悼而靜止了一切運作。我不斷在史蒂薇・蕾耳邊低語，告訴她沒事的，沒什麼好怕的。我記得她彎腰趴在擔架邊，吐出好多血。我還記得猩紅色的血液滴在新落的純淨白雪上的那個景象。

我們進入醫護室，從擔架被抬到床上。奈菲瑞特揮手要我的朋友靠過來。戴米恩爬上床，緊挨著史蒂薇・蕾，手裡仍高高舉著綠蠟燭，好讓史蒂薇・蕾一睜眼就能看見。我深吸一口氣，發現四周空氣仍盈滿蘋果花香和鳥囀。

史蒂薇・蕾睜開眼睛，眨了幾下，似乎有些困惑，然後她看著我，微笑。

「可以幫我告訴我媽咪和爹地，說我愛他們嗎？」她聲音微弱，還夾帶著可怕的黏稠感覺，但我聽懂了。

「當然，我會的。」我趕緊答應她。

「還有，再替我做一件事，好嗎？」

「任何事都行。」

「妳等於好像沒有媽咪或爹地，所以妳告訴我的媽咪，妳要當他們的女兒，好嗎？我想，如果我知道你們擁有彼此，我會比較不那麼掛慮他們。」

眼淚滑落我的臉頰。我得邊啜泣，邊吸幾口氣，才能開口回答她。「什麼都別擔心，我會告訴他們的。」

她的眼皮顫動，再次微笑。「很好，媽咪會幫妳做碎巧克力餅乾的。」她費力地再次睜眼，看看戴米恩、簫妮和依琳。「你們大家要陪著柔依，別讓任何事情把你們分開。」

「別擔心。」戴米恩淚眼婆娑地輕聲說。

「我們會替妳照顧她的。」簫妮好不容易擠出這句話。依琳抓著簫妮的手，哭得好傷心，但她點點頭，還對史蒂薇．蕾微笑。

「那就好。」史蒂薇．蕾說。然後，她閉上眼睛，繼續說：「柔，我想，我要睡一下了，可以嗎？」

「好的，寶貝。」我說。

她的眼皮再次睜開，看了我一眼。「妳會陪著我嗎？」

我將她摟得更緊。「我哪裡也不去。妳儘管放心休息吧。我們都會在這裡陪妳。」

「好……」她輕聲說道。

史蒂薇．蕾閉上眼睛，冒出幾聲濃濁的呼吸聲。然後，我感覺到懷中的她全身癱軟，不再呼吸了。她的雙唇微啓，彷佛正在微笑。血從她的嘴巴、眼睛、鼻子和耳朵淌出，但我沒聞到血，只聞到大地的氣味。接著，一陣瀰漫著原野氣味的風刮起，吹熄綠色蠟燭。我最要好的朋友死了。

23

「柔依，甜心，妳得放開她。」

戴米恩的聲音無法眞正傳到我心裡。我的意思是，我聽見他在說話，但他說的彷彿是奇怪的外國話，我根本聽不懂他話語的意思。

「柔依，和我們一起走，好嗎？」

這次是簫妮在說話。**依琳不是應該會接話嗎**？我才剛冒出這念頭，就聽到這句：「是啊，柔依，妳得跟我們一起走。」**喔，是依琳**。

「她還處於驚嚇當中。慢慢地跟她說話，設法讓她放開史蒂薇·蕾的身體。」奈菲瑞特說。

史蒂薇·蕾的身體。這幾個字在我心裡詭異地迴響著。我抱著什麼東西。我只知道我抱著什麼東西。我的眼睛仍然閉著，感覺好冷。我不想睜開眼睛，而且我覺得自己永遠暖和不起來了。

「我有個主意。」戴米恩的聲音像彈珠台上的彈珠，在我心裡四處彈撞。「我們雖然沒有蠟燭，也沒有神聖的守護圈，但妮克絲仍然在啊。所以，現在我們召喚元素來幫助她吧。由我先開始。」

我感覺有一隻手抓住我的上臂，接著聽見戴米恩喃喃說話，說什麼把風召來吹走死亡與絕望的氣息。一陣大風咻咻襲來，我開始打哆嗦。

「我最好快點接上，她看起來很冷。」是簫妮的聲音。有人碰觸我的手臂，喃喃說著我沒聽懂的話，接著我感覺有一陣溫暖擁抱我，彷彿我身處柴火熊熊燃燒的壁爐旁。

「換我了。」依琳說：「我召喚水，求你洗去我朋友暨未來女祭司長的痛苦及悲傷。我知道這種情緒不可能全數消除，但求你拿走一些，好讓她承受得住。」她的話語我聽得比較清楚了，但我還是不想張開眼睛。

「守護圈還有另一個元素。」

聽到艾瑞克的聲音，我好驚訝。一方面我想睜眼看他，但另一方面我又不想移動。

「但是，彰顯神靈的都是柔依啊。」戴米恩說。

「現在柔依無法獨自彰顯什麼了，我們得幫她。」我感覺兩隻有力的手抓住我的肩膀，另兩隻手搭在我的手臂上。「我對這些元素沒有感應力，但我真的關心柔依。柔依對五種元素都具有感應力，」艾瑞克說：「所以，在她這群朋友的陪伴下，我在此請求神靈幫助她甦醒，好讓她熬過好友驟逝的痛苦。」

像遭到電擊，我的身體突然震顫，意識異常清晰。我仍閉著眼睛，但我在眼瞼裡看到史蒂薇・蕾微笑的臉。沒有血污，不再蒼白，不是那張最後一次對我微笑的臉。我看到的是健康、快樂的史蒂薇・蕾。她笑得好開心，走向一位很眼熟的美麗女性，走進她的懷抱裡。

妮克絲，我心想，**是女神擁抱著史蒂薇・蕾**。

我睜開眼睛。

「柔依！妳回神了！」戴米恩喊道。

「柔，現在妳得放開史蒂薇・蕾。」艾瑞克凝重地說。

我的視線從戴米恩身上移到艾瑞克，然後再看看簫妮和依琳。我這四位朋友的手都放在我身上，每個人都流著淚。接著，我意識到自己懷裡抱著什麼。慢慢地，我低頭往下看。

史蒂薇・蕾看起來好安詳。她很蒼白，嘴唇變成藍色，雙眼緊閉；儘管臉上沾滿血污，臉部肌肉卻很放鬆。她臉上的孔竅不再流血，但我感覺到有一股不對勁的氣味——腐壞、蒼老、死亡。幾乎像霉味。

「柔，」艾瑞克說：「妳得放開她。」

我看著他的眼睛。「可是我答應她會陪著她。」我的聲音聽起來沙啞、怪異。

「妳已經陪著她了，妳一直陪在她身邊。現在她走了，妳什麼都不能做了。」

「求求妳，柔依。」戴米恩說。

「奈菲瑞特得清理她的遺體，好讓她媽媽見她最後一面啊。」簫妮說。

「妳知道的，她一定不希望她爸媽看到她全身是血的模樣。」依琳說。

「好，可是……可是我不知道怎麼放開她。」我的聲音嘶啞，剛迸出的淚水滑落臉頰。

「我來把她從妳懷裡抱開，柔依鳥兒。」奈菲瑞特伸出手，彷彿已準備好接過我懷裡的小娃娃。她看起來是如此悲傷，如此美麗，如此堅強——如此熟悉——我甚至忘了之前對她的種種懷疑。我點點頭，身體慢慢往前傾。奈菲瑞特將手滑入史蒂薇·蕾的身體下面，從我懷裡抱走她。她抱著史蒂薇·蕾起身，調整一下姿勢，然後轉身，將她輕輕放在我旁邊的空床上。

我低頭看自己。我這身黑色新禮服浸染的血已經乾硬，衣服上的銀亮絲線在屋內煤氣燈照射下仍試圖閃耀，但現在它們發出的不是先前那種純淨的亮光，而是帶著紅銅色澤的濁光。我無法一直看著這種光。我得移動，離開這裡，脫下這身衣服。我將雙腿移到床下，試著站起來，但整個房間在搖晃，不停地搖晃。我朋友有力的手又全回到我手臂上。透過他們傳來的溫暖，我感覺自己穩穩地站在地上。

「帶她回寢室，幫她把那身衣服換下，梳洗乾淨。帶她上床，保持溫暖，別吵她。」奈菲瑞特說話的方式好像我不在場，但我不在乎。反正我不想留在這裡，這裡的一切我都不想要。「她上床前，記得給她喝下這個，可以幫她睡得安穩，不做噩夢。」我感覺到奈菲瑞特柔軟的手撫摸我的臉頰。但從她身上流到我身上的那股暖意像是電擊，我本能地往後退縮。「沒事的，柔依鳥兒。」奈菲瑞特慈祥地說：「我跟妳保證，妳會熬過去的。」我沒看她，但我知道她把注意力轉向我的朋友。「現在帶她回寢室吧。」

我往前移動。艾瑞克在我旁邊，手穩穩地扶著我的右肘；戴米恩在我左邊，也牢牢抓著我。孿生的緊緊跟在後頭。他們帶我走出醫護室時，沒人開口說話。我轉頭，看見史蒂薇．蕾已經失去生命的軀體躺在床上。她看起來好像睡著了，但我清楚知道她死了。

我們五個離開醫護室，走入白雪茫茫的夜色中。見我發抖，他們停下腳步，讓艾瑞克脫下外套披在我肩上。我喜歡他衣服的氣味，努力把注意力集中在這氣味上，不去理會周遭的雛鬼。他們或單獨一人，或三五成群，在我們經過時噤聲不語；見我們走近，就從人行道退開，低頭鞠躬，沉默地將右拳放在心臟位置。

彷彿才一眨眼，我們就抵達宿舍。一走進起居室，正在看電視或圍坐聊天的女孩立刻靜默。我沒看任何人，任憑艾瑞克和戴米恩攙扶我往樓梯走去，但才走到樓梯下方，愛芙羅黛蒂就擋住我們的路。我用力眨眼，想看清楚她的臉。她看起來好疲憊。

「我很遺憾，史蒂薇·蕾死了。我不想見到她死。」愛芙羅黛蒂說。

「別跟我們說這些鬼話，妳這個可惡的母夜叉！」簫妮咆哮。她和依琳往前跨出一步，彷彿想把愛芙羅黛蒂痛扁一頓。

「別這樣，等等。」我費力說出話來，她們楞了一下。「我得和愛芙羅黛蒂談談。」我的朋友看著我的眼神彷彿我瘋了，但我不理會，逕自走出他們攙扶的臂彎，踉蹌地往前走。愛芙羅黛蒂猶豫了一下，隨即跟上來。

「妳知道史蒂薇·蕾會出事？」我壓低聲音說：「妳的靈視有出現她的什麼景象嗎？」

愛芙羅黛蒂徐徐地搖頭。「沒有，我只有**感覺**。我感覺到今晚會有可怕的事發生。」

「我也有這種感覺。」我輕聲說。

「感覺有事情或有人不對勁？」

我點點頭。

「感覺比靈視更難掌握，因為不夠具體。妳是感覺到史蒂薇·蕾會出事嗎？」她問。

「不是，我完全沒有頭緒。不過現在回想起來，她的確有點不對勁。」

愛芙羅黛蒂注視我的眼睛。「妳不可能阻止的，妳不可能救得了她。妮克絲沒有讓妳事先知道，因爲妳無法做什麼。」

「妳怎麼知道？奈菲瑞特說妮克絲已經遺棄妳了。」我悍然地說。我故意這麼殘忍，反正我不在乎，我要所有人都跟我一樣痛苦。

她仍直視我的雙眼，說：「奈菲瑞特說謊。」她轉身準備離去，但隨即改變心意，回過頭來，說：「還有，別喝奈菲瑞特給妳的任何東西。」然後她走出宿舍。

艾瑞克、戴米恩和孿生的瞬間趕到我身旁。

「不論那母夜叉說些什麼，都別聽。」簫妮氣沖沖地說。

「如果她敢說史蒂薇．蕾的壞話，我們會去教訓她。」依琳說。

「沒有，事情不是這樣的。她只是說她很難過，如此而已。」

「妳爲什麼想跟她說話？」艾瑞克問。他和戴米恩又過來扶住我，攙著我走上樓梯。

「我想知道她的靈視有沒有預見史蒂薇．蕾會死。」我說。

「但奈菲瑞特很清楚地說了，妮克絲已經遺棄愛芙羅黛蒂。」戴米恩說。

「我就是想問問看。」我本來想補充說，愛芙羅黛蒂不是正確預見差點造成我阿嬤喪命的那樁意外嗎？但有艾瑞克在場，我不能說。我們走到我的房間門口——**我們的房間**——史蒂薇・蕾和我的房間，我停下腳步。艾瑞克替我打開門，我們跨進去。

「不！」見到屋內景象，我驚愕地喊道，「他們把她的東西拿走了！他們不能這麼做！」史蒂薇・蕾的所有東西都不見了——從她的牛仔靴檯燈和鄉村歌手肯尼・薛士尼的海報，到那只鐘面有貓王扭動屁股的時鐘，全都不見了。她電腦桌上的書架也空空蕩蕩，連電腦都被搬走了。我知道若我打開她的衣櫃，也會發現她的衣服全數不見了。

艾瑞克一隻手摟著我。「他們一向都這麼做。別擔心，他們不會丟掉她的東西。他們只是把它們搬走，免得妳看了難過。如果妳想要留下她的什麼東西，而她家人不介意的話，他們會把那東西給妳的。」

我不知道該說什麼。我不要史蒂薇・蕾的東西，我要史蒂薇・蕾。

「柔依，妳眞的得把這身衣服換掉，沖個熱水澡。」戴米恩溫柔地說。

「好。」我回答。

「趁著妳沖澡，我們去幫妳拿點吃的。」簫妮說。

「我不餓。」

「妳得吃點東西。我們幫妳弄點輕食，譬如湯之類的，好不好？」依琳說。她看起來很難過，顯然努力想替我做些什麼事，什麼事都行，只要能讓我好過些。於是我點點頭，

「好。」反正，我太累了，無法和任何人爭辯。

「我很想在這裡陪妳，不過現在已過了門禁時間，我不能留在女生宿舍。」艾瑞克說。

「沒關係，我了解。」

「我也想留下來，不過，嗯，偏偏我沒有女兒身。」戴米恩說。我知道他試圖逗我笑，所以我努力把嘴角往上揚。我想像這模樣一定很像那種看起來很恐怖的悲傷小丑，臉上畫著大笑臉和一大滴淚珠。

艾瑞克抱抱我，戴米恩也摟了摟我。然後他們離去。

「妳沖澡時，要我們其中一個留下來陪妳嗎？」簫妮問。

「不用，我沒事。」

「好吧，那……」簫妮看起來似乎又要掉淚了。

「我們會馬上回來。」依琳抓起簫妮的手，離開寢室，將門輕輕拉上。

我緩慢謹慎地移動，彷彿有人把我身體的開關「啓動」，但設定成慢速。我脫下衣服、胸罩、內褲，將它們丟入我們房間——我是說，**我的**房間——角落那個套著塑膠袋的垃圾桶裡。我將塑膠袋口綁好，放到門邊。我知道孿生的會替我把那袋衣服丟掉。我走進浴室，本想直接沖澡，不意瞥見鏡中的自己。我停止動作，凝視著自己。我又變成了一個熟悉的陌生人。我看起來很可怕，臉色蒼白，雙眼底下出現類似瘀青的黑眼圈。臉上和肩背的深藍色刺青，對照慘白的肌膚及身上的鐵鏽色血污，顯得特別醒目突兀。眼睛看起來好大，異常黝暗。黑暗女兒的專屬項鍊還沒拿下，銀色頸鍊和赤銅色石榴石墜子在燈光照射下閃閃發亮。

「爲什麼？」我喃喃地問：「爲什麼妳要讓史蒂薇．蕾死掉？」

我不是眞的期待有一聲答覆，事實上也沒有答覆的聲音傳來。我進入淋浴間，在裡面站了好久，讓眼淚和著水與血往下沖，流入排水口。

24

我從浴室出來，發現簫妮和依琳坐在史蒂薇．蕾的床上，兩人之間擺了個托盤，上面有一碗濃湯、幾片餅乾和一罐可樂，非低卡。她們本來低聲交談，一見我出來立刻閉嘴。

我嘆了口氣，坐在自己床上。「如果妳們一看到我就怪怪的，那我真不知道該怎麼辦了。」

「對不起。」她們齊聲喃喃道歉，心虛地相視一眼。然後，簫妮將托盤遞給我。我看著食物，彷彿不記得該怎麼進食。

「妳得吃點東西，待會兒才能服下奈菲瑞特要我們給妳喝的東西。」依琳說。

「而且吃點東西，妳會覺得好過些。」簫妮說。

「我想，我不可能覺得好過了。」

依琳眼眶中含滿淚水，溢了出來，滑下臉頰。「別這麼說，柔依。如果妳永遠都不好過，那代表我們也沒人可以好過。」

「妳必須努力試試啊，柔依。如果妳連試都不試，史蒂薇・蕾會生氣的。」簫妮說著，一把鼻涕一把眼淚。

「妳說得沒錯，她會生氣。」我拿起湯匙，開始喝湯。那是雞湯麵，流下喉嚨時喚起一股熟悉的溫暖感覺，在我身體裡面擴散，驅走了一點始終留滯在心底的可怕寒意。

「她一生氣，就會無法控制口音。」簫妮說。

這話惹得我和依琳不禁微笑。

「妳們大家要乖唷。」依琳帶著奧克腔鼻音，學史蒂薇・蕾說話。這是她對孿生的說過上百萬次的話。

我們都露出微笑，而湯似乎變得比較容易吞嚥了。喝到一半，我突然想到一件事。「他們不會替她舉行葬禮之類的，是吧？」

孿生的搖搖頭。「不會。」簫妮說。

「他們從未這樣做過。」依琳補充。

「嗯，孿生的，我想有些孩子的父母會舉行葬禮，不過是在他們自己家鄉舉行。」

「沒錯，孿生的。」依琳說：「可是，我想我們這裡不會有人專程去……」她聲音變小，思忖著。「史蒂薇・蕾家那個鄉下小鎮叫什麼？」

「亨利耶塔。」我說：「母鬥雞的家鄉。」

「母鬥雞？」孿生的齊聲問。

我點點頭。「史蒂薇．蕾是很鄉巴佬沒錯，但連她也受不了這個。」

「拿母雞來鬥？」籬妮看著依琳問道。

依琳聳聳肩。「我怎麼會知道，孿生的？」

「我本來以爲只有公雞會鬥。」我說。我們面面相覷，齊聲喊出：「公雞！小雞雞！」然後爆笑。很快地，笑聲中帶著淚水。「史蒂薇．蕾也一定會覺得這很好笑。」等呼吸平緩後，我這麼說。

「我們眞的可以好起來嗎，柔依？」籬妮問。

「可以嗎？」依琳重複問題。

「我想，應該是吧。」我說。

「怎麼做？」籬妮問。

「我不知道。我想，我們只能慢慢來，一天一天過。」

出乎意料，我竟將整碗濃湯喝完。果然覺得好些了——暖和些，也正常些。但我也開始覺得好累好累。孿生的必定注意到我的眼皮沉重起來，因爲依琳接過我手中的托盤，然後籬妮遞給我一小瓶乳白色液體。「奈菲瑞特說妳得喝下這個，可以讓妳睡覺不會做噩夢。」她說。

「謝謝。」我接過玻璃瓶，但沒有馬上喝。她和依琳站在原地看著我。「我待會兒就喝，等上過廁所後。妳們把可樂留在這裡，免得這東西很難喝。」

這回答似乎讓她們很滿意。離開之前簫妮說：「柔依，還要我們幫妳拿些什麼來嗎？」

「不用，謝謝。」

「如果需要什麼，隨時叫我們，好嗎？」依琳說：「我們答應過史蒂薇・蕾，要……」她的聲音哽咽起來。簫妮替她把話說完：「我們答應過她，要好好照顧妳。我們必須說到做到。」

「有需要我會叫妳們的。」我說。

「好。」她們說：「晚安……」

「晚安。」我對著逐漸關上的房門說。

她們一離開，我就將那乳白色的液體倒進水槽，然後丟掉玻璃瓶。

我又獨自一人了。我瞥了一眼鬧鐘，早上六點。真沒想到，短短幾小時就可以發生這麼多事。我努力不去回想，但史蒂薇・蕾死亡的景象不斷閃過我的腦海，彷彿我眼睛裡裝了一面播放恐怖電影的銀幕。突然，手機響起，我嚇了一跳，趕緊察看來電號碼。是阿嬤打來的！我整個人放鬆下來，彈開手機蓋，努力克制自己，免得突然哭出來。

「阿嬤，好高興妳打電話來！」

「小鳥兒，我剛剛做夢夢到妳。都還好嗎？」從她擔憂的語氣聽來，她已經知道我不好，但我不驚訝。從小到大，阿嬤和我之間就彷彿有心電感應。

「不好，所有事情都不好。」我低聲說，又開始哭。「阿嬤，史蒂薇．蕾今晚死了。」

「啊，柔依！我好難過！」

「她死在我懷裡，阿嬤，就在妮克絲賜予她土元素的感應力之後沒多久。」

「妳陪她走完最後一程，她一定很欣慰。」我聽得出來，現在阿嬤也哭了。

「我們都陪著她，我的所有朋友。」

「妮克絲也一定與她同在。」

「對。」我的聲音因啜泣而哽住。「我想，女神的確與她同在。但是有一點我不明白，阿嬤。妮克絲怎麼會賜給史蒂薇．蕾感應力，又讓她那麼快死掉？這沒道理啊。」

「死亡發生在年輕人身上，本來就沒道理。不過我相信妳的女神絕對與史蒂薇．蕾同在，雖然她這麼年輕就過世。她現在一定安詳地跟妮克絲在一起。」

「希望如此。」

「我眞希望能去看妳。不過雪下得好大，聯外道路都封閉了。唉，我今天就爲史蒂薇·蕾禁食禱告吧。妳覺得這樣如何？」

「謝謝妳，阿嬤。我知道她會很感激的。」

「還有，小寶貝，妳必須走出悲傷喔。」

「怎麼做，阿嬤？」

「讓她爲妳感到驕傲，爲她好好活著，以這種方式來紀念她。」

「很難，阿嬤，尤其這裡的成鬼要我們忘掉那些死去的孩子。那些孩子就像路面的減速丘，只能讓大家的前進速度稍微中斷一下，接著大家就像沒事發生一樣，繼續過日子。」

「我不想評斷你們的女祭司長或任何成鬼，不過這麼做似乎太短視。如果不正視死亡，反而會更難捱過。」

「我就是這麼想。事實上史蒂薇·蕾也這麼認爲。」霎時，我想到一個主意，而且心底浮出一個**感覺**：應該這麼做。「我可以改變這種做法。不管有沒有得到允許，我都要紀念史蒂薇·蕾。她絕對不只是路面減速丘。」

「可別惹上麻煩啊，小寶貝。」

「阿嬤，我是有史以來法力最強的雛鬼。我想，爲了我強烈認爲應該做的事，即使因此惹上一點麻煩，我也應該去做。」

阿嬤停頓了一會兒，然後說：「我想妳說得對，柔依鳥兒。」

「我愛妳，阿嬤。」

「我也愛妳，**嗚威記阿給亞**。」切羅基族語的「女兒」發音，總讓我覺得有人愛我，讓我充滿安全感。「現在我要妳好好睡個覺。妳要知道，我會替妳祈禱，請求我們歷代祖母的靈魂看顧妳，安慰妳。」

「謝謝妳，阿嬤。掰掰。」

「再見，柔依鳥兒。」

我輕輕蓋上手機。和阿嬤談過後，感覺好多了。之前我覺得彷彿有個無形的重量壓在胸口，現在那重量減輕了一些，我比較容易呼吸了。我在床上躺下，娜拉從房門下方的小活板門鑽進來，跳上我的床，立刻對我**喵**—**呦**—**嗚**個不停。我拍拍她，告訴她我有多高興見到她，然後瞥了一眼史蒂薇．蕾空蕩蕩的床鋪。史蒂薇．蕾總笑娜拉愛發牢騷，說她眞像個老女人，不過她對娜拉的疼愛不下於我。不斷湧出的淚水害我眼睛發燙，我納悶一個人流淚到底有沒有限度。這時手機響了一聲，有新簡訊進來。我揉揉朦朧的淚眼，將手機蓋打開。

還好嗎？我感覺有事情不對勁。

是西斯。嗯，至少現在已經可以毫無疑問地確定，他和我確實因烙印而有心電感應了。那麼，我到底該拿他怎麼辦？我實在不知道。

很不好。我最好的朋友死了。我傳簡訊回他。

他很久沒回應，我以爲他不回了。不過，最後手機還是再度響起。

我也有兩個朋友死了。

我閉上眼睛。我怎麼會忘了西斯有兩個朋友最近剛被害死呢？

我很遺憾。我回傳。

我也是。要我過去看妳嗎？

我內心立刻爆出一聲很有力的**好**！連我自己都嚇一跳。但我想，這其實沒什麼好驚訝的。陶醉在西斯的懷裡……他血液的鮮紅誘惑裡……將一切拋在腦後，當然很好。

不要。我倉促打字，手顫抖著。你得上學。

不用，下大雪放假一天。

我微笑。有那麼甜蜜的一兩秒鐘，我想像自己回到從前，下雪讓我們得到一個迷你假期，一群朋友到外頭踏雪，然後窩在一起看租來的影片，吃外送披薩。這時，手機又響了一聲，打斷我緬想過往時光。

週五我就可以去安慰妳。

我嘆了一口氣。我完全忘記答應過西斯，週五他打完球後跟他見面。我不該見他的，我知道。事實上我應該去見奈菲瑞特，向她坦承我和西斯之間的事，然後請她幫我解決。

奈菲瑞特說謊。愛芙羅黛蒂的聲音在我耳邊低語。不行，我不能去找奈菲瑞特。不只是因爲愛芙羅黛蒂這樣警告我，而且我自己也感覺到，奈菲瑞特不對勁。我不能跟她傾吐心事。手機又響起。

小柔？

我又嘆了一口氣。我好累，愈來愈無法集中注意力。我開始打簡訊，告訴西斯，不管我多想見他，就是不能和他見面了。我眞的打出「不行」兩個字，但接著，我停頓了一下，回頭把它們刪除，毅然決然地打出一個字：好。

我在搞什麼啊。我覺得自己的人生就像舊裙子的摺邊，縫線開始鬆脫。我不想拒絕西斯，而且我現在實在沒有心力去擔心我們之間的烙印問題。

就這麼說定！西斯迅速回簡訊給我。

我再度嘆氣，關上手機，重重坐在床上，撫拍著娜拉，眼神放空，好希望時鐘能倒退一天……或者一年……突然，我發現史蒂薇．蕾的床尾摺放著那件手工縫製的舊被子，顯然來清理她遺物的成鬼漏掉了。我將娜拉放在枕頭上，起身將那件被子從史蒂薇．蕾床上拉過來。然後，我和娜拉一起窩在被子底下。

我覺得身體的每個地方都好累，但就是睡不著。我想，我太思念史蒂薇．蕾的輕柔鼾聲，以及有她相伴的感覺了。一股深沉的悲傷席捲而來，我覺得自己要溺死在這股悲傷裡了。

門上傳來兩聲輕輕的敲門聲，然後房門慢慢打開。我半坐起身，看見簫妮和依琳穿著睡衣和拖鞋，手裡抱著枕頭和毯子。

「我們可以跟妳一起睡嗎？」依琳問。

「我們不想單獨睡。」簫妮說。

「是啊，我們心想，妳或許也不想自己一個人睡吧。」依琳說。

「妳們說得沒錯，我是不想。」我將淚水吞下肚子。「進來吧。」

她們拖著步伐走進來，只遲疑片刻，就跳上史蒂薇．蕾那張床。她們那隻銀灰色長毛貓咪小惡魔跳到她們兩人中間。娜拉抬起頭，從我枕頭上朝他瞄一眼，確認這隻客貓已乖乖臣服於她女王一般的威嚴之後，窩回枕頭，立刻睡著。

我幾乎快睡著時，又聽見一聲輕輕的敲門聲。這次門沒打開，所以我喊道：「哪位？」

「是我。」

簫妮、依琳和我面面相覷。我趕緊起身打開門，見到戴米恩站在走廊，穿著法蘭絨睡衣，上面布滿打著蝴蝶結的粉紅色小熊圖案。他身體有點濕，頭髮上還有未融的雪花，手裡拿著睡袋和枕頭。我抓住他的手，迅速將他拉進房。他那隻肥嘟嘟的虎斑貓坎咪踩著輕柔步履，跟著走進來。

「你在幹麼呀，戴米恩？你知道，若被人發現你跑來這裡，你會有一屁股麻煩的。」

「是啊，早過了門禁時間了。」依琳說。

「你跑來這裡，該不會是想玷污我們的童貞吧？」簫妮說，然後她和依琳互看一眼，爆笑出聲，也害我跟著笑出來。在這麼悲傷的情緒中冒出快樂的感覺，實在很奇怪。或許因爲這樣，她們的笑聲和我的笑容迅速消褪。

「史蒂薇．蕾不會希望我們放棄快樂的。」戴米恩說，打破不自在的沉默氛圍。然後他走到房間正中央，將睡袋鋪在兩張床之間的地板上。「我來這裡，是因爲我們必須守在一起，**不是**因爲我打算玷污妳們任何人。即使妳們都還是處女，我也不會這麼做。不過，我很感激妳們使用這種措詞來說我。」

依琳和簫妮哼了一聲，不過看起來顯然愉快多於不悅。我心裡暗暗記下，得找機會問問她們一些與性愛有關的問題。

「我很高興你來這裡，不過明天可就麻煩了，我們得趁著大家吃早餐或上課前忙來忙去的時候，設法把你偷渡出去。」我說，開始在腦袋裡盤算偷渡計畫。

「喔，這點妳不必擔心。成鬼已經貼出公告，因爲下雪，學校停課一天，所以不會有人在外頭跑來跑去，我隨時可以跟妳們一起走出去。」

「公告？你是說，我們必須先起床，穿好衣服，走到樓下，見到布告欄，才能知道今天不上課？這太扯了吧。」我說。

我聽得出戴米恩回答的聲音裡透著笑意。「不是。他們也像一般學校那樣，會一早透過地區電台宣布停課的消息。不過妳和史蒂薇．蕾都不聽新聞台，當妳們在……」戴米恩說話的聲音變小，我這才發現他陳述的口氣彷彿史蒂薇．蕾還活著。

「沒錯，」我趕緊接話，想幫他掩飾尷尬，「我們通常聽鄉村音樂。這樣我就會加快動作，好逃離它的魔音摧殘。」他們輕聲發笑。我等大家安靜下來後，接著說：「我不打算忘了她，我不打算假裝她的死對我毫無影響。」

「我也不要這樣。」戴米恩說。

「我也是。」簫妮說。

「一樣，孿生的。」依琳說。

過了半晌，我說：「我不認爲被妮克絲賜予感應力的雛鬼會發生這種事。我——我就是不認爲會發生這種事。」

「沒有哪個雛鬼保證一定能夠熬過蛻變。就算獲得女神恩賜，也沒有用。」戴米恩平靜地說。

「所以我們必須守在一起。」依琳說。

「只有這樣，我們才能熬過去。」簫妮說。

「是的，這就是我們要做的——守在一起。」我斬釘截鐵地說：「答應我，萬一發生最壞的狀況，我們之中還有人撐不過去，其他人一定不能忘了他。」

「我們保證。」三位朋友嚴肅地許諾。

然後，我們各自躺下睡覺。房間不再那麼寂寥了。就在我沉沉睡著之前，我低聲呢喃：「謝謝，讓我不是孤單一個人……」我不確定自己是在感謝我的朋友、女神，或者史蒂薇·蕾。

25

我的夢境下著雪。一開始我覺得好酷。我的意思是，那景象眞美……成了迪士尼童話裡的美好世界，彷彿不會有壞事發生；就算發生，也只是暫時的，因爲所有人都知道，在迪士尼的世界裡，從此以後永遠幸福快樂……

我慢慢地走，不覺得冷。感覺好像是破曉之前，但也很難說，因爲大雪紛飛，天色灰濛濛。我的頭往後仰，看著雪堆積在老橡樹的粗枝上，讓東牆顯得柔和許多，沒那麼駭人。

東牆。

夢中，我察覺這裡是東牆，不禁遲疑了一下。隨後，我看到四個身影，都披著斗篷，戴起兜帽，聚在牆上敞開的活板門前方。

不！我告訴夢裡的自己。**我不要在這裡。史蒂薇・蕾剛死，我不要。前兩次雛鬼去世後，我就是在這裡見到他們的鬼魂或靈魂，或活死人之類的。即便看得見死者的詭異能力是妮克絲賜予的，我也受夠了！我不要——**

最瘦小的那個身影一轉身，我內心的爭辯立刻潰散。是史蒂薇．蕾！但其實也不是。她看起來太過消瘦、蒼白。此外，還有其他地方不對勁。我繼續盯著她看，最初的猶疑被亟欲弄明白的念頭所克服。我的意思是，如果真的是史蒂薇．蕾，那我根本不需害怕。即使死亡讓她變得很怪，她仍是我最要好的朋友，不是嗎？我忍不住趨前，直到離那群身影才幾呎遠。我屏住呼吸，等著他們轉身攻擊我，但他們似乎完全沒注意到我的存在。在夢裡，在他們眼中，我彷彿成了隱形人。我更靠近，目光繼續凝視著史蒂薇．蕾。她看起來很糟糕——發狂似的——不安地動來動去，眼神四處飄移，彷彿非常緊張或極度恐懼。

「我們不該在這裡，我們必須離開。」

史蒂薇．蕾突然出聲，嚇了我一大跳。除了仍是一口奧克腔，那聲音聽來沒一點像原來的她。聲調變得僵硬平板，缺乏該有的情感，只有動物般的緊張情緒。

「妳不能命令我們～～」另一個披斗篷的身影低聲嘶吼，對史蒂薇．蕾齜牙咧嘴。天啊，是那個像艾略特的怪物。他雖然拱著背，姿勢怪異，身形仍顯得比史蒂薇．蕾高大，還惡狠狠地看她，眼睛發出邪惡的紅光。我開始替她擔心，不過史蒂薇．蕾沒被他恫嚇到，相反地，她也張嘴露牙，睜大猩紅色的雙眼，發出難聽的咆哮，對他厲聲說：「土有回應你嗎？沒有！」她往前移動，逼得艾略特自動後退數步。「除非土元素回應你的召喚，否則你都得聽我的！**她**就是這麼說的。」

艾略特以彆扭、僵硬的姿勢，順服地俯首鞠躬，其他兩個披斗篷的身影也跟著做。然後史蒂薇．蕾指著敞開的活板門，說：「現在，我們**快點**走。」但他們還沒移動，我就聽見圍牆另一側冒出熟悉的聲音。

「嗨，你們大家認識柔依．紅鳥吧？我得告訴她我來了——」

四個怪物以迅雷不及掩耳的速度衝出活板門去抓西斯，他的聲音瞬間消失。

「不！住手！你們在幹什麼？」我大喊。心臟撞擊得好厲害，甚至痛起來。我跑向正在關上的活板門，及時瞥見三個怪物抓住西斯。我聽見史蒂薇．蕾說：「他看到我們了，現在得跟我們走。」

「可是她說不能再這樣！」艾略特喊道，他的手緊緊抓住不斷掙扎的西斯。

「他看見我們了！」史蒂薇．蕾重複：「所以他必須跟我們走，直到她告訴我們要怎麼處置他！」

他們沒和她爭辯，開始以非常人所及的力道將西斯拖走。他的尖叫聲淹沒在大雪中。

我倏地從床上彈坐起來，呼吸困難，冷汗直流，還不斷顫抖。娜拉低聲埋怨。我環顧室內，突然驚恐起來。只剩我一個人！我剛剛夢見的是昨天發生的事嗎？我看著史蒂薇．蕾空蕩的床鋪，看著失去她所有物品的寢室。不，我不是做夢。我最要好的朋友的確死了。我任憑沉重的悲傷壓上心頭，知道我將會背負著這份哀傷很久很久。

不過，孿生的和戴米恩不是在這裡陪我睡覺嗎？我仍覺得虛脫無力，揉揉眼睛，看了一眼鬧鐘。已經下午五點了。我應該是早晨六點半到七點之間睡著的。老天，這下子該睡夠了吧。我起床，走到厚重窗簾遮掩的窗戶旁，往外望出去，眞沒想到，雪仍繼續下著。時間還早，但煤氣燈已經點燃，照亮灰濛濛的夜色。燈焰透著雪花，形成一朵朵隱約閃耀的圓形光暈。雛鬼們正在玩一般年輕人會玩的遊戲——堆雪人，打雪仗。我看見有個女孩，好像是那個在獨白劇競賽中表現優異的凱西．克拉梅，和另外兩位女孩用雪堆出天使的造型。史蒂薇．蕾肯定會喜歡雪天使。她一定會在好幾個小時前就把我叫醒，興致勃勃地把我拖到外面（不管我喜不喜歡）。想到這裡，我眞不知道該笑還是該哭。

「柔，妳醒了嗎？」簫妮從門縫試探性地喊我。

我招手要她進來。「你們都跑去哪裡了？」

「我們兩、三個小時前就醒了，正在看電影。要不要下來找我們？艾瑞克和克爾，就是他那個很棒～～的朋友，待會兒要過來。」說完，她愧疚地張望，彷彿想起史蒂薇．蕾已經離開，自己不應該表現得這麼正常。

我內心有股衝動，於是對她說：「簫妮，我們都應該好好地活下去，繼續約會，讓自己快樂，好好過日子。世事多變，生命無常。史蒂薇．蕾驟逝就足以證明這一點。所以，我們別浪費我們所擁有的時間。當我說我要大家記得她，意思不是說大家要永遠悲傷下去，而是說我們要記得她帶給我們的歡樂，讓她的笑容長駐我們心頭。要一直這樣。」

「要一直這樣。」簫妮同意我的話。

「給我幾分鐘。我換上牛仔褲，就到樓下跟你們會合。」

「好。」她咧嘴露出笑容。

簫妮離去後，我快樂的外表立刻消褪。我跟她說的那些話的確是肺腑之言，但要做到這樣，眞的好難。況且，我還沒辦法甩開那個噩夢。我知道那不過是一場夢，但仍心神不寧。在房內令人窒息的寂靜中，我彷彿還能聽到西斯的尖叫聲迴盪著。我無意識地走動，穿上最舒服的牛仔褲，和幾週前在學校福利社買的那件超大運動衫。這運動衫的胸口上繡了銀色徽章，圖案是妮克絲雙手高舉，捧著一輪滿月。不知爲什麼，看到這徽章我心情好多了。我梳了梳頭髮，看著鏡中的自己，嘆一口氣。氣色眞差啊。我拍了一點遮瑕膏在黑眼圈上，塗了睫毛膏，也搽上那條有草莓味道的閃亮唇蜜。準備好面對現實世界後，我才走下樓。

我在樓梯尾端停下腳步。景物依舊，人事已非。學生們三五成群，分別聚在幾台平面電視前。應該有人在聊天，事實上的確有人在說話，只不過氣氛顯然低落許多。我那夥朋友圍坐在我們平常最喜歡的那台電視前：孿生的坐在她們慣坐的那兩張成雙配對的絨毛椅上，戴米恩和傑克坐在情人座沙發旁的地板上（看起來一副親密恬適的樣子），而坐在情人座上的是艾瑞克。我驚訝地發現，他那位「很棒～～」的朋友克爾已經拉了一把椅子，坐在孿生的中間。我不禁嘴角上揚。這傢伙要不是太大膽，就是太白癡。大家輕聲聊天，顯然都沒在看電視上播放的電影《神鬼傳奇2》。整個景象看起來是如此熟悉，只除了兩點不一樣：第一，大家過於安靜。第二，不見史蒂薇．蕾盤腿坐在情人座上，叫大家安靜點，好讓她聽清楚影片中人物的對白。

我將喉底灼熱的、想哭的感覺用力嚥下去。我得好好過日子，**我們**都得好好過下去。

「嗨，大家。」我努力讓自己聽起來很正常。

這次，我的出現沒造成尷尬的沉默。不過，大家刻意裝出輕快語調，競相跟我打招呼的氣氛一樣彆扭。

「嗨，柔！」

「柔依！」

「妳好啊，柔！」

我在艾瑞克身邊坐下，努力不發出嘆息聲或翻白眼。艾瑞克一隻手摟著我，捏捏我的肩膀。這讓我覺得好多了，但也讓我心生愧疚。覺得好過，是因爲他是那麼體貼、帥氣，而他對我似乎眞的很有心——這一點，我至今仍不免有點驚訝。至於心生愧疚，則是因爲，唉，一言以蔽之：西斯。

「太好了！現在小柔來了，我們可以開始電影馬拉松了。」艾瑞克說。

「你是說呆瓜馬拉松吧。」簫妮嗤之以鼻。

「如果這是週末，那還眞可以說是個蠢週末呢。」依琳說。

「我來猜一猜。」我抬頭看艾瑞克。「你把DVD帶來了。」

「沒錯！」

其他人發出誇張的痛苦呻吟。

「所以，我們現在要開始看《星際大戰》了。」我說。

「唉，又來了。」他的朋友克爾嘟噥著。

簫妮對克爾揚起她修整完美的一邊眉毛，說：「看來你好像不是《星際大戰》的粉絲？」

他對著簫妮笑。從我坐的地方，都能看到他眼裡閃爍著挑逗的神采。「我來這裡可不是爲了看第N次《星際大戰》，雖然這是艾瑞克珍藏的導演剪輯版。我的確是粉絲，不過可不是黑武士和長毛怪秋巴卡的粉絲。」

「難不成你喜歡的是莉亞公主？」簫妮有備而來。

「不是，我喜歡膚色更**深**的。」他說著說著，身體就往簫妮靠過去。

「我來這裡也不是因爲我迷《星際大戰》。」傑克插話，含情脈脈地望了戴米恩一眼。依琳咯咯笑。「嗯，我們都看得出來莉亞公主不合你的口味。」

「幸好。」戴米恩說。

「眞希望史蒂薇．蕾在這裡。」艾瑞克說：「她一定會說：**你們大家，不太乖唷**。」

艾瑞克此話一出，所有人都沉默不語。我看他一眼，發現他兩頰開始變紅，看來他一開始不知道自己說了什麼話，等說完了才意識到。我笑笑，將頭靠在他肩上。「你說得沒錯，史蒂薇．蕾一定會像老媽一樣責罵我們。」

「然後她就會去幫大家做爆米花，告訴大家好好地分著吃。」戴米恩說：「不過她通常會把**好好地**說成**好好得**。」

「我就喜歡史蒂薇．蕾亂用詞性。」簫妮說。

「是啊，她奧克式的說法。」依琳說。

我們相視而笑。我感覺胸臆升起一絲溫暖。事情就是應該這樣，從微笑與愛開始。而我們也應該以這種方式來懷念史蒂薇・蕾。

「呃，我可以跟你們坐在一起嗎？」

我抬頭，看見那個可愛的德魯・帕頓緊張地站在旁邊。他面容蒼白，一臉哀傷，而且雙眼紅腫，好似哭過。我想起他凝望史蒂薇・蕾的眼神，同情地心疼了起來。

「當然可以！」我親切地告訴他：「拉張椅子過來。」此時我內心竄起一種感覺，促使我立刻補上這麼一句：「依琳旁邊有位置。」

依琳睜大她藍色的眼眸，但隨即恢復鎮定。「是啊，拉張椅子過來吧，德魯。不過，先提醒你喔，我們要看的是《星際大戰》。」

「那沒問題。」德魯說，遲疑一下後，對依琳露出笑容。

「雖然個子矮，但挺可愛。」我聽見簫妮對依琳咬耳朵，而且很確定依琳的兩腮開始泛起酡紅。

「喂，我來給大家弄爆米花吧，而且，我也需要我的——」

「可樂！」戴米恩、孿生的和艾瑞克異口同聲說。

我從艾瑞克摟著我的臂彎中起身，走到廚房。打從史蒂薇・蕾開始咳嗽，我的心情未曾像此刻這麼輕鬆過。一切都會沒事的。夜之屋是我的家，這裡的朋友就是我的家人。我應該像自己說的，一天一天好好過，一次解決一個難題。關於我複雜的男友問題，總會找出方法解決的。至於奈菲瑞特，我會盡力避開她（但可不能做得太明顯），直到我弄清楚她和那個詭異的、彷彿沒死的艾略特到底是怎麼回事。這艾略特眞的會害人做噩夢，難怪我夢中會出現那個與史蒂薇．蕾及西斯有關的可怕情節。

我在四個微波爐裡各放進一包奶油加量且爆力超強的爆米花，然後抓了幾個大碗在一旁等著。或許我應該私下再設立一個守護圈，請求妮克絲幫助我了解那噁心的艾略特到底是怎麼回事。但一想到現在沒有了史蒂薇．蕾，我的胃又開始揪緊。我要找誰來塡補她的位置呢？想到這件事，我就很不舒服，但問題終究得設法解決。就算現在不解決，就算不是爲了私下設立守護圈，下次月圓儀式之前還是得找到替補的人。想到失去史蒂薇．蕾的痛苦，想到以後的日子再也沒有她陪伴，我難過地閉上眼睛。**請告訴我，我該怎麼做**。我默默向妮克絲祈求。

「柔依，妳得到起居室來。」

艾瑞克的聲音嚇到我，我倏地睜開眼睛。他臉上的神情讓我的腎上腺素急遽竄湧全身。

「怎麼了？」

「過來吧。」他抓住我的手，我們匆忙跑出廚房。「電視在播報一則新聞。」

偌大的起居室擠滿學生，但大家安靜無聲。所有人都盯著那台大螢幕電視，畫面上雪拉．希美子正看著攝影機，凝重地播報新聞。

「……警方提醒社會大眾不要驚慌，雖然這是第三起少年失蹤案件。他們目前正在進行調查，並對福斯新聞台表示，警方已經掌握幾條可靠的線索。

「繼續為您重複這則特別快報。又有一名高中足球隊員宣告失蹤。他是斷箭中學的學生，名字是西斯．郝運。」

我再也站不住了。如果不是艾瑞克伸手摟著我的腰，把我扶到情人座坐下，我一定已經癱軟倒地。聽著雪拉繼續播報，我覺得自己快喘不過氣來了。

「西斯的小卡車被發現停在夜之屋外，不過該校的女祭司長奈菲瑞特跟警方保證，西斯絕對沒有進入該校，而且學校裡也沒人見到他。當然，這數起失蹤案件已引發諸多揣測，尤其其法醫驗屍報告指出，先前兩名失蹤少年都死於多處撕裂傷與咬傷所造成的失血過多。雖然吸血鬼吸吮人血時並不會咬人，但撕裂現象的確很符合吸血鬼的進食行為。不過有一點很重要，我們在此要提醒社會大眾，吸血鬼與人類立過具有法律約束效力的誓約，他們絕不會在違反對方意願的情況下吸吮活人血液。在十點鐘的那節新聞中，我們會有更詳盡的報導。在

此之前，若有最新消息，會隨時為您插播……」

「誰拿個碗給我，我快吐了！」我腦袋轟隆作響，但終於設法喊出這句話。碗一塞到我的手中，我立刻往裡頭狂吐。

26

「拿著，柔依。改喝這個，在嘴裡漱一漱，妳會舒服些的。」我閉著眼睛接過艾瑞克遞給我的東西，確定那只是冷水後，鬆了一口氣。我漱完後吐到那碗噁心的嘔吐物裡。

「噁，拿走。」嘔吐物的氣味撲鼻而來，我壓抑住作嘔的反射動作。我好想雙手摀臉，放聲大哭，但我知道一屋子的人正看著我，所以我慢慢挺直肩膀，將濕答答的頭髮塞到耳後。我沒有工夫驚慌，心裡已經開始盤算必須進行的事。爲了西斯。現在最重要的是西斯，不是我，更不是我想歇斯底里哭泣的情緒。「我得去找奈菲瑞特。」我堅定地說，起身後很驚訝地發現自己已經可以站得很穩。

「我和妳一起去。」艾瑞克說。

「謝謝，不過我得先回去刷牙、穿鞋子。」（我只套了厚襪子就下樓來看電視。）我給了艾瑞克一個表示感激的微笑。「我回房間一下，馬上回來。」我感覺得到孿生的準備起身跟我上樓。「我沒事的，給我幾分鐘。」說完，我轉身跑上樓。

我沒在自己寢室前停下來，而是繼續沿著走廊前進，然後向右轉彎，停在一二四號房的門外。我舉起拳頭，還沒敲門，門就打開了。

「我心想應該是妳。」愛芙羅黛蒂冷冷地看著我，不過她往旁邊讓開兩步。「進來吧。」

我走進去，驚訝地發現裡頭竟然是一個粉嫩色的漂亮房間。我還以爲她的房間會是黑暗、恐怖的，像黑寡婦的蜘蛛網。

「妳有漱口藥水嗎？我剛剛吐了，連自己都覺得口氣很噁。」

她抬起下巴，朝水槽上方的藥櫃抬了抬。「在那裡。水槽上的玻璃杯是乾淨的。」

我開始漱口，利用這個機會整理思緒。漱完後，我轉身面對她，決定不浪費時間廢話。我開門見山地說：「妳怎麼分辨靈視見到的景象是眞實的，或者只是噩夢？」

她在一張床上坐下，搖頭把那頭美麗的金色長髮甩到背後。「那是內心深處的一種感覺。出現靈視時很不好受，也絕不會像妳在電影裡看到那種撒滿花朵的鬼扯畫面。靈視的感覺很糟，至少眞正的靈視確實如此。基本上，如果那景象讓妳很痛苦，那就應該是眞的，而不是夢。」她那雙藍色眼眸仔細地打量我。「難道，妳出現靈視了？」

「我昨晚以爲那是夢，一場噩夢。但今天我認爲那很可能是靈視。」

愛芙羅黛蒂的嘴角只略略揚起。「嗯，對妳來說肯定很不好受。」

我改變話題。「奈菲瑞特是怎麼回事？」

愛芙羅黛蒂馬上面無表情，顯得很謹慎。「什麼意思？」

「我想，妳很清楚我是什麼意思。她不對勁。我要了解是怎麼回事。」

「妳是她的雛鬼，她的寵兒，她的得意門生。妳想，我會老實跟妳說她的壞話嗎？我是有一頭金髮，但絕對不像大家所說的金髮無腦。」

「如果妳心裡眞的這麼想，幹麼還提醒我不要喝她給我的那瓶藥？」

愛芙羅黛蒂的視線轉向別的地方，不看我。「我的第一個室友來到這裡六個月後死去，當時我喝了奈菲瑞特給的藥，結果那藥——那藥對我造成一些影響，持續很久的影響。」

「什麼意思？什麼樣的影響？」

「它讓我感覺很奇怪，變得冷漠抽離。而且那東西讓我不再有靈視，不是永遠消失，但持續了好幾個禮拜。接著，我開始很難記起我室友的模樣。」愛芙羅黛蒂停頓了一下，繼續說：「維納斯。她的名字是維納斯．戴維斯。妳知道，維納斯是羅馬神話中象徵愛與美的女神。」她再度抬起雙眼，凝視著我的眼睛。「所以，我以希臘神話中同樣象徵愛與美的女神的名字，給自己取名爲愛芙羅黛蒂。我們兩人很要好，而且我們覺得我們的友誼很棒。」她的眼神充滿哀戚。「我要讓自己永遠記得維納斯。我想，妳也會想記得史蒂薇．蕾吧。」

「是的，我一定會記得她。謝謝妳。」

「妳該走了。若有人發現妳在這裡跟我說話，對妳或我來說都不是好事。」愛芙羅黛蒂說。

我知道她說得沒錯，轉身朝門口走去。但她叫住我。

「她會讓妳覺得她很好，但其實不然。不是所有的光亮都是好的，所有的陰暗都不好。」

黑暗不一定等於邪惡，就像光亮未必帶來良善。我被標記那天，妮克絲對我說的話與愛芙羅黛蒂這番警告相呼應。

「換句話說，要小心奈菲瑞特，別信任她。」我說。

「對。不過我可沒這麼說。」

「說什麼？我們之間這場對話根本沒發生過。」我關上門，趕緊回自己寢室，洗完臉，刷完牙，穿上鞋子，然後回到起居室。

「準備好了？」艾瑞克問。

「我們也去。」戴米恩說，手一揮，代表孿生的、傑克和德魯都要跟著一起去。

我想告訴他們，不用勞師動眾，但我說不出口。事實上，我很高興他們都在這裡，願意挺身而出，助我一臂之力並保護我。長久以來，我一直擔心，我不同尋常的法力和女神特別揀選的詭異記印，會讓別人視我爲怪胎，害我無法融入這裡，結交不到朋友。不過事實看來正好相反。

「好，我們走。」我們朝起居室的門口走去。我不完全知道自己要對奈菲瑞特說什麼，我只知道我不能繼續保持緘默。此外，我有一種可怕的感覺：我的「夢」其實是靈視，而我所看到的「靈魂」其實不只是鬼魂。最重要的，我怕他們的確抓走了西斯。而這表示史蒂薇．蕾恐怕變成了某種可怕的東西。想到這裡，我膽戰心驚。無論如何，西斯確實失蹤了。這是無法改變的事實，而我認爲我知道是誰抓走了他（如果抓走他的不是東西，而是人的話）。

我們還沒走到門口，門就開了。奈菲瑞特無聲地飄了進來，伴隨著一陣瀰漫著冰雪氣味的風。她後面跟著馬克思和馬丁警探。他們穿著一身藍色羽絨夾克，拉鍊往上直拉到下巴。兩人的帽子都覆滿了雪，鼻子凍得發紅。奈菲瑞特照例一派從容鎮定，風采迷人。

「啊，柔依，太好了，妳在這裡。這樣我就不用去找妳了。這兩位警探帶來很不好的消息，他們還想跟妳談一下。」

我連瞧都沒瞧奈菲瑞特一眼，直接跟警探說話，但我感覺得到她全身緊繃。「我已經從電視上聽到西斯失蹤的消息。如果有什麼我幫得上忙的，我一定全力協助。」

「我們可以再使用圖書室嗎？」馬克思警探問。

「當然可以。」奈菲瑞特毫不猶豫地說。

我跟著奈菲瑞特和兩位警探離開起居室，但半途停頓了一下，回頭瞥了艾瑞克一眼。

「我們會在這裡的。」他說。

「我們全都會在這裡等妳。」戴米恩說。

我點點頭，感覺好多了，然後走進圖書室。我的腳才踏進去，馬丁警探就開始質問我。

「柔依，可以請妳說明一下今天早上六點半到八點半之間，妳人在哪裡嗎？」

我點點頭。「我在樓上我的寢室裡。那時我正在跟我阿嬤講電話，後來西斯和我傳簡訊，來回傳了幾次。」我的手伸入牛仔褲口袋，掏出手機。「我還沒把簡訊刪除，要的話可以給你們看。」

「妳不必把手機給他們看，柔依。」奈菲瑞特說。

我努力對她擠出笑容。「沒關係，我不介意。」

馬丁警探接過我的手機，開始瀏覽一則則的簡訊，並抄錄在一冊小筆記本裡。

「妳今天早上見到了西斯嗎？」馬克思警探問。

「沒有。他是有問我，能否過來找我，我告訴他不行。」

「這則簡訊說妳打算週五和他見面。」馬丁警探說。

我可以感覺到奈菲瑞特銳利的目光盯著我。我深吸一口氣。現在我能做的，就是盡我所能地陳述事實。

「沒錯，我是打算他週五踢完球後去找他。」

「柔依，妳應該知道，學校嚴格禁止你們繼續跟舊日生活裡認識的人類交往。」我第一次注意到，她提到**人類**時語氣裡充滿厭惡。

「我知道。對不起。」我現在說的這些也是事實，只不過省略了吸血、烙印，以及「我再也不相信妳」等細節。「但是西斯和我之間有太多過去，即使我知道自己不該再和他見面，我一時之間還是很難完全不跟他聯絡。我以爲，如果我去見他，當著他的面一次把話說清楚，讓他知道爲什麼我們不能再相見，或許事情會比較容易解決。我是應該告訴妳，不過我想自己處理看看。」

「所以，妳今早沒跟他見面？」馬克思警探又問了一次。

「沒有。我們傳完簡訊後，我就上床睡覺。」

「有人可以證明那時間妳眞的在寢室睡覺嗎？」馬丁警探問，將手機遞還給我。

奈菲瑞特冷冰冰的聲音說：「先生，我已經跟你們解釋過，昨天柔依剛經歷室友驟逝的打擊。所以，怎麼可能有人可以證明那段時間她的確在——」

「呃，不好意思，奈菲瑞特，不過事實上我不是一個人睡覺。我朋友簫妮和依琳不想讓我獨處，所以她們過來我房間，陪我一起睡。」我省略戴米恩。沒道理讓他惹上麻煩。

「喔，她們眞體貼。」奈菲瑞特溫柔地說，才一眨眼工夫就從可怕的吸血鬼變成關愛的母親。我努力不去想**我才不會受她的騙呢**。

「對於西斯的下落，你們有任何想法嗎？」我問馬克思。兩個警探當中，我還是比較喜歡他。

「沒有。他的卡車在離貴校圍牆不遠處被發現，不過雪下得很急，他可能留下的足印全被雪覆蓋了。」

「我想，兩位與其浪費時間在這裡詢問我的雛鬼，倒不如把時間用來搜索溝渠。」奈菲瑞特這種不屑的口氣讓我好想尖叫。

「夫人？」馬克思說。

「這件事在我看來很清楚，這孩子想再跑來見柔依。畢竟上個月他和他那個女朋友才爬上我們的圍牆，說要把柔依劫走。」奈菲瑞特不屑地揮揮手，說：「那時他酒醉又嗑藥。很可能今天早上他也是喝了酒，嗑了藥，結果雪太大，他跌進了哪裡的溝渠。醉漢不是通常在那種地方被發現嗎？」

「夫人，他是少年，不是醉漢，而且他父母和朋友都說他已經一個月沒碰酒了。」

從奈菲瑞特那聲輕笑聽來，她顯然不相信他的話。不過，讓我驚訝的是，馬克思完全不理會她，逕自仔細打量我，然後問我，「妳覺得呢，柔依？你們交往過兩、三年，對吧？妳想得出他可能去哪裡嗎？」

「如果卡車是在這附近找到，那我就不知道了。如果他的卡車是在斷箭市的橡林路附近失蹤，那我可以告訴你們，他可能要去哪裡參加啤酒派對。」我無意開玩笑，更何況奈菲瑞特才剛侮辱西斯是酒鬼。不過馬克思警探一聽這話，還是得努力克制才沒笑出來。見他這模樣，我突然覺得他還挺友善，甚至稱得上是和藹可親。我衝口而出：「不過今天早上我做了一個奇怪的夢，或許這不是夢，而是與西斯有關的靈視。」來不及改變心意了。

在眾人吃驚的沉默中，奈菲瑞特開口講話的聲音聽起來急促又刺耳。「柔依，妳以前從未表現出預言或靈視方面的感應力啊。」

「我知道。」我故意讓自己的語氣顯得不太確定，甚至有點害怕（害怕這部分不完全是裝出來的）。「不過很奇怪，我夢見西斯在東牆外，他就是在那裡被抓走的。」

「被什麼抓走，柔依？」馬克思警探的口氣很急。他顯然把我的話當一回事。

「我不知道。」這句話絕對不是謊言。「我只知道不是雛鬼或成鬼。在我的夢裡，有四個披斗篷的身影將他拖走。」

「妳見到他們去哪裡嗎？」

「沒有。我大聲尖叫，呼喚西斯，然後就醒了。」我根本不必裝，我眼裡已盈滿淚水。

「或許你們應該在學校周遭仔細搜索。那裡有什麼東西出沒，會抓走學生，但那東西肯定不是我們。」

「當然不是我們。」奈菲瑞特走過來，一隻手摟著我，拍拍我的肩膀，以母親般溫柔的聲音說：「兩位先生，我想，柔依一天內已經承受太多痛苦了。現在，何不讓我介紹你們見見簫妮和依琳？我相信她們可以提供她的不在場證明。」

不在場證明。這個法律用語聽起來真嚇人。

「如果妳想起任何事情，或者又做了任何怪夢，請儘管隨時告訴我，不管白天或晚上。」馬克思警探說。

這是他第二次遞名片給我。還真是鍥而不捨啊。我接過他的名片，向他致謝。然後，就在奈菲瑞特要帶領他離開之際，馬克思猶豫了一下，折回來找我。

「我的雙胞胎妹妹十五年前被標記，經歷蛻變。」他輕聲說：「她和我仍然很親，雖然她應該要忘記原生的人類家庭。所以，當我說妳隨時可以打電話給我，告訴我任何事情，我是眞心誠意的。請相信我。妳眞的可以信任我。」

「馬克思警探？」奈菲瑞特站在門口喚他。

「我只是再次謝謝柔依，並對她的室友表達哀悼之意。」他毫不遲疑地回答，並大步走出房間。

我留在原地，努力整理思緒。馬克思的妹妹是吸血鬼？嗯，這其實不奇怪。奇怪的是他仍然愛她。搞不好我眞的可以信任他。

門喀地一聲關上，嚇了我一跳。奈菲瑞特背貼著門，站在那裡端詳我。

「妳是不是把西斯烙印了？」

霎時，我嚇得臉色發白，冷汗直冒。她就要看穿我了。我一直在欺騙自己，以爲瞞得過她。我怎麼可能是女祭司長的對手呢？但緊接著，我感受到輕柔的微風吹來……無形火焰的溫暖……春雨的清新氣息……肥沃草地的青翠甜美……元素的強大力量灌入我的靈魂裡。我的自信重新燃起，我直視奈菲瑞特的眼睛。

「可是妳說應該不會的。妳之前告訴我，我和他在圍牆上發生的事情不足以造成烙印。」我設法讓自己的聲音聽起來沮喪又困惑。

她的雙肩放鬆，但動作細微到難以察覺。「那時候我的確不認爲妳將他烙印了。所以，妳是說從那次起，妳就沒跟他在一起？沒有再次吸他的血？」

「再次？」我讓自己的語氣顯得很震驚，就像每次出現那種令人不安卻誘人的念頭，想吸吮西斯血液時會有的感覺。「不過，那次我應該沒有眞的**吸吮**他的血，對不對？」

「沒有，當然沒有。」奈菲瑞特跟我保證。「妳對他做的事沒什麼，眞的沒什麼。只是妳的夢讓我很好奇，妳是否又跟妳男友在一起。」

「是前男友。」我幾乎是不自覺地糾正她。「沒有，我們沒在一起。不過他最近經常傳簡訊、打電話給我，所以我才在想，或許最好跟他見個面，一次把話說清楚，讓他了解我們不可能再見面。對不起，我應該告訴妳的，不過我眞的想自己解決。我的意思是，是我讓自己陷入這種混亂中，我應該要能夠自己脫離這種處境。」

「妳負責任的態度我很欣賞。不過我認爲，妳讓警探以爲妳的夢境可能是一種靈視，這種做法很不智。」

「可是那夢境好眞實。」我說。

「我相信是很眞實。柔依，妳昨晚服用了我給妳的藥嗎？」

「妳是說那瓶乳白色的東西？有，簫妮有拿給我。」她的確拿給了我，只不過我把那鬼東西倒進水槽裡了。

奈菲瑞特看起來似乎更加放心了。「很好。如果妳繼續做噩夢，就來找我，我會給妳效力更強的藥，這樣妳應該就不會再做噩夢。不過，我顯然低估了妳需要的劑量。」

她低估的根本不是劑量。

我對她露出笑容。「謝謝，奈菲瑞特，眞的謝謝妳。」

「嗯，妳現在該回去找妳的朋友了。他們很保護妳，我相信他們現在一定很擔心。」

我點點頭，跟著她回到起居室。當她在眾人面前擁抱我，以母親的溫暖語氣跟我道別，我小心地不露出厭惡的表情。事實上，她的確很像一個母親，尤其是**我的**母親，琳達·海肥。這個女人爲了一個男人背棄我，她對自己和家庭表象的在意，遠多於對我的關心。奈菲瑞特和琳達之間的相似之處，愈來愈明顯了。

27

他們離開後，我們又圍坐在一起。不過，儘管整間起居室已恢復常態，大家都卻很少開口交談。我注意到，沒有人把本地新聞台的頻道轉開。《星際大戰》的DVD已被遺忘，至少今晚會被丟在一旁。

「妳還好嗎？」終於，艾瑞克打破沉默，輕聲問我。他再度伸手環住我的肩膀。我緊緊地依偎著他。

「沒事，我很好。」

「那兩個警探帶來什麼關於西斯的消息嗎？」戴米恩問。

「就只是那些我們已經知道的事。」我說：「就算他們知道些什麼別的事，他們也沒告訴我。」

「我們能做些什麼嗎？」蕭妮問。

我搖搖頭。「就盯著電視新聞台吧，看看十點新聞怎麼說。」

大家低聲答應，都回頭盯著電視，觀賞重播的長青影集《威爾和格蕾絲》，等著十點新聞。我眼睛呆望著電視螢幕，心裡不斷想著西斯。對他，我有不好的預感嗎？當然有。不過那預感跟我對克里斯．福特和布雷德．西俊斯的預感相同嗎？不，我不認爲相同。我不知道該怎麼解釋，不過我的直覺告訴我西斯身陷險境，但沒說他已經死了。至少還沒死。

我愈想著西斯，就愈焦躁。等播報晚間新聞時，我幾乎無法好好坐著看完有關大雪的新聞。據報導，這場暴風雪來得出人意料，已導致陶沙市和鄰近地區出現雪盲現象，能見度極低，一出門就不辨方位。跟大家一起看著市區和高速公路上那彷彿彗星撞擊或核戰後的荒涼鏡頭，我坐立難安。

關於西斯的新聞，沒什麼新的進展。只有一則令人沮喪的報導提到，氣候阻礙了搜尋行動。

「我必須去。」我脫口而出，隨即站起來。我的理智還來不及提醒我，我根本不知道自己要去哪裡，以及該怎麼去到那裡。

「去哪裡，柔？」艾瑞克問。

我的心四處游移，最後落在一個地方：在充滿壓力、混亂與瘋狂的世界中，一個令人安心、平靜的小島。

「我要去馬舍。」艾瑞克的表情就跟其他人一樣茫然。「蕾諾比亞說，我任何時候都可以去給普西芬妮刷刷毛。」我聳聳肩說：「幫她刷毛可以讓我感覺平靜，而現在我正需要平靜。」

「嗯，好，我也喜歡馬。我們就去幫普西芬妮刷毛吧。」艾瑞克說。

「我必須一個人去。」這句話聽起來好刺耳。我沒有意思要這樣傷他的心。於是，我趕緊坐回到他身旁，把自己的手塞入他的掌心，安慰他。「對不起，我只是需要時間思考一下，而我必須獨處才能思考。」

他的藍色眼眸看起來好難過，不過他還是對我擠出一抹淡淡的微笑。「那我陪妳走到馬舍，再回來這裡，趁妳獨處思考時幫妳盯著新聞。」

「這樣好。」

我眞討厭見到朋友臉上那種擔憂的表情，不過我實在做不了什麼來讓他們寬心。艾瑞克和我懶得去拿大衣，反正馬舍離這裡很近，應該沒機會冷到。

「雪下得眞大啊。」我們沿著人行道走一小段路後，艾瑞克這麼說。有人來鏟過雪了，因爲人行道上的積雪不像旁邊地面那麼深。不過下雪速度顯然快於鏟雪速度，所以人行道上的積雪也已深達小腿肚。

「我記得六、七歲時，那年也像這樣下大雪。那次剛好是聖誕節假期，沒機會放暴雪假，我們都很氣。」

艾瑞克的反應就像一般男孩子那樣，沒特別說什麼，只含糊地嘟噥一聲當作回應，然後我們一路上沉默地往前走。平常我們不說話時不覺得尷尬，但此刻的氣氛令人不安。我不知道該說什麼，該如何讓氣氛變得輕鬆些。

艾瑞克清了清喉嚨。「妳還關心他，對吧？我的意思是，他不像只是一個前男友。」

「對。」艾瑞克值得讓我誠實以對，況且我實在厭倦撒謊。

我們走到馬舍門口，站在煤氣燈的昏黃光暈下。有入口通道遮蔽，我們免受惡雪直接侵襲，兩人就像站在巨大雪球的眞空泡泡裡。

「那我呢？」艾瑞克問。

我抬頭看他。「我也在乎你。艾瑞克，我希望自己有能力把問題解決，讓一切不好的事消失，但我辦不到。西斯的事我不想對你撒謊。我想，我是將他烙印了。」

我看見艾瑞克眼裡的驚訝神情。「就那次在圍牆上？柔，那次我人可是在場，妳幾乎沒有嘗到他的血啊。他只是不想失去妳，所以才會糾纏不休。我不會怪他的。」他苦笑。

「我又和他見過一次面。」

「什麼？」

「兩天前我睡不著，自己一個人去尤帝卡廣場的星巴克坐坐，沒想到他在那裡張貼尋找布雷德的傳單。我不是故意和他見面的，如果我知道他會在那裡，我絕對不會去。這點我可以跟你保證，艾瑞克。」

「可是妳畢竟跟他見面了。」

我點點頭。

「而且妳吸了他的血？」

「事情就——就那樣發生了。我也不想，但他割傷自己，故意的，然後我就情不自禁。」我目光直視著他，希望透過眼神求他諒解。現在我和艾瑞克真的很有可能分手了。這時，我才發現自己多麼不想見到這種事發生。不過，我對艾瑞克的不捨，一點也無助於解決我因爲仍然在乎西斯而造成的壓力或困惑。「對不起，艾瑞克。我不希望發生這樣的事，但事情就這樣發生了。現在西斯和我有了這層關係，我實在不知道該怎麼辦。」

他深深地嘆一口氣，伸手拂掉我頭髮上的雪。「嗯，可是妳和我也有關係啊。等到有一天，我們都熬過這該死的蛻變，我們就是同類了。我不會變成滿臉皺紋的老頭子，早妳幾十年去世。和我在一起，不會有吸血鬼在旁邊竊竊私語，也不會有人類因此憎恨妳。我們在一起很正常，既合情又合理。」然後，他把手放到我的頸後，將我拉向他，朝我嘴巴用力吻下去。他的唇冰涼但甜蜜。我雙手攬住他的肩，回應他的吻。一開始我只是想讓他不再有受傷的感覺，但我們吻得愈來愈火熱，兩人緊緊相擁。和西斯在一起時，我會被一種盲目的嗜血衝動所淹沒。艾瑞克不會給我那種感覺，但我還是喜歡親吻艾瑞克，吻他讓我覺得整個人好溫暖，好陶醉。唉，重點是我喜歡**他**，而且喜歡得不得了。況且他說得對，他和我才是天造地設的一雙，西斯和我不可能有結果。

吻完後，我們兩個都氣喘吁吁。我捧著艾瑞克的臉，告訴他：「我眞的好抱歉。」艾瑞克的臉轉向一旁，親吻我的掌心。「我們會想出辦法的。」

「希望如此。」我喃喃地說，比較像自言自語，而不是回答他。然後我退開幾步，手放在鐵鑄的老舊門把上。「謝謝你陪我走到這裡。我不知道自己什麼時候會回去，你別在這裡等我。」我打開馬舍的門。

「柔，如果妳眞的將西斯烙印了，妳應該可以找到他。」艾瑞克說。我頓住，轉身看著艾瑞克。他看起來有點緊張、不悅，但毫不遲疑地向我解釋。「妳在幫馬刷毛時，可以專心想著西斯，呼喚他。他如果辦得到，一定會回應妳。萬一他不能回應，只要妳對他的烙印夠強，妳還是可以感應到他人在哪裡。」

「謝謝你，艾瑞克。」

他露出笑容，但看起來一點也不快樂。「待會兒見，柔。」他離去，消失在茫茫大雪中。

秣草的溫暖氣息與潔淨乾爽的馬兒味道交融，構成與外頭冰天雪地截然不同的感覺。馬舍昏暗，只有兩盞昏黃的煤氣燈亮著。馬兒發出在睡夢中咀嚼的聲音。有些馬還從鼻孔噴氣，聽起來像打鼾。我拂掉衣服和頭髮上的雪花，走向馬具房。我四處張望，尋找蕾諾比亞的身影，但顯然這裡除了馬兒就只有我。

很好。我現在需要的是思考，而不是對任何人解釋爲何在暴風雪的大半夜裡跑來這裡。

好，我已經向艾瑞克全盤托出我和西斯之間的事，但他沒想跟我分手。當然，就我和西斯之間發生的事來看，他還是有可能甩掉我。那些騷貨是怎麼同時跟一打男孩交往的啊？兩個就已經把我累死了。這時，我充滿罪惡感的腦袋竟然閃過羅倫那性感的微笑和令人陶醉的聲音。我咬著下唇，抓起馬刷和鬃毛梳。好吧，事實上，我好像是在跟三個男性交往。這實在有夠瘋狂。當下我做出決定：我的問題已經夠多了，不需要再多添一筆我和羅倫之間似眞還假的互相挑逗。光是想到艾瑞克發現我在羅倫面前裸露肌膚……我就不寒而慄。這樣的我，連我自己都想甩了。從現在起，我要避開羅倫；若避不開，就以對待其他師長的方式跟他相處，也就是說**不准調情**。好，這樣一來，我只需知道怎麼解決艾瑞克和西斯的問題就行了。

我打開普西芬妮所在的欄門，輕聲稱讚她好漂亮、好可愛。我親了親她柔軟的鼻子，她睡意仍濃，驚醒過來似地鼓鼻噴氣，用口鼻蹭了蹭我的臉。我開始幫她刷毛，她舒服地嘆息，舉起一腳，只以三隻腳站立。

好，現在，除非西斯平安沒事，否則我不可能去思索怎麼處理和艾瑞克及西斯之間的三角習題。我不願意想像西斯可能身陷險境，或根本無法生還。我開始努力讓自己叨絮不停、嘈雜混亂的心平靜下來。其實，不需要艾瑞克告訴我，我也知道自己可能有能力找到西斯。我整晚之所以焦躁不安，原因之一正是因爲我知道自己很可能有這種能力。事實上我太懦弱，怕自己會知道些什麼，也怕自己無法知道些什麼，更怕自己沒堅強到足以承擔任一種結果。史蒂薇·蕾的死已經讓我崩潰，我不確定自己還有能力拯救任何人。

不過，看來我別無所選擇。

好吧……想著西斯……我開始回想小學時的他有多可愛。三年級時他的髮色比現在更金黃，頭髮總是亂翹，跟鴨子沒兩樣。三年級時他第一次告訴我，他愛我，以後要跟我結婚。那時我才二年級，根本沒把他的話當一回事。我是說，雖然我幾乎比他小兩歲，不過可比他高上三十公分。他是很可愛，但終究是男孩，也就是說他終究是個討厭鬼。

好吧，他是很討厭，不過他終究發育長大了。就在三年級到十一年級間，我開始把他當一回事。我回想他第一次**真正**親吻我，那種小鹿亂撞，悸動興奮的感覺。我想起他好體貼，總讓我覺得自己很漂亮，即使那時我可能嚴重感冒，鼻子紅通通。此外，他有一種老派的紳士作風，會替我開車門，打從九歲起就替我背書包。

然後我想起上次見到他的情景。他這麼肯定我們注定是一對戀人，而且一點也不怕我，甚至願意割傷自己，供血給我。我閉上眼睛，倚著普西芬妮柔軟的側腹，想著西斯，任憑回憶像電影畫面在我閉起的眼瞼裡一幕幕閃過。突然，我們過去在一起的畫面瞬間改變，現在隱約出現幽暗、潮濕與冰冷的感覺，一股恐懼襲上心頭。我劇烈地喘息，繼續緊閉眼睛。我想聚焦在他身上，像上次莫名其妙地看見他躺在他的臥房裡那樣。不過這次我們之間的聯繫很不同，沒那麼清晰，還多了黑暗的情緒，少了愉悅的情欲。我更加專心，依照艾瑞克的提示去做，開始呼喚西斯。

我集中所有意念，大聲呼喊：「西斯，來找我。我在呼喚你，西斯。我要你現在來找我。不管你身在何處，離開那裡，來找我！」

什麼都沒有。沒有任何回答，沒有回應。除了濕冷的恐懼，我什麼都沒感應到。我再次呼喊：「西斯！來找我！」這次，我只感覺到挫折，以及隨之而來的絕望，完全沒有他的影像。我知道他不可能來找我，但我也不知道他究竟在哪裡。

爲什麼上一次我那麼容易就看到他？那時是怎麼辦到的？我只是想著西斯，就像現在這樣啊。那時我一直想著……

我一直想著什麼？我驀然明白，上次我是被西斯的什麼東西吸引住。我臉頰開始發燙。那時我想的不是他小時候有多可愛，或者他讓我覺得自己多美。我想的是他的血……從他身上吸血的感覺……還有當時熊熊燃起的嗜血欲望。

好，既然這樣……

我深吸一口氣，開始想著西斯的血。那味道嘗起來恍若流動的情欲，火辣、濃稠，令人悸動。剛才我身體有些地方只是開始騷動，但現在血液的味道讓那些地方爆開，活了過來，充滿飢渴。我好想吸吮西斯甜美的血，讓他滿足我對他的渴望，渴望他的愛撫、他的身體、他的味道——

霎時，之前那些幽暗混亂的影像乍然清晰，令人驚詫。眼前的影像仍是一片黑暗，但對我的夜視能力來說，這絕對不成問題。一開始我不明白自己看到了什麼。那房間很詭異，更像洞穴或坑道裡一處凹陷的小室，而不像房間。四周的牆面呈圓弧狀，濕答答的。有微弱的光線，來自一盞冒著煙氣的昏暗提燈，提燈吊在生鏽的掛鉤上。除此之外，一片黑漆漆。這次我不是透過絲線般的觸鬚來探索，而是彷彿整個人浮在半空。我見到有東西在蠕動呻吟，一開始以為是一堆骯髒衣物，等認出那呻吟聲，我懸浮的身體立刻飄移過去。

他蜷縮在一床骯髒的褥墊上，手和腳踝都被防水的萬用膠帶纏綁住，脖子和手臂有幾處傷口還流著血。

「西斯！」我的呼喚其實沒有聲音，但他猛抬頭，彷彿真的聽見我在叫喚。

「柔依？是妳嗎？」他雙眼圓睜，坐直身子，激動地轉頭張望。「快離開這裡，柔依！他們瘋了，他們會像對待克里斯和布雷德那樣把妳殺死。」他開始掙扎，拼命想弄斷膠帶，但這番舉動只是讓他手腕敞露的傷口再度流血。

「西斯，別這樣！沒事，我沒事。我人不在這裡，不是真的在這裡。」他停止掙扎，瞇眼張望，彷彿試圖看見我。

「可是我聽得見妳的聲音。」

「那是在你腦袋裡面。西斯，你是在腦袋裡聽見我的聲音。我把你烙印了，所以我們之間有連結。」

完全出乎意料，西斯竟然笑出來。「這很酷欸，小柔。」

我在心裡翻白眼。「好，西斯，現在集中精神，告訴我你在哪裡。」

「妳不會相信的，小柔，我在陶沙市底下。」

「什麼意思，西斯？」

「還記得薛道史老師的歷史課嗎？他說，一九二〇年代陶沙市底下挖掘了一些坑道，因為那時不准釀酒之類的。」

「禁酒令。」我說。

「沒錯，就是這個。我現在就在其中一條坑道裡。」

有半晌我不知該說些什麼。我只隱約記得歷史課曾上到有關坑道的事，眞沒想到不算是好學生的西斯竟然記得。

他彷彿察覺我的納悶，咧嘴笑著說：「因為我覺得偷偷夾帶酒很酷嘛。」

我又在心裡翻白眼，然後說：「西斯，告訴我要怎樣才能到那裡。」

他搖搖頭，臉上出現熟悉的頑固神情。「絕不，他們會殺了妳。妳去找警察，要他們派霹靂小組之類的來。」

我也想這麼做啊。我想從口袋裡掏出馬克思警探的名片，打電話給他，把拯救世界的任務交給他。

但不幸的是，我恐怕沒法這麼做。

「『他們』是誰？」我問。

「什麼？」

「帶走你的那些人，他們是誰？」

「他們不是人類，也不是吸血鬼。他們是會吸血，但他們跟妳不一樣，小柔。他們是——」他打住話語，開始發抖。「他們是其他東西，某種不對勁的東西。」

「他們有喝你的血嗎？」想到他們可能這樣做，我就怒火中燒，幾乎無法控制情緒。我想咆哮，大聲吶喊：**他是我的**！我強迫自己做幾個深呼吸，聽他怎麼回答。

「有，他們喝了我的血。」西斯一臉噁心地擠眉皺眼。「不過他們一直抱怨，說我的血液味道不對。我想，就是因爲這樣，我才能活到現在。」然後他用力嚥了嚥口水，臉色變得更蒼白。「小柔，那感覺跟妳吸我的血很不同。被妳吸血時感覺好棒，可是被他們吸——有夠噁心。**他們**眞的很噁心。」

「他們共有多少人？」我咬牙切齒地問。

「我不確定。這裡好暗，他們每次來都一整群來，成群擠在一起，好像很怕落單。嗯，不過有三個例外，其中一個叫艾略特，一個叫維納斯——這名字眞怪——另一個叫史蒂薇．

蕾。」

我的胃開始糾結。「那個史蒂薇．蕾是不是有一頭捲捲短短的金髮？」

「對。她負責發號施令。」

西斯這番話證實了我擔心的事情。我的確不能叫警察。

「好，西斯，我要把你救出來。告訴我怎麼找到你所在的那個坑道。」

「妳會通知警方吧？」

「會。」我說謊。

「不，妳在說謊。」

「我沒說謊。」

「小柔，我知道妳在說謊，我感覺得到，因爲我們有連結。」他咧著嘴笑。

「西斯，我不能通知警方。」

「那我就不會告訴妳我在哪裡。」

坑道遠端傳來快速移動的聲響。我想起我們生物資優班做科學實驗時，那些白老鼠在我們打造的迷宮中急促奔跑。西斯的笑容消失，剛剛跟我談話時逐漸回復的紅潤臉色也不見了。

「西斯，我們沒時間了。」他仍然猛搖頭。「聽我說，我有法力，那些——」我遲疑，不知該怎麼稱呼包括我好友在內的生物。「那些東西無法傷害我的。」

西斯沒說什麼，但看來還沒有被我說服。老鼠一般的騷動聲愈來愈大聲。

「你說由於我們之間有連結，你知道我在說謊。那麼，同樣地，我說眞話時，你也應該知道我說的是眞話。」他似乎開始動搖，我趕緊繼續說：「想清楚一點。你曾說，你大概記得那天去菲爾布魯克藝術博物館找我時發生了一些事。西斯，那晚救你的人是我，不是警察，也不是成鬼。當時我救了你，現在我一樣辦得到。」我眞高興我的口氣聽起來比我自己的感覺還要篤定許多。「告訴我你在哪裡。」

他思索半晌，我正準備再次對他吼叫時，他終於開口：「妳知道市區那個舊火車站吧？」

「知道。去年我生日時我們去『表演藝術中心』看《歌劇魅影》，從那裡就可以見到那個火車站，對吧？」

「沒錯。他們把我帶到舊火車站的地下室。是從一個看起來像鐵柵門的地方進來的。那扇鐵門很舊，而且生鏽，不過一拉就開。坑道就從那底下的排水道柵欄進去。」

「很好，那我就——」

「等等，還沒說完。這裡有好幾條坑道，很像洞穴，陰暗、潮濕、噁心，一點都不像我上歷史課時想像的那麼酷。妳要走右邊那條坑道，遇到岔路就右轉，我就在其中一條坑道的最裡面。」

「好，我會盡快趕過去。」

「小心，小柔。」

「我會的。你可要活著。」

「我盡力。」老鼠急竄的聲音裡多了嘶吼聲。「不過，或許妳得快一點。」

28

我睜開眼睛，發現自己回到馬廄，站在普西芬妮身邊。我喘氣流汗，她以鼻子磨蹭我，發出擔憂的輕柔嘶鳴聲。我撫摸她的頭和下巴時，手不住地顫抖。我告訴她一切都會沒事的，雖然我很確定並非如此。

市區舊火車站在六、七哩外，位於廢棄荒涼的舊城區，上方有座大到嚇人的橋梁連接城市的另外兩個區。以前那裡很繁忙，運貨與載人的火車絡繹不絕。但載人運輸服務在過去二十年已全部停止（我知道這個，是因爲我十三歲生日時，阿嬤曾想帶我坐趟火車，結果這裡不再有火車可搭，我們只好開車到奧克拉荷馬市去搭那裡的火車），貨運也日漸式微。在正常狀況下，從夜之屋開車只要幾分鐘就可以火速趕到那裡。

不過今晚可不是正常狀況。

十點鐘的新聞提到道路已中斷——我看看錶，忍不住眨眼，不敢相信我在這裡已經待了好幾個小時。現在無法開車去，但我想我可以用走的。不過，我感覺得出來，情況危急，用走的緩不濟急。

「騎馬吧。」

普西芬妮和我都被愛芙羅黛蒂的聲音嚇一跳。她倚在馬廄門邊，一臉蒼白，神情嚴肅。

「妳看起來很糟。」我說。

她那表情幾乎像是微笑。「靈視讓人很難受嘛。」

「妳見到西斯了？」我的胃再次揪緊。愛芙羅黛蒂預見的景象不會是快樂光明的東西，她只會見到死亡和毀滅。一向如此。

「見到了。」

「然後呢？」

「如果妳不趕緊跳上馬背，把妳的屁股移動到他所在的地方，他就會死。」她停頓一下，迎向我的目光。「就這樣。除非妳不相信我。」

「我相信妳。」我毫不遲疑地說。

她走進馬廄，遞給我一副韁繩。我到現在才注意到她手裡早握著它。在我把韁繩套上普西芬妮時，愛芙羅黛蒂消失不見，片刻後又出現時，手裡拿著馬鞍和馬鞍座氈。我們沉默地將馬具套在普西芬妮身上，她似乎察覺到我們的緊張情緒，乖乖地站著，一動也不動。準備就緒後，我將她牽出馬廄。

「先打電話給妳那些朋友。」愛芙羅黛蒂說。

「什麼？」

「妳無法獨力打敗那些東西。」

「可是他們要怎麼跟我去？」我的胃好痛，害怕到手發抖，實在聽不懂愛芙羅黛蒂到底在說什麼。

「他們無法跟妳去，但他們仍然可以幫妳。」

「愛芙羅黛蒂，我現在沒時間猜謎。妳到底要說什麼？」

「該死，我也不知道！」她看起來跟我一樣沮喪。「我只知道他們可以幫妳。」

我打開手機，聽從直覺，默默祈求妮克絲指引我，然後按下簫妮的號碼。第一聲鈴響她就接起電話。

「怎麼了，柔依？」

「我要妳和依琳以及戴米恩找個地方，在那裡召喚你們的元素，就像替史蒂薇・蕾召喚時一樣。」

「沒問題。妳會來跟我們會合嗎？」

「不，我要去救西斯。」

簫妮不愧是簫妮，只遲疑了一兩秒鐘，立刻說：「好。我們該怎麼做？」

「只需聚在一起，召喚元素，然後把意念集中在我身上。」我愈來愈擅長讓自己聽起來像是很鎮定，即使我的頭混亂到快爆炸。

「柔依，要小心。」

「我會的，別擔心。」是喔，我可是替自己和西斯擔心死了。

「艾瑞克恐怕不會喜歡這個狀況。」

「我知道。妳就告訴他……告訴他……我會，呃，回來後再跟他談。」此外我實在不知道該說些什麼。

「好吧，我就這麼告訴他。」

「謝謝妳，簫妮，我會平安回來跟大家見面的。」我說完後關上電話，然後面向愛芙羅黛蒂。「那些怪物是什麼？」

「我不知道。」

「可是妳在靈視中見到他們了？」

「其實今天是我第二次出現與他們有關的靈視。第一次我見到他們殺死那兩個少年。」

愛芙羅黛蒂將一大綹金髮從臉上撥開。

我一聽這話立刻發火。「而妳那時竟然什麼都沒說，因爲他們**不過是**人類少年，不值得妳浪費時間拯救？」

愛芙羅黛蒂雙眼冒出熊熊怒火。「我跟奈菲瑞特說了，我把我見到的一切都告訴她了，關於那兩個人類少年，關於那些**東西**，什麼都告訴她。就是從那個時候開始，她說我的靈視是捏造的。」

我知道她沒說謊，我也已確定奈菲瑞特有黑暗的一面。

「對不起。」我立刻道歉。「我不知道有這種事。」

「隨便啦。」她說：「妳現在趕快出發，否則妳男友就要沒命了。」

「是前男友。」我說。

「隨便。來，我幫妳上馬。」

我讓她將我托著翻上馬背。

「帶著這個。」愛芙羅黛蒂遞給我一條厚厚的花格紋氈毯。我還沒開口拒絕，她就說：「不是給妳的。西斯會用得著。」

我將氈毯裹在身上，聞到它散發出泥土和馬的氣味，頓時覺得安心多了。我跟著愛芙羅黛蒂來到馬舍後門，她幫我將門拉開。冷風和凍雪像迷你龍捲風一般倏地竄進馬舍，我忍不住發抖。不過，我發抖主要是因爲緊張和擔憂，而不是因爲冷。

「史蒂薇．蕾也是其中一個。」愛芙羅黛蒂說。

我低頭看她，她則望向外頭的黑夜。

「我知道。」我說。

「她不再是以前的她了。」

「我知道。」我再一次這樣回答，雖然說出這句話讓我心痛。「謝謝妳，愛芙羅黛蒂。」

她抬頭看我。這時，她變得面無表情，讓人猜不透她的心思。「別表現得好像我們是朋友之類的。」她說。

「我可沒這麼想。」我說。

「我的意思是，我們不是朋友。」

「不是，當然不是。」我很確定我看到她忍著不露出笑容。

「反正先把話說清楚。」愛芙羅黛蒂說：「喔，記住，要保持安靜，隱身在黑暗裡，這樣人類才不會看到妳。這一路上妳可沒有時間耽擱。」

「我會的。謝謝妳提醒。」我說。

「好，那麼，祝好運。」愛芙羅黛蒂說。

我抓緊韁繩，深呼吸，雙腿一夾，嘴裡發出「噠噠」的聲音，要普西芬妮起步。離開馬舍，我踏進白茫茫的黑暗中。眼前這個詭異的世界，用「雪盲」一詞來形容最是恰當。這場雪已經從友善的大片雪花變成宛如刀片的銳利小雪冰。風仍不斷吹襲，吹得降雪往一邊偏斜。我身體前傾，將氈毯拉高，蓋住頭，多少擋一些風雪，同時踢著普西芬妮，要她快跑前進。**快**！我的心對我呼喊。**西斯需要妳**！

我穿越停車場和學校後院。仍停在校內的幾輛車全被大雪覆蓋，車輛後方的幾盞煤氣燈發狂也似地閃爍著，照得這幾輛車看起來眞像紗門上的六月金甲蟲。我摁下學校後門內側的按鈕，電動門逐漸敞開，但積雪阻擋了它。我和普西芬妮從狹窄的門縫勉強擠過去。我讓她往右轉，在校園四周的橡樹底下駐足片刻。

「我們靜悄悄……像鬼魂……沒人看得見我們，沒人聽得見我們。」我在呼嘯的狂風中喃喃自語，驚訝地發現四周萬物突然闃寂無聲。一時心血來潮，我繼續說：「風，平靜地靠近我。火，溫暖我路途。水，平息路上的雪。土，適時掩護我。神靈，助我不屈服於恐懼。」話才出口，我就感覺有股能量圍繞我。普西芬妮鼓鼻噴氣，步履輕巧地稍微往旁邊移動。彷彿有一個沉靜的眞空氣泡籠罩著我們，普西芬妮移動時氣泡隨之移動，始終包裹著我們。沒錯，暴風雪並未停歇，夜晚依舊詭異駭人，而且寒冷，可是我內心平靜，受到宇宙元素的庇護。我鞠躬低語：「妮克絲，謝謝妳賜給我神奇的禮物。」我默默地補上一句：希望自己配得上這些禮物。

「我們去救西斯吧。」我告訴普西芬妮。她輕易就將步伐調整成札實的小跑步，馬蹄快速地劃過雪泥。在黑夜女神的看顧下，我們以神奇的速度衝破黑夜。我驚訝地發現，冰和雪似乎是在普西芬妮的噠噠馬蹄下往後咻咻飛逝。

我的旅程進展得出奇快速。沿著尤帝卡街奔馳，我們抵達斷箭高速公路的入口處。那兒設立了閃燈路障，宣示前方道路已封閉。我發覺自己面帶微笑，引導普西芬妮利落地繞過路障，踏上人車全無的高速公路。然後，我放手任普西芬妮自由馳騁，她聰明地朝市區疾奔而去。我抱緊她，俯身貼在馬頸上。氈毯在我們身後飛揚翻騰，我想像自己成了歷史浪漫小說中的女主角，正與我父王不贊同的交往對象飛奔前往狂野的啤酒派對，而不是奔向可怕的地獄。

我引導普西芬妮朝高速公路出口前進。從那兒，我們可以前往表演藝術中心和再過去一點的舊火車站。剛剛在中城和公路之間我沒見到半個人，不過現在巴士站附近有零星遊民拖著步伐前進，偶爾還可以瞥見一輛警車駛過。**我們靜悄悄……像鬼魂……沒人看得見我們，沒人聽得見我們**。我繼續在心中默禱。果真沒人瞥向我們這個方向，彷彿我們真的變成了看不見的鬼魂。但想到這一點，我可不覺得舒服。

經過表演藝術中心後，我讓普西芬妮放慢腳步。她慢跑躍上大橋，橋底下就是錯綜複雜、密密麻麻的舊鐵道。我們走到橋中央，我讓普西芬妮停步，往橋下看著那座幽暗闃寂的廢棄火車站。多虧以前「南中」藝術課的布朗老師介紹過這座火車站，我才知道它以前曾是美麗的裝飾藝術運動建築。但火車停駛後，這裡就被廢棄，甚至受到劫掠，現在看起來更像存在於「蝙蝠俠黑暗騎士」漫畫裡的高譚市（對，我知道，我是個漫畫迷呆瓜）。火車站的巨大拱窗讓我想起兩座塔樓之間的齒狀城牆，而這讓它看起來活像鬧鬼的城堡。

「我們必須下去那裡。」我告訴普西芬妮。一路奔馳之後，她現在有點喘，但她看起來似乎不特別擔心。我希望這是好徵兆。你知道的，如果有不好的事情即將發生，聽說有些動物能事先感知。

我們越過大橋，找到一條可以往下通到火車站的殘破小路。這條路好暗，一片黑漆漆。照理說我不該覺得不安，因爲身爲雛鬼，我已經具有極佳的夜視能力。但我還是忐忑不安。事實上，普西芬妮走進火車站，我引領她慢慢繞圈，找尋西斯描述的地下室入口時，我一直覺得毛骨悚然。

我們很快就找到那扇生鏽的鐵柵門。這道門看起來是一道禁止通行的障礙物。但我不容自己猶豫，也不讓自己有時間恐懼，立刻跳下普西芬妮，將她牽到有遮蔽的入口處，好讓她在那兒躲避狂風暴雪。我將她的轡繩套在一塊金屬上，把多出的那塊氈毯蓋在她背上。我知道情勢緊急，但我還是一直拍撫她，稱讚她是勇敢、貼心的乖女孩，並跟她保證，我很快會回來。其實，我是在自我安慰，希望多說幾次，話語就會成眞。要撇下普西芬妮好難啊。我想，到現在我才明白她的陪伴帶給我多大的慰藉。我鼓起勇氣，站在柵門前面，瞇眼望向黑暗的彼端。

除了巨大暗室的模糊輪廓，我什麼都看不見。這就是那個遭到棄置，卻不幸被某種東西占領的陰森地下室。太讚了。**西斯就在底下**。我這麼提醒自己，然後抓住柵門邊緣，用力拉，輕易就拉開了。這足以證明，這道看似荒廢的鐵門一定經常開啓。果然很讚。

走進地下室，我才發現它不如我想像的那麼可怕。地面上格子狀的鐵窗滲進微弱光線，我可以清楚看見，這裡一定有遊民住過。事實上，四處可見遊民留下的各式物品，包括大箱子、髒毯子，甚至購物推車（天曉得他們是怎麼把這東西弄到這裡來的）。不過，怪的是此刻放眼望去見不到半個遊民，彷彿這裡其實是遊魂出沒的荒鎮。想到這種天氣竟沒半個人躲進來，我益發覺得詭異。今晚不正適合躲進這相對溫暖的地下室嗎？應該好過在街上尋找溫暖乾燥的角落，或者窩進廉價的青年旅社吧？何況已經下了好幾天的雪，這裡應該早就擠滿了那些一開始把紙箱和各式物品帶進來的人啊。

當然，若有可怕的活死人占據這裡，就難怪遊民會棄守根據地了。

別再想了，快找下水道柵欄，然後找到西斯。

柵欄不難找到。我往裡頭最幽暗、骯髒的角落走去，就發現地板上有個鐵柵欄。沒錯，就在角落裡，貼在地面上。我發誓，接下來幾萬年，打死我都不會碰這噁心的鬼東西，更何況把它拉起來，鑽到下面去。

不過，此刻我必須這麼做。

柵欄就跟外頭的鐵柵門一樣容易打開。這點再次證明，我不是最近來這裡的唯一一個雛鬼或人類或怪物。柵欄下面有一道約十呎高的鐵梯，我爬下去，最後落在坑道地面。果然是個坑道——其實是潮濕的巨大下水道。喔，還黑漆漆的，伸手不見五指。我在那裡站了一會兒，好讓夜視力適應這麼濃的漆黑。但我不能停留太久。我必須趕緊找到西斯。我皮膚底下似乎有股渴望在搔癢，催促我儘速行動。

「一路向右轉。」我低聲說，但隨即閉上嘴巴，因爲我發現，就連這麼細微的聲音都會在四周響亮迴盪。我往右轉，竭盡所能地快速前進。

西斯說得沒錯，裡頭坑道很多，岔路不斷。我想起蚯蚓在地底鑽出來的錯綜蟲穴。一開始，我看到更多遊民來過此地的痕跡，但右轉幾次後，就看不見紙箱和散落的垃圾與毯子了。放眼望去，什麼都沒有，只剩潮濕和陰暗。坑道的圓弧狀牆面原本是平滑的，一如我想像中隧道該有的模樣。但後來，牆面變得粗糙不堪，彷彿托爾金筆下魔戒世界裡爛醉如泥的矮人胡亂挖鑿出來的（對，我知道我是嗜讀小說的書呆子）。這裡也很冷，但我並不覺得冷。

我不斷往右轉，希望西斯沒給錯資訊。我本想停下來，專注地想他的血，以便再次靠烙印來感應他的位置。不過，事態緊急，實在不容我耽擱。我．必須．找到．西斯。

我是先聞到異味，接著聽見嘶吼和窸窸窣窣的聲音，最後才眞的看見他們。每次在學校東牆見到他們，我就會聞到這種不對勁的霉味。現在，我知道這是死亡的氣味。我不禁納悶，自己先前怎麼沒有認出來。

接著，在我已經適應的黑暗裡，出現一絲搖曳的微弱亮光。我駐足集中意念：**妳可以辦到的，柔。妳是女神揀選的雛鬼。妳之前曾把那些吸血鬼鬼靈踹走，現在當然也能對付他們。**

我還在努力「集中意念」（說白一點，就是設法給自己壯膽）時，西斯的尖叫聲傳來。現在沒時間集中意念或給自己加油打氣了。我拔腿往西斯尖叫的方向奔跑過去。好吧，或許我該解釋一下：吸血鬼比人類強壯，移動速度更快，而我雖然只是個雛鬼，卻是不尋常的雛鬼。所以，當我說我在奔跑時，我的意思是指急速移動，急速而無聲地移動。我一定是在幾秒鐘內就看見他們，感覺起來卻像數個小時。他們就在坑道尾端的小凹室裡。我在靈視中見到的那盞提燈，果真掛在牆上生鏽的鐵釘上。提燈的亮光在蜿蜒粗糙的牆面上投射出他們可怖的影子。他們圍成一個半圓，困住西斯，而他站在一塊骯髒的褥墊上，背貼著牆。他不知怎麼弄地，掙脫了腳踝上的萬用膠帶，不過兩隻手腕仍被緊緊捆在一起。他的右手臂有一道新傷口，血液的氣味濃稠且誘人。

這是驅策我展開行動的最後一個動力：西斯是我的。雖然我對血液這件事仍充滿困惑，雖然我對艾瑞克已放入感情，無論如何西斯就是我的。我不准，**絕對**不准其他東西吸食我的獵物。

我衝破那群不斷嘶鳴的怪物所圍成的半圓，就像一顆保齡球突破一排無腦的保齡球瓶，倏地移動到西斯身邊。

「小柔！」有那麼一瞬間，他欣喜若狂，但隨即表現出男子氣概，試圖將我推到他身後。「小心！他們的牙齒和爪子很利。」然後他低聲問我：「妳眞的沒帶霹靂小組來啊？」

要阻止他把我推到他身後，可說是易如反掌。我的意思是，他是很可愛，長得也高大，但他終究只是個人類。我拍拍他抓住我胳臂的手，對他微笑，然後指甲一劃，割斷綁住他手腕的灰色膠帶。他撐開雙手，眼睛驚訝地睜得老大。

我對他微笑。現在我不恐懼了，只覺得很不爽。「我帶來的東西比霹靂小組厲害。你儘管躲在我後面，好好看著吧。」

我將西斯推到牆邊，擋在他前面，轉身面對逼近的那一圈……

噁！他們眞是我見過最噁心的東西。他們大約有十來個，臉色慘白，憔悴瘦削，眼睛發出混濁的紅光，對著我嘶鳴咆哮。我看見他們的牙齒是銳利的尖牙，還有他們的指甲，噁，那指甲又長又黃，看起來很駭人。

「不過是一個雛鬼。」其中一個嘶吼著：「那記印沒讓她變成吸血鬼，反倒變成了怪胎。」

我望向說話的那傢伙。「艾略特！」

「正是。但我已經不是妳認識的那個艾略特。」他說話時那顆頭像蛇一般前後抽動。然後他瞇起發出紅光的眼睛，不屑地歪斜著嘴。「我來讓妳看看我是什麼意思……」

他屈膝蹲下身子，如野獸一般，大踏步朝我逼近。站在一旁的其他怪物在艾略特此舉的激勵下，也開始騷動、鼓譟。

「小心，柔依，他們來抓我們了。」西斯說，跨步想繞到我前面。

「不，他們辦不到。」我閉上眼睛數秒，集中精神，想像火焰的威力與熱氣，想著它具有淨化與摧毀的能力。同時，我想著簫妮。「來找我吧，火焰！」我的掌心開始發熱。我舉起手，睜開眼睛，看見掌心冒出灼亮的黃色火焰。

「退後，艾略特！你活著是個討厭鬼，死了也一點都沒改變。」艾略特被我發出的亮光嚇得後退。我往前跨出一步，正想叫西斯緊跟在我身後，準備離開這個鬼地方，不料一個女孩的聲音響起，我當場楞住。

「妳錯了，柔依。死亡會改變一些事情的。」

眾怪物往兩旁退開，讓出一條路給史蒂薇・蕾。

29

我集中的念力一受到驚嚇，立刻潰散，掌心的火焰劈里啪啦響，逐漸消褪。「史蒂薇・蕾！」我朝她靠近一步，但她的模樣令我震撼，我感覺自己的身體變得僵硬冷卻。她看起來好駭人，比我夢中見到的她還可怕。不是她蒼白瘦削，或身上始終有一股不對勁的難聞氣味，讓我覺得她整個人變了個樣，而是她的神情。以前的史蒂薇・蕾是我見過最和善的人，但現在，不管她成了什麼——死人、活死人、死後復活的人——總之她就是不一樣了。她的眼神冷漠殘酷，臉上沒有任何情緒，除了憎恨。

「史蒂薇・蕾，妳怎麼了？」

「我死了。」她的聲音仍帶著奧克腔鼻音，但原有的溫柔甜美已完全消失，像是她本來的聲音經過扭曲變形，只剩空洞的影子。她聽起來就像住在拖車裡的齷齪廢物。

「妳是鬼嗎？」

「鬼？」她冷笑一聲。「不，我才不是他媽的鬼。」

我嚥了嚥口水，感覺到一絲希望襲來，令人暈眩。「那麼，妳還活著？」

她不屑地歪斜著嘴，輕蔑地冷笑，表情看起來是如此變態，害我真的直作嘔。「妳是可以說我還活著，不過事情沒那麼簡單。我也不像以前那麼**簡單**了。」

至少她沒像艾略特那樣對我嘶吼。**史蒂薇·蕾還活著**。我在心裡緊緊守住這個奇蹟，壓抑下恐懼和嫌惡的感覺，並快速移向她，快得讓她沒時間跳開或咬我。我抓住她，無視於她可怕的氣味，將她緊緊摟著。「我好高興妳沒死！」我在她耳邊低語。

但我懷裡抱著的彷彿是一塊發臭的石頭。她沒跳開，也沒咬我。她毫無反應。但四周那群怪物有反應，我聽到他們開始躁動，不斷嘶鳴和咕噥。我放開她，往後退一步。

「別再碰我。」她說。

「史蒂薇·蕾，我們可以找個地方談談嗎？我得先把西斯帶回家，不過我可以再回來找妳。要不，妳也可以和我一起回學校。」

「妳真的什麼都不知道嗎？」

「我知道妳發生了不好的事，不過妳仍是我最好的朋友，所以我們可以一起想辦法解決。」

「柔依，妳哪裡也去不了的。」

「好。」我故意假裝沒聽懂她的威脅。「我想，在這裡談也可以。不過，嗯……」我環顧四周那些不斷嘶吼的怪物，「這裡閒雜人太多，沒半點隱私，而且這地方也挺噁心的。」

「殺了他們！」艾略特在史蒂薇．蕾背後嚎叫。

「閉嘴，艾略特！」史蒂薇．蕾和我同時開罵。她和我四目相對。我發誓她眼裡眞的閃過一絲什麼，而那絕不只是憤怒和殘酷。

「妳應該知道，他們看見我們，就不能活著。」艾略特說。其他怪物開始騷動，並低聲附和鼓譟。

然後，有個女孩從那群怪物當中走出來。她以前一定很漂亮，就算現在也還擁有一種夢幻般的詭異魅力。她身材高䠷，一頭金髮，舉止比其他怪物優雅。但我看著她的眼睛時，只見到惡毒的眼神。

「如果妳下不了手，就由我來吧。我會先從男的開始解決。我不在乎他的血液受到烙印的污染，那至少仍是溫熱的、有生命的血。」她說著開始扭動身體，朝西斯移動。那動作像是在跳舞。

我跨步站到西斯面前，擋住她的路。「妳敢碰他，就讓妳死，再死一次。」我說。

她嘶吼狂笑，但史蒂薇．蕾打斷她。

「維納斯，回到其他人那裡。除非我下令，妳不准出擊。」

維納斯。這名字勾起我的記憶。「維納斯．戴維斯？」我說。

金髮美女瞇眼看著我。「雛鬼，妳怎麼會知道？」

「她知道的事情可多著呢。」西斯說著從我身後站出來，那語氣是足球隊員的典型口吻，就是那種聽起來很悍，很不爽，彷彿隨時準備幹架的口氣。「而且我受夠你們這些混帳東西了。」

「**那東西**怎麼在說話啊？」史蒂薇．蕾輕蔑地說。

我嘆了口氣，翻翻白眼。我同意西斯的話，我也受夠了這個令人毛骨悚然的鬼地方。現在該是我們離開的時候，也該是我最好的朋友開始恢復正常的時候了——我瞥見她的眼神裡仍隱藏著那個正常的她。「他不是**那東西**。他是西斯。記得吧，史蒂薇．蕾？他是我的前男友。」

「小柔，我**不是**妳的前男友。我是妳的男朋友。」

「西斯，我以前就告訴過你，我們之間不可能的。」

「別這樣，小柔。我們之間已經烙印了。這代表妳和我永遠分不開了，寶貝！」他咧著嘴對我笑，彷彿我們此刻身處學校舞會，而非置身於一群想吃掉我們的活死人當中。

「那是個意外。這件事我們得好好談一談，不過現在絕不是時候。」

「喔，小柔，妳知道妳愛我的。」西斯臉上的笑容半點沒有消褪。

「西斯，你眞是我所見過最固執的人。」他對我眨眼，我忍不住對他微笑。「好，我愛你。」

「搞什麼啊……」噁心的艾略特嘶吼著。四周那些恐怖的傢伙又開始騷動起來，維納斯往西斯靠近一步。我強迫自己別發抖或尖叫。不過，我發現自己不僅不害怕，反而有一種平靜的感覺。我看著史蒂薇．蕾，突然知道自己該說什麼。我雙手叉腰，正面看著她。

「告訴艾略特，」我對史蒂薇．蕾說：「告訴他們。」

「告訴他們什麼？」她瞇起那雙深紅色的眼睛，模樣眞嚇人。

「告訴他們，我剛剛和西斯在幹麼。妳知道的，我知道妳知道。」

史蒂薇．蕾的臉扭曲，從喉嚨說出的話語彷彿是硬擠出來的。「**人性**！他們在搞人性給我們看。」那些怪物咆哮哀號，彷彿她剛剛朝他們身上潑了聖水（喔，當然，這種關於吸血鬼的陳腔濫調根本是瞎掰的）。

「那是軟弱！我們比他們強壯，」維納斯不屑地歪斜著嘴巴說：「因爲我們拋棄那種軟弱的人性。」

我不理會維納斯，也不理會艾略特。天殺的，所有他們這些傢伙我全不理會，只專注地凝視著史蒂薇．蕾，強迫她直視我的眼睛，也強迫自己不要因爲她雙眼發出火熱的紅光而閃躲或畏縮。

「鬼扯一通。」我說。

「不，她說得沒錯。」史蒂薇．蕾說，那聲音冷酷又邪惡。「當我們死了，人性也消失了。」

「或許他們是這樣，但我不相信妳也是這樣。」我說。

「妳什麼都不懂，柔依。」史蒂薇．蕾說。

「我不必什麼都懂。我只要懂妳，懂我們的女神，這樣就夠了。」

「妮克絲不再是我的女神了。」

「是嗎？難不成妳媽不再是妳的媽媽？」看到史蒂薇．蕾猛然抽搐，彷彿身體眞的痛了一下，我知道自己戳到她的痛處了。

「我沒有媽媽，我不再是人類了。」

「還眞了不得啊。眞要說的話，我也不再是人類。我是處於蛻變的某個階段，有一點像人類，有很多點像吸血鬼。聽著，這裡只有西斯還是人類。」

「但我不會因爲你們的非人類性就瞧不起你們。」西斯說。

我嘆一口氣。「西斯，沒有『非人類性』這種說法。你應該說『沒人性』。」

「小柔，我沒那麼笨，這點我知道。我是在創造新詞。」

「創造新詞？」他眞的這麼說嗎？

他點點頭。「我上狄克森老師的國文課時學到的，那堂課關係到……」他停頓了一下，我發誓那些怪物也熱切地等著他說下去。「**詩**。」

雖然情況恐怖且急迫，我還是禁不住笑了出來。「西斯，你眞的開始念書了！」

「我跟妳說過了嘛。」他咧嘴笑著說，看起來眞惹人疼愛。

「夠了！」史蒂薇．蕾的聲音在坑道的圓弧狀牆壁之間迴盪。「我受夠了。」她背對西斯和我，完全無視於我們的存在。「他們看見我們，而且知道太多，非死不可。動手吧！」然後她走到一旁。

這一次，西斯沒浪費時間，妄想把我拉到他身後，而是旋風似地一轉身，出其不意撲向我，來個足球場上的擒抱動作，害我失去重心，一屁股跌坐在噁心的褥墊上。然後，他面向那群咆哮著圍攏過來的活死人，雙腿跨馬步，雙手掄拳，發出「斷箭之虎」足球隊的怒吼。

「放馬過來吧，死怪胎！」

好吧，我並非不欣賞西斯的男子氣概，只不過這傢伙可愛的金髮腦袋顯然把事情想得太天真了。我站起來，集中心神。

「火，我再次需要你！」這次我以女祭司長發號施令的口吻叫喚。我掌心再次燃起熊熊火焰，一路延燒到整隻手臂。我實在很想花點時間研究我召喚出來的火。這火照理說會燒痛我，但事實上它根本沒燒傷我，簡直太酷了。不過現在可沒時間做研究。「讓開，西斯。」

他回頭看我，驚詫得雙眼圓睜。「小柔？」

「我沒事。快讓開！」

他往旁邊跳開。我雙手火光灼灼，往前移動。眾怪物見狀往後退縮，但仍伸長雙手，想繞過我去抓西斯。

「住手！」我大聲斥喝。「退開，不准碰他。西斯和我要離開這裡，若有人試圖阻止，我會殺了他。而且我有感覺，這次你們如果死了，就會永遠死亡。」好吧，我眞的、眞的沒想殺死任何人，我只想帶西斯離開這裡，然後回來找史蒂薇・蕾，聽她解釋到底這是怎麼一回事，爲什麼死掉的雛鬼還可以四處亂晃，而且變得這麼邪惡，雙眼露出紅光，身上發出霉味。

這時，我的眼角餘光瞥見有動靜，及時轉身，看見有個怪物撲向西斯。我舉起手臂，彷佛丟球般朝那怪物揮出火焰。當她大聲尖叫，身體著火，我認出她來。我努力壓抑住猛然竄起的噁心。是伊莉莎白・無姓氏，上個月死掉的那個善良女孩。現在她身體著火，在地上痛苦扭動，發出一陣腐肉氣味。

「風和雨，我召喚你們！」我呼喊。四周空氣開始飛旋，飽含春雨的氣味。我眼前閃過戴米恩和依琳的影像，他們盤腿坐在簫妮旁邊，雙眼緊閉，集中意念，手裡拿著各自所屬元素的彩色祈禱蠟燭。我將燃燒的手指點向伊莉莎白燻燒冒煙的身體，驟雨立刻朝她澆淋，一陣清涼微風捲走她身上的綠煙，升到我們的上方，夾帶著惡臭沿著坑道吹拂，吹往外頭的夜色中。

我再次面向眾怪物。「若有誰想阻止我們，就是這種下場。」我示意西斯走在我前頭，我跟在他後面，倒退著往外走。

那群怪物一路跟過來。沿著漆黑坑道一再轉彎往外退的路上，有時我無法看見他們，不過我始終聽得見他們窸窣拖行的腳步聲和隱約的咆哮。大約這個時候，我開始覺得筋疲力竭，好像自己是久未充電的手機被人拿著講太久。我讓手臂的火熄滅，只留下捧在右手掌的閃爍火焰。不留下這一點火光，走在我前面的西斯肯定看不見路，而我得守在他後面，繼續倒退著走，盯緊那些蠢蠢欲動的鬼東西。經過兩處分岔坑道後，我要西斯停步。

「我們動作得快點，小柔。我知道妳有法力，可是他們人多勢眾，數量絕對不只現在回到這裡的那些。我不確定妳有能力應付多少個。」他摸摸我的臉。「我不是故意講難聽的話，但妳看起來真的是一臉大便。」

是啊，我自己都這麼覺得，只是不想說出口。「我有個主意。」我們剛剛繞過一個轉彎。走到那裡，坑道已經狹窄到我張開手臂就能碰到兩側牆壁。我走回轉彎處最狹窄的地方，西斯跟著我。但我指向我們要前進的方向遠端，告訴他：「你去站在那裡。」他皺起眉頭，不過還是聽從我的吩咐。

我轉身背向西斯，集中意念，然後舉起雙臂，想著剛犁過的田地和奧克拉荷馬州布滿冬天乾草的美麗草原。我專注想著土，想像自己站在大地上……被大地環繞……

「土，我召喚你！」我舉高雙手，閉起的眼皮底下閃過史蒂薇・蕾的影像。她不像以前那樣甜美，專注地持著點燃的綠蠟燭，而是蜷縮在陰暗坑道的角落，憔悴蒼白，眼睛發出猩紅亮光。但她的臉不再面無表情，也不再像殘酷的面具。現在，她放聲哭泣，整個人好絕望。我心想，**這是好的開始**。然後我以迅雷不及掩耳的速度用力放下手臂，喝道：「關閉！」在我前方和上面，一片片碎土和石塊開始從天花板掉落。起初只是一道小礫石的涓流慢慢滑落，但很快地細流變成小型土石流，轉眼間便封住了坑道裡頭那一群怪物的路，淹沒了他們憤怒咆哮和嘶鳴的聲音。

一陣疲憊、虛弱的感覺湧向我，我踉蹌後退。

「我扶住妳了，小柔。」西斯強壯的手臂環抱著我，我容許自己倚在他懷裡休息片刻。在逃跑過程中，他身上幾處傷口裂開了，血液的熟美氣味撩逗著我的感官。

「你應該知道吧，他們沒眞的被困住。」我輕聲說，試圖把注意力留在別的地方，不去想我有多渴望舔舐他臉頰淌流的那道血。「我們剛剛經過了幾條坑道。我相信他們一定會找到其他路出來的。」

「沒關係，小柔。」西斯雙手仍摟著我，但他的頭稍微往後仰，好看清楚我的眼睛。

「我知道妳現在需要什麼，我感覺得到。妳吸一下我的血，就不會那麼虛弱了。」他微笑，藍色眼眸變暗。「沒關係的，」他重複說：「我要妳吸我的血。」

「西斯，你受了那麼多苦。誰曉得你已經流了多少血？再讓我多吸一點，恐怕不是什麼好主意。」我拒絕，但聲音因渴望而顫抖。

「妳在開玩笑嗎？像我這種高大魁梧的足球健將，血液多到有剩呢。」西斯逗趣地說，然後表情轉趨嚴肅。「爲了妳，我什麼都可以給。」他凝視我的眼睛，邊用一根手指抹過自己臉頰上那道紅色傷痕，再將手指上的血抹在自己下唇。然後，他俯身吻我。

我嘗到他血液裡的幽暗甜美滋味，那味道在我嘴裡溶開，一股強烈的愉悅和能量瞬間傳遍我全身。西斯的嘴唇放開我，將我的唇引導到他臉頰的傷口上。我一伸出舌頭碰觸它，他就開始呻吟。他雙手托著我的臀部，緊緊抱住我。我閉上眼睛，開始舔——

「殺了我吧！」史蒂薇．蕾嘶啞的聲音震碎西斯血液的魔咒。

30

我羞得滿臉熱烘烘，趕緊將自己推離西斯的懷抱，抹抹嘴巴，喘著氣。史蒂薇・蕾就站在坑道另一頭，離我們才數碼遠，臉頰掛著兩行淚，絕望地哭喪著臉。

「殺了我吧。」她啜泣地重複這句話。

「不。」我搖頭，往她靠近一步，但她往後退，還舉起手彷彿要阻止我靠近。我停步，深吸幾口氣，試圖冷靜下來。「跟我回夜之屋吧，我們會弄清楚是怎麼一回事。一切都會沒事的，史蒂薇・蕾，我跟妳保證。最重要的是妳還活著。」

我才開口講話，史蒂薇・蕾就猛搖頭。「我不是眞的活著，而且我也不能回去那裡。」

「妳當然活著啊，妳會走路，會說話。」

「我不再是我了。我死了，有一部分的我——最好的那一部分——已經死了，就跟他們其他人一樣。」她指指塌落的土石的另一側。

「妳跟他們不一樣。」我堅定地說。

「我現在更像他們，跟妳不同。」她的目光從我身上轉移到安靜地站在我身旁的西斯。「妳不會相信我心裡出現多可怕的念頭。我可以眼睛眨也不眨地殺了他。若非他被妳烙印，血液變質了，我早就殺了他。」

「或許不是這樣，史蒂薇．蕾。或許妳沒殺他是因爲妳根本不想這麼做。」我說。她的眼睛再次凝視我的眼睛。「不，我想殺他，我現在仍然想殺他。」

「他們其他人殺了布雷德和克里斯。」西斯突然插話。「這都是我的錯。」

「西斯，現在不是時候——」我說，但被他打斷。

「不，柔依，妳得聽我說。那些傢伙會抓走布雷德和克里斯，是因爲他們兩個跑到夜之屋附近遊蕩，而這都是我造成的，因爲我告訴他們，妳變得好辣。」他投給我一個充滿歉意的眼神。「對不起，小柔。」接著，他的表情轉爲冷酷，說：「妳應該殺了她，應該把他們全殺光。只要他們活著，人類就有危險。」

「他說得沒錯。」史蒂薇．蕾說。

「殺了妳和其他人就能解決問題嗎？難道不會有更多的妳出現？」我心意已決，走向史蒂薇．蕾，縮短我們之間的距離。她似乎想逃開，但我的話語阻止了她。「這是怎麼發生的？妳怎麼會變成這樣？」

她的臉痛苦地扭曲著。「我不知道怎麼會這樣，我只知道是誰幹的。」

「**誰**幹的？」

她張嘴正要回答，卻突然身形一晃，倏地退開，畏縮在坑道牆邊。

「她來了！」

「什麼？誰？」我蹲伏在她旁邊。

「離開這裡！快！也許還來得及。」她伸出手，握住我的手。她的肌膚是冰冷的，但握起來很有力。「她如果看到你們，一定會殺了你們——妳和他。你們知道得太多了。也許她終究會設法殺妳，但如果妳回到夜之屋，她就比較不容易下手。」

「妳說的是誰，史蒂薇．蕾？」

「奈菲瑞特。」

這名字在我腦袋裡轟地一聲炸開。我不敢置信地猛搖頭，但內心深處知道這是事實。

「奈菲瑞特把妳變成這樣，把你們都變成這樣，是不是？」

「是的。柔依，妳現在得快點離開！」

我感受到她的恐懼，知道她說得沒錯。若我和西斯不趕緊離開，必死無疑。

「我不會丟下妳的，史蒂薇．蕾。妳要善用妳的元素。我感覺得到，妳對土元素仍有感應力。所以，妳要利用妳的元素來讓自己強壯。我會回來找妳的，而無論如何，我們會設法解決的。一切都會沒事的，我保證。」然後我緊緊擁抱她。她猶豫了一下，也緊緊回抱我。

「我們走吧，西斯。」我抓住他的手，好牽著他在漆黑的坑道裡快速穿行。我剛剛召喚土時，掌心的火光已經熄滅，而現在我可不能冒險重新點燃它。火光會引導她找到我們。當我們沿著坑道往前跑，我聽見史蒂薇．蕾喃喃地說：「請別忘了我……」

西斯和我不斷地跑。他的血液供給我的能量沒能維持太久。跑到通往地下室地面柵欄的那道鐵梯時，我已經虛脫無力，只想癱軟在地上，睡他幾天幾夜。西斯準備一口氣衝上鐵梯，爬到上方的地下室，但我要他等一等。我大力喘著氣，靠在坑道牆邊，從褲子口袋掏出手機和馬克思警探的名片，然後彈開手機蓋。在通訊訊號亮起綠燈之前，我發誓，我緊張得心臟一度停止跳動。

「妳現在聽得到我說話嗎？」西斯咧著嘴對我笑。

「噓！」我要他安靜，但也對他報以微笑。然後我按下警探的電話號碼。

「我是馬克思。」響第二聲時，他以低沉的聲音接起電話。

「馬克思警探，我是柔依．紅鳥。我只有一秒鐘可以說話，之後就得趕快離開。我找到西斯．郝運了。我們在陶沙市舊火車站的地下室，我們需要協助。」

「撐著點，我立刻過去。」

上方突然傳來一個聲音，嚇得我趕緊將手機關閉。西斯打算開口說話，我將手指放在自己唇上，示意他閉嘴。西斯一隻手臂環抱著我，我們連氣都不敢喘。然後我聽見一隻鴿子的咕咕叫聲，還有拍動翅膀的聲音。

「我想應該只是鴿子。」西斯壓低聲音說：「我上去看看。」

我累到無法和他爭辯，加上馬克思警探正在趕過來，而我也受夠了這潮濕、噁心的坑道，所以決定任由他去。「小心點。」我壓低聲音回答。

西斯點點頭，捏捏我的肩膀，然後爬上鐵梯。他小心翼翼地慢慢推開鐵柵欄，將頭伸出去四處探看。沒多久他往下爬，示意我抓著他的手爬上去。「只是鴿子。來吧。」

我疲倦極了，勉力爬向他，讓他把我往上拉。爬進地下室後，我們坐在柵欄旁邊的角落，專注地聆聽。過了好幾分鐘，我終於低聲說：「我們去外面等馬克思吧。」西斯已經冷得開始打哆嗦，我想起愛芙羅黛蒂要我多帶一條氈毯來。此外，我寧可冒險忍受風雪，也不願待在這令人毛骨悚然的地下室。

「我也不想待在這裡，這裡眞像什麼鬼墓穴。」西斯從打顫的牙齒縫輕聲吐出這句話。

我們手牽手走過從上方世界映照進來的灰濛濛光線，朝地下室另一頭走去。走到鐵門時，我聽見遠處傳來警笛呼嘯聲。我緊繃的身體才開始放鬆，卻聽到陰暗處傳來奈菲瑞特的聲音。

「我早該知道妳會來這裡。」

西斯嚇得身體抖了一下。我牽著他的手握緊他，暗示他小心。然後，我轉身看她，同時集中精神。我感覺得到元素的力量在我四周的空氣裡飄忽閃爍。我深吸一口氣，小心地放空心思。

「喔，奈菲瑞特！眞高興見到妳！」我又捏了一下西斯的手，然後放開，希望透過這一捏讓他感應到我要他**配合演戲**。接著，我邊啜泣邊跑進女祭司長的懷裡。「妳是怎麼找到我的？是馬克思警探打電話給妳嗎？」

奈菲瑞特輕輕地將我推開，我看見她眼裡露出猶疑的神色。「馬克思警探？」

「是啊。」我抽噎著，用衣袖擦鼻子，強迫自己露出寬心的笑容，表現出對她的信任。「他現在應該快到了。」警笛聲已經非常接近，我聽得出至少又有另外兩輛警車加入。

「謝謝妳找到我！」我熱切地說：「眞是太可怕了。我以爲那個變態的遊民就要殺了我們兩個。」我走回西斯身邊，再度握住他的手。他呆望著奈菲瑞特，一看就知道他驚嚇得失了神。我想起他可能還記得那唯一一次（就是吸血鬼惡靈差點吃掉他的那一夜）見到女祭司長時的一些片段。我心想，他此刻應該是嚇傻了吧。這樣也好。如此一來，奈菲瑞特就解讀不出多少他心裡的思緒。

我聽見車門用力關上的聲音，接著是腳步沉重地跋涉過雪地……

「柔依、西斯……」奈菲瑞特迅速朝我們移動過來。她舉起手，我見到她的手發散出詭異紅光，突然想到那些活死人的眼睛。我來不及逃跑或尖叫，甚至來不及喘氣，就已經被她抓住肩膀。一陣痛楚竄過我全身，我感覺到西斯的身體變僵硬。我心頭一震，雙膝癱軟，若非她的手像虎頭鉗緊緊把我抓住，我已經不支倒地。**「妳什麼都不會記得！」**這話語迴盪在我痛苦的心頭。接著，眼前漆黑一片。

31

我在一片美麗的草原上，草原位於看似濃密森林的中央。溫煦微風飄來紫丁花香。草原上有一條小溪潺潺穿行，水晶般的水從平滑石塊上流過，淙淙作響，悅耳動聽。

「柔依？妳聽得見我的聲音嗎，柔依？」有個男子的聲音一直侵入我的夢裡。

我皺眉，不想理會。我不想醒來，但我的心好亂。我**必須**醒來。我**必須**記住。她需要我記住。

然而，她是誰？

「柔依……」這次出現的聲音是在我的夢裡，我看見自己的名字被塗繪在春天的湛藍天空。那是一個女人的聲音……很熟悉……有魔力……令人驚奇。「柔依……」

我環顧林間空地，發現女神就在小溪的另一岸，優雅地坐在一塊奧克拉荷馬州特有的平滑砂岩上，一雙裸足正在戲水。

「妮克絲！」我大喊：「我死了嗎？」我的話語一字一字在我周圍閃爍。

女神微笑說：「每次我來找妳，妳都要這樣問嗎，柔依·紅鳥？」

「不是，我只是，呃，對不起。」我的話語帶著粉紅色調，或許就跟我的兩腮一樣酡紅吧。

「不必抱歉，我的女兒。妳表現得非常好，我很高興。現在，妳該醒了。我也要提醒妳，元素能破壞，但也能修復。」

雖然不知道她在說什麼，我還是跟她道謝。這時有人猛搖我的肩膀，還有一陣冷風吹來。我睜開眼睛。

四周雪花飛舞，馬克思警探俯身看著我，搖晃我的肩膀。我在朦朧混亂的思緒中找到一個詞，沙啞地將這個詞說出來：「西斯？」

馬克思的下巴往右邊抬了抬，我側頭望去，看見西斯一動也不動地被人抬進救護車裡。

「他……」我無法把話說完。

「他沒事，只是受了傷。他失血過多，他們已經給了他一些藥止痛。」

「受傷？」我掙扎著想搞清楚所有事。「西斯怎麼了？」

「多處撕裂傷，跟另外那兩個少年一樣。幸好妳及時找到他，在他流血致死之前打電話通知我。」他捏捏我的肩膀。有個醫護人員想叫馬克思移到旁邊，不過他說：「她由我來處理吧。她只要回到夜之屋就會沒事的。」

我看見醫護人員投過來的眼神明顯說出**怪胎**二字。馬克思警探有力的雙手扶我坐起來，他高大的身軀則擋住我的視線，讓我看不見嘴裡念念有詞的醫護人員。

「妳能走到我的車子嗎？」馬克思問。

我點點頭。現在身體感覺好多了，不過腦袋還是一團混亂。馬克思的「車子」其實是一輛全天候大卡車，配備了巨大輪子和防傾桿。他扶我坐上前方溫暖又舒適的乘客座，不過他把車門關上前，我突然想起一件事。而光是想起這件事我就頭痛欲裂。「普西芬妮！她還好嗎？」

馬克思楞了一會兒，隨即露出笑容說：「妳是說那匹母馬？」

我點點頭。

「她沒事。有位警官把她牽回市區的警局馬廄，等路上積雪清除到可以上路，我們就會用拖車將她送回夜之屋。」他的笑容綻放得更燦爛了。「我想，妳比陶沙市的警察勇敢，他們可沒人自願將她騎回去。」

我頭靠著椅背，看著他將卡車打成四輪傳動狀態，慢慢駛過積雪，離開火車站。現場大約停放了十部警車，還有一輛消防車和兩輛救護車。這些車輛在白雪茫茫的空蕩夜色中，繼續閃著紅色、藍色和白色的警示燈。

「今晚這裡到底發生什麼事，柔依？」

我開始回想，但得瞇起眼睛對抗乍起的頭痛。「我不記得。」我忍受著太陽穴的抽痛回答他。我感覺得到他銳利的目光盯在我身上。於是我轉頭看著他的眼睛，想起他跟我說過，他的雙胞胎妹妹變成吸血鬼後仍深愛著他。他也說過，我可以信任他。的確，我相信他。

「事情不對勁。」我承認。「我的記憶一團混亂。」

「好，」他慢慢地說：「先從最容易想起來的部分說起。」

「我記得我正在替普西芬妮梳毛，突然間我知道西斯在哪裡，我也知道若我不趕去救他，他就必死無疑。」

「你們兩個烙印了？」我的驚訝神情一定很明顯，因為他微笑著繼續說：「我妹妹和我談過這類事。我一向對吸血鬼的事情很好奇，尤其是在她開始蛻變以後。」他聳聳肩，彷彿人類知道吸血鬼的事情沒什麼大不了的。「我們是雙胞胎，向來都會分享任何東西。她變成另一種生物，對我們的手足之情影響不大。」他再次側目看著我。「妳烙印了他，對吧？」

「對。西斯被我烙印了，所以我才會知道他在哪裡。」我省略愛芙羅黛蒂那部分。打死我都不想跟他解釋「她的靈視是正確的，但奈菲瑞特變得不對勁……」這些事情。

「啊！」這一次，我的腦袋劇痛，痛得我大聲喘氣。

「深呼吸，讓自己平靜下來。」馬克思說。接下來這段路，只要路況容許他將視線從前方移開，他就會擔心地轉頭看著我。「我說了，我只要妳回想最容易回想的部分。」

「沒關係，我沒事，是我自己想要搞清楚。」

他仍一臉憂慮，但繼續問問題。「好，妳知道西斯遇到麻煩了，也知道他在哪裡，那妳爲什麼不直接打電話給我，叫我到舊火車站？」

我試著回想，但馬上頭痛欲裂。不過，現在伴隨疼痛而來的還有憤怒。我的腦袋發生了一些事，有人把它打亂了。而這一點眞的叫我火冒三丈。我揉著太陽穴，咬緊牙根對抗痛楚。

「或許我們應該暫停一下。」

「不！讓我繼續想。」我喘息著說。我可以記起馬廄和愛芙羅黛蒂，可以記起西斯需要我，還有我瘋狂似地騎著普西芬妮在雪中狂奔，直到舊火車站的地下室。但是，當我試圖回想進入地下室以後的情景，頭痛就劇烈到我難以承受。

「柔依！」馬克思警探關切的聲音穿透我的疼痛，傳到我的意識中。

「我的腦袋被打亂了。」我伸手抹掉眼淚。這時我才知道自己已淚流滿面。

「妳有些記憶消失了。」

這聽起來不像問句，不過我還是點頭回應。

他沉默了片刻，看似專心地盯著前方積雪覆蓋，杳無人跡的道路，但我知道他沒專心看路。果然，他接下來的話印證了我的直覺。

「我妹妹——」他微笑地瞥了我一眼。「她叫安妮。有一次她警告我，如果我惹惱哪位女祭司長，就會有大麻煩，因爲她們有辦法除掉一些東西，而她所說的東西包括人和記憶。」他再次將目光從路面轉回我身上，但這次他的笑容不見了。「所以，我想，或許問題應該這麼問：妳做了什麼事惹惱了女祭司長？」

「我不知道。我……」說到這裡，我停了下來，心裡想著他這番話。現在，我不再嘗試回想這一晚發生的事，而是任憑思緒慢慢地飄回過去……飄回到愛芙羅黛蒂……妮克絲仍繼續賜予她靈視，雖然奈菲瑞特到處說她預見的景象是虛假的……我察覺奈菲瑞特不對勁，一開始那只是幾乎無法察覺的細微感受，然後那感覺像黴菌一般，圍繞著奈菲瑞特滋生，直到週日晚上她剽竊我對黑暗女兒的構想和決定……還有，之前，我目睹可怕的景象，奈菲瑞特和……和……我鼓起勇氣，繃緊神經，準備對抗在我腦袋裡開始搏動的灼熱，以及伴隨而至的劇烈疼痛——我想起艾略特變成那東西，吸吮女祭司長的血液。

「停車！」我大喊。

「就快到學校了，柔依。」

「現在停車！我要吐了。」

他將車駛到路邊，我打開車門，跳到覆雪的街道上，踉蹌地走到水溝邊，一張口就吐在路邊的雪堆上。馬克思警探站在我旁邊，將我的頭髮撥到後面。他彷彿關心我的老爹，叫我深呼吸，安慰我不會有事。我努力深呼吸，終於不再嘔吐。他遞給我一條手帕，是那種老式的亞麻布手帕，整整齊齊摺疊成四方形。

「謝謝你。」我抹完臉，擤完鼻涕，將手帕遞回給他。不過他笑笑說：「留著吧。」

我站在原地，繼續深呼吸，等著頭顱裡的抽痛褪去。我瞪視著前方，越過一片未經剷除的積雪，看到遠處一道巨石與磚塊混砌的圍牆，和沿著圍牆生長的一排橡樹。我猛地驚醒，知道自己身在何處了。

「這裡是學校的東牆。」我說。

「對，我想沿著妳出來的路往回走——讓妳有時間恢復鎮定，或許也修復一些記憶。」

修復……這個詞是什麼意思？我小心翼翼地回想，試圖想起一些事情，同時也繃緊神經，準備對抗我確信一定會出現的頭痛。然而，這次頭痛沒出現，我腦袋裡出現的是一片美麗的草原，還有女神的智慧話語……**元素能破壞，但也能修復。**

我知道自己該怎麼做了。

「馬克思警探，給我幾分鐘，好嗎？」

「獨處嗎？」他問。

我點點頭。

「那我回卡車裡看著妳。如果需要我，就喊一聲。」

我以微笑向他表示謝意。在他轉身走回卡車之前，我已邁步走向那排橡樹。不需要走到樹下——也就是不需要進入校園，只要靠近橡樹，我就能集中意念。等靠得夠近，見到樹上枝椏如老友般互相親近纏繞，我停步閉眼。

「風，我召喚你，這次我要你掃盡曾經碰觸我內心的陰暗污跡。」一陣冷風吹來，我彷彿被我專屬的龍捲風吹襲，但這股風不是吹在我身上，而是充盈在我心裡。我繼續緊閉眼睛，對抗太陽穴又出現的陣陣抽痛。「火，我召喚你，請你燒毀曾經碰觸我內心的一切黑暗。」一股熱氣充滿我的腦袋，但那不是之前感受到的炙熱痛楚，而是一種舒服的溫暖，就像熱敷包貼在拉傷的肌肉上。「水，我召喚你，請你洗去曾經碰觸我內心的一切黑暗。」一陣涼冽浸潤剛才的溫暖，澆熄已經過熱的感覺，帶來不可思議的舒坦。「土，我召喚你，請你用滋養萬物的力量，消除曾經碰觸我內心的黑暗。」我已經與大地緊密連結，在緊貼地面的腳底，彷彿有一個水龍頭開啓了，我想像腐壞的黑暗從我身體往下流出，被大地的充沛力量和善意消融。「靈，我召喚你，請你治癒我內心被黑暗摧殘的一切，修復我的記憶！」突然，有東西在我裡面拍擊，一股熟悉的白熱感覺沿著背部急速往下竄，逼得我重重跪地。

「柔依！柔依！我的天哪，妳還好嗎？」

馬克思警探那雙有力的手又來搖晃我的肩膀了。他扶我站起來。這次，我很容易就睜開雙眼，然後我微笑地看著他那張慈祥的臉。

「我好得不得了。我記起所有事情了。」

32

「妳確定一定要這樣嗎？」馬克思警探這個問題已經問了上百萬次了吧。

「對。」我疲憊地點點頭。「一定要這樣。」我好累好累，累到可以馬上坐在他這輛龐然大物的卡車裡睡著。但我知道自己不能睡，因爲今晚還沒結束，我的任務還沒完成。

馬克思警探嘆一口氣，我對他微笑。

「你必須相信我。」我說，這口吻還眞像他之前對我說的話。

「我不喜歡這樣。」他說。

「我知道。對不起。不過我已經把我能告訴你的事情都告訴你了。」

「所以，西斯和另外兩名少年是遭到一名不正常的流浪漢攻擊？」他搖搖頭。「我就是覺得不太對勁。」

「你不覺得自己對超自然的東西太著迷了？」我疲憊地對他微笑。

「如果眞是這樣，我應該就能感應到**哪裡**不對勁。」他再次搖頭。「好吧，那請解釋一下這個——妳的記憶出了什麼狀況？」

關於這問題，我已經備妥答案。「今晚的心理創傷衝擊造成的吧。我抗拒接受一些事情。不過，後來我對五元素的感應力幫助我克服了障礙，所以我又想起來了。」

「頭痛也是因爲這樣？」

我聳聳肩。「我想是吧。反正現在不痛了。」

「聽著，柔依，我很確定事情不只是妳告訴我的這樣。我要妳知道，妳眞的可以信任我。」他說。

「我知道。」我相信他，不過我也知道有些祕密不能分享。不能跟這個好警察說，不能跟任何人說。

「妳不必什麼都靠自己，我可以幫妳。妳只是一個孩子，才十幾歲。」他聽起來是眞的惱火了。

我堅定地注視他的眼睛。「不對，我是一個雛鬼，一個身爲黑暗女兒領導人兼見習女祭司長的雛鬼。相信我，這遠遠不只是**才十幾歲**。我已經對你立誓，而從你妹妹那裡，你應該知道，吸血鬼的誓言具有約束力。我保證，我能說的我都說了，而如果再有其他孩子失蹤，我相信我可以幫你找到他們。」我沒告訴他，我沒有百分之百的把握知道該怎麼做，不過我就是覺得許下這個諾言是對的，我也知道妮克絲會幫助我信守承諾。我知道事情不會那麼簡單，但我不能洩漏史蒂薇・蕾還活著的事實。這就表示，也不能讓其他人知道那些怪物的事。至少史蒂薇・蕾安全無虞之前，我不能洩漏這個祕密。

馬克思又嘆了一口氣。他一邊不停地嘟囔著，一邊跺步繞到卡車這一側，扶我下車。馬克思幫我打開主校舍的大門之前，摸了摸我的頭，搔亂我的頭髮，說：「好吧，就照妳的方式做。當然啦，反正我別無選擇。」

他說得沒錯，他是沒有其他選擇。

我走在他前頭，先他一步走進主校舍。熟悉的焚香和燭油氣味撲鼻而來，我立刻被溫暖的感覺團團圍住。安詳的煤氣燈不斷雀躍閃爍，宛如老朋友熱切地歡迎我回家。

說到……

「柔依！」我聽見孿生的同時尖叫，呼喚我的名字，接著我被她們簇擁摟抱。她們哭著，嚷著，說我讓她們擔心死了，還滔滔不絕地說我汲取她們元素的力量時，她們都感覺到了。戴米恩站在她們身後不遠處。接著，我發現自己被艾瑞克強壯的手臂緊緊抱住，他喃喃地說他好替我擔心，好高興見到我平安沒事。我任由自己依偎在他懷裡，也摟緊了他。晚一點再來想想該怎麼處理西斯和他的事吧，現在我累壞了，況且，我還得保留精力對付——

「柔依，妳把大家嚇壞了。」

我從艾瑞克懷裡走出來，轉身面對奈菲瑞特。

「對不起，我眞的不是故意驚嚇大家。」我這麼說，而且這是事實。我不想讓任何人擔心、難過或害怕。

「喔，親愛的，反正沒事了，沒關係的。我們眞高興妳平安歸來。」她對我展露的慈母笑容，看似充滿慈愛、光明和美好，但我知道那笑容後面隱藏的是什麼。我感覺自己的心揪緊，巴不得是自己搞錯了，希望奈菲瑞特眞的是個很好的人，就像我以前所相信的那樣。

黑暗不一定等於邪惡，就像光亮未必帶來良善。女神的話語在我心頭迴盪，帶給我力量。

「嗯，柔依絕對是英雄。」馬克思警探說：「若不是她感應到了那少年，就不可能打電話通知我們，讓我們及時趕到舊火車站救他。」

「是啊，不過有個小問題，她和我晚點兒得好好討論一下。」她故意嚴厲地看我一眼，但那語調分明是要告訴在場所有的人，我不會有事的。

如果他們知道眞相就好了。

「警探先生，你們逮到抓走這幾名少年的人了嗎？」奈菲瑞特問。

「沒有，我們趕到前他就跑了，不過現場留下很多證據，證明有人住在舊火車站裡。事實上，看來他應該是將那裡當成根據地之類的。我想，我們很容易就可以找到證據，證明之前那兩個少年也是在那裡慘遭殺害，而且凶手還試圖嫁禍給吸血鬼。現在，雖然西斯心理嚴重創傷，想不起太多事情，不過柔依已經清楚描述那個人的樣子，讓我們有線索可循。我們遲早會逮到他的。」

我是唯一見到奈菲瑞特眼中閃過驚訝神色的人嗎？

「太好了！」奈菲瑞特說。

「是啊。」我盯著她的雙眼。「我跟馬克思警探說了很多事情。我的記憶力還眞的不錯。」

「我眞以妳爲榮，柔依鳥兒！」奈菲瑞特走過來，雙手環住我，把我緊緊抱著。這時，只有我聽得見她附在我耳邊說的悄悄話：**「如果妳敢說我的壞話，我會讓所有人類、雛鬼和成鬼都不相信妳。」**

我沒有從她懷裡掙脫，我沒有任何反應。不過，她放開我時，我使出最後一招——當我召喚神靈，那股白熱的熟悉感覺燒灼我的背部肌膚時，我就打定主意要這麼做。

「奈菲瑞特，可以請妳看看我的背嗎？」

我那夥朋友一直聊個不停，顯然因爲鬆了一大口氣而雀躍不已。我和馬克思警探還沒進到學校，仍在圍牆外討論時，我就打電話給他們，要他們到主校舍和我會合，也要他們務必請奈菲瑞特到這裡。這會兒，他們聽見我大聲地提出這奇怪的請求，立刻閉上嘴巴，轉頭看我。事實上，屋裡所有的人，包括馬克思警探，都盯著我瞧，彷彿懷疑我出去冒險時是不是撞到了頭，腦袋變得不正常了。

「這很重要。」我說，咧嘴對奈菲瑞特微笑，彷彿我衣服後面藏了禮物要送給她。

「柔依，我不確定這——」奈菲瑞特刻意調整好語氣，讓她聽起來像是既擔憂又尷尬。

我誇張地嘆口氣。「拜託，只是看看嘛。」然後，在任何人阻止我之前，我轉身背對大家，將運動衫往上拉（當然記得小心不要暴露胸部）。

我一點也不擔心自己可能猜錯。但一聽見朋友們的詫異驚嘆和驚喜歡呼，我還是鬆了一口氣。

「柔！妳的記印往下擴展了。」艾瑞克笑著說，小心翼翼地撫摸我背部肌膚上出現的新刺青。

「哇，眞令人驚嘆。」簫妮靜靜地喟嘆。

「太酷了。」依琳說。

「壯麗非凡。」戴米恩說：「就跟妳其他記印的迷宮圖案一樣。」

「是啊，漩渦花紋之間散布著北歐古老神祕文字般的符號。」艾瑞克說。

我想，在場只有我注意到奈菲瑞特沒說半句話。

我將衣服往下拉好。眞想找面鏡子，好親眼看看我到目前為止只能感覺，而無緣目睹的新圖案。

「恭喜，柔依。我想，這代表在妳的女神眼中，妳依然很特別。」馬克思警探說。

我對他微笑。「謝謝，謝謝你今晚所做的一切。」

我們四目相接，他對我使了個眼色，然後轉身告訴奈菲瑞特：「我得走了，夫人。今晚還有好多事得處理。再說，我想柔依應該很想上床睡覺了。晚安，各位。」他舉手碰碰自己帽沿，向大家致意，又再次對我笑笑，然後離開。

「我眞的累壞了。」我看著奈菲瑞特。「如果可以，我想去睡覺。」

「當然行，親愛的。」她態度從容地說：「這樣很好。」

「不過，回宿舍途中，我想去妮克絲的神殿一下，如果妳同意的話。」我說。

「妳的確有很多事應該感謝妮克絲。所以，去她神殿看一下是個好主意。」

「柔，我們和妳一起去。」簫妮說。

「是啊，今晚妮克絲和我們所有的人同在。」依琳說。

戴米恩和艾瑞克也表示贊同。不過，我沒轉頭看我任何一位朋友。我始終看著奈菲瑞特，與她四目相接。我說：「我是要謝謝妮克絲，不過我想去她的神殿還有另一個理由。」不等她發問，我繼續誠懇地說：「我想替史蒂薇・蕾點一根代表土元素的蠟燭。我答應她，永遠不會忘了她。」

我這夥朋友喃喃輕聲附和，但我繼續將注意力放在奈菲瑞特身上，並從容不迫地慢慢走向她。

「晚安，奈菲瑞特。」這次我主動擁抱她。抱緊她時，我壓低聲音告訴她：**「我不需要人類、雛鬼或成鬼相信我對妳的看法，因為妮克絲相信我。我們之間還沒完呢。」**

我退出奈菲瑞特的懷抱，轉身背對她，跟著朋友一起走到戶外，前往妮克絲的神殿。雪終於停了，月亮穿過一縷縷宛若絲巾的薄雲往下窺視。我在神殿前方那尊美麗的女神雕像前停住腳步。

「就是這裡了。」我堅定地說。

「柔？」艾瑞克不解。

「我要把史蒂薇・蕾的蠟燭放在這裡，就在妮克絲的腳邊。」

「我去幫妳拿蠟燭。」艾瑞克說。他捏捏我的手，然後衝進妮克絲神殿。

「這個主意很棒。」簫妮說。

「對，史蒂薇・蕾一定會喜歡在這裡點燃蠟燭。」依琳說。

「這裡接近大地。」戴米恩說。

「所以，也很靠近史蒂薇・蕾。」我輕聲說。

艾瑞克回來，將綠色蠟燭和儀式用的點火器遞給我。我聽從直覺，點燃蠟燭，穩穩地安放在妮克絲腳邊。

「我會記得妳的，史蒂薇・蕾，正如我所承諾的。」我說。

「我也會記得妳。」戴米恩說。

「我也是。」簫妮說。

「還有我。」依琳說。

「我也會記得她。」艾瑞克說。

突然有股青翠草原的芳香氣息繚繞著妮克絲雕像，大家感動得笑中帶淚。我們離去前，我閉上眼睛，低聲祈禱。那禱詞其實就是我內心深處的承諾。

我會回去找妳的，史蒂薇・蕾。

背叛 / 菲莉絲.卡司特（P. C. Cast）, 克麗絲婷.卡司特（Kristin Cast）著；
郭寶蓮譯.
-- 初版. -- 臺北市 : 大塊文化, 2010.04
面； 公分. -- (R;29夜之屋 ; 2)
譯自 : Betrayed : the house of night , book 2
ISBN 978-986-213-174-9(平裝)

874.57　　　　　　　99003696

LOCUS

LOCUS

LOCUS

LOCUS